さよならが言えるその日まで

高木敦史

Takagi Atsushi

講談社

目次

さよならが
言える
その日まで

プロローグ　一一月二日（イオ　〇日目）

苺の載ったショートケーキは無限に食べられたのに、この日を境に駄目になった。少しずつ味わおうなんて思わずに、とっとと食べてしまえば良かったのだ。でも子守りをしていたから仕方がない。

その日、知恵子さんの家で勉強を見てもらった後、わたしは詩乃ちゃんにせがまれて絵本を読んであげていた。座卓にケーキと紅茶を残したままソファに移り、詩乃ちゃんを膝の上に載せて、やけに分厚い紙の表紙をめくる。

「むかしむかし、あるところにおじいさんがいました」

わたしは紙面に見入る詩乃ちゃんの視線を釣り上げるように、両手をすっと上にあげた。

「さて第一問！　おじいさんは……どこへ行ったでしょうか？」

「やま！」詩乃ちゃんが声を跳ねさせた。三歳も半ばを過ぎて、最近ようやく言葉の疎通ができるようになった。だからからかい甲斐がある。

「山？　それでいいの？　山は高いよ？　暗くて寒いし、熊だって出るかも」

「でも、やまなの！　もう、ちゃんとよんで！」

苛立ち半分、でもどこか嬉しそう。自分で言うのもなんだけれど、わたしは子供に好かれるのだ。

「じゃあ、答えを発表します。でででででで……うわー、残念！　おじいさんは海へ行ってしまいました。しかも荒れ狂う冬の日本海です」

「ちがうでしょ！　うみはウラシマだもん！　もうイオちゃん、なんでそんなことするの？」

口を尖らす詩乃ちゃんにわたしは苦笑する。なんで、そんなこと、するの。

答えは一つ。父のせいだ。わたしが詩乃ちゃんくらいの頃、父と読んだ絵本は話通りに進んだことがなかった。

「父さんが読んでくれたときは、海に行ってタコに会ったんだよ。タコ太郎がいてさ」

父によると、わたしと一緒に作り上げた物語では、桃太郎がＮＡＳＡに就職して地球に接近する彗星の軌道を逸らすべく奮闘したし、白雪姫は毒リンゴのすり替えトリックで眠りにつくのを回避したという。

詩乃ちゃんはまだその域には達していないようで、むくれた表情を見せた。

「イオちゃんのパパはへんだから！」

思わず吹き出した。きっと知恵子さんに聞かされているのだろう。知恵子さんはわたしの従姉妹——母の姉の娘である。だから、そのまた娘の詩乃ちゃんとわたしは、従姉妹違にあたる。ちょっと遠い。でもそんなところにまで父が変わり者だという情報が届いているのは、おかしくて幸福な感じがした。

　十数ページの絵本はかぐや姫の登場までに一五分を要した。さらに数分かけて姫とアメリカ大統領の結婚パーティが盛大に開かれたころ、リビングのドアが大きく開いて小さな頭が入ってきた。

「あ、彩月ちゃん。おかえり」

「イオちゃんだ。こんにちは」彩月ちゃんのお辞儀に併せて、ピンクのリボンで結ばれた髪が揺れた。「お母さんは？」

「エアコンの修理だって。業者さんが来てさ、寝室にいるよ」

「ああ、だから知らない車が駐まってたんだ」彩月ちゃんは一人で納得すると、改めてわたしを見た。「大丈夫？　迷惑じゃない？」彼女は小学五年生で、もうずいぶんと大人びた態度をしている。

「ぜんぜん。楽しく遊んでるよ」

「よかった。詩乃、イオちゃんのことすごく好きだから」

　彩月ちゃんだって、ほんの数年前までは同じくらい好きだったくせに。わたしを好きになる子供の魔法は、一〇歳を過ぎたくらいで解けてしまうらしい。彩月ちゃんはランドセルをハンガーポールに掛けると、わたしをまじまじと見た。

「イオちゃん、もしかして髪伸ばしてる？」

「父さんが、その方が似合うって言うから。変かな？」

「いや、きっと褒めてもらえるよ。かわいいもん」そう笑った彩月ちゃんの顔は、詩乃ちゃんとそっくりだ。「でしょ?」と得意になって、わたしは前髪を撫でる。

　髪を伸ばし始めて二ヵ月ほど経つ。最近では母が「毎日顔を合わせていると小さな変化に気づかない」と父に愚痴る気持ちがわかってきた。なんてことを彩月ちゃんに愚痴っても仕方ないので、同じくらいの笑顔を返す。

　彩月ちゃんは満足げに頷きながらテレビをつけて、画面が映る束の間に冷蔵庫から牛乳を取り出した。無駄のない動きに感心していると、詩乃ちゃんが柔らかくてあたたかい手でわたしの指を二、三本まとめて握りこむ。「イオちゃん、つづき、はやく」

「そうだ、ええと……結婚式だ。結婚式では姫と大統領をみんながお祝いします。最初のお客さんは誰かな?」

「ペンギン!」

「ペンギン? 何で? ペンギン好きなの?」

「すき!」口を横一文字ににいっと広げ、愛らしい表情を浮かべた。かわいくて、思わずさらさらの髪を撫でる。

「今度ぬいぐるみあげるよ。ゲーセンで取ったやつがあるから」

　そんな他愛のないやりとりの向こうで、テレビも何か喋っている。夕方のニュースが始まったところのようだった。詩乃ちゃんの声と平行して聞くに、どこかで事故が起きたらしい。なんとも危険な世の中だ。わたしに関係なくてよかった。なんて、無責任に胸をなで下ろした。

「では詩乃ちゃん。ペンギンさんは、かぐや姫に言いました。ぐわっぐわっぐわっ。でも誰もペンギン語がわかりません。詩乃ちゃん、通訳してあげて」

「つーやくってなに？」

「あ、ごめん、通訳っていうのは——」

ふいに「うわっ、ぐちゃぐちゃ」と彩月ちゃんが声をあげた。つられて視線をテレビに向けると、画面にはどこかの山道が映し出されていた。上空から撮っている映像で、大破した車がガードレールにめり込んでいる。その画面下部には、見慣れた県名と見慣れた市名がテロップで表示されていた。

「やだ、近くじゃん」思わず声が漏れた。本当に、わたしに関係なくて良かった。強く両手を握りこみ、テレビ画面に釘付けになっているわたしを「つうやくってなあに？」と詩乃ちゃんが急かす。

「詩乃、ちょっと静かにして」彩月ちゃんが止める。ニュースは、この事故で車を運転していた男性が死亡したと告げた。ひどい話だ。でもわたしには関係ない。テレビを見たまま、半ば無意識に答える。

「あ、ごめんね詩乃ちゃん。通訳っていうのは、ペンギンの言葉がわからない人たちに、何て言っているのか教えてあげること。ほら、詩乃ちゃんが教えてあげて？」

努めて柔らかい声で言った。でも夢の中にいるような気分で、自分の声も詩乃ちゃんの声も、輪郭がぼやけて耳に響く。

「わかんないし。もう、ちゃんとしてよ！」

苛立った詩乃ちゃんが喚(わめ)いたとき、やけに乾いた音を立ててリビングのドアが開いた。

「詩乃、こっちにおいで」

入ってきたのは知恵子さんで、詩乃ちゃんは呼ばれるままに立ち上がり、その手の中に飛び込んだ。ちゃんと絵本を読んでもらえないことを告げ口するつもりなのだ。けれども振り返ってわたしの顔を見るや、ビックリした様子で母親を見上げた。

「ママ。イオちゃん、なんでわらってるのにないてるの？　つうやくして？」

自分の目から涙が零れていることには気づいていた。けれどもわたしはまだそれに抗おうとしていて、知恵子さんに訊ねる。「工事は終わったの？」

彼女は返事代わりに歩み寄り、自分のスマートフォンを差しだした。「お母さんから」

「あ、スマホをカバンに入れっぱなしだった。うっかり電池切れになっちゃってさあ」

我ながら茶番じみたことを言って受け取ったけれど、母の滅法喚く声が聞こえてきて、手詰まりだと悟った。

テレビに映る壊れた車が見覚えのあるものだと気づいたときから、ずっとわたしは祈っていた。わたしに関係ありませんように。でも祈りは届かなかったようだ。座卓にほったらかしにされた食べかけのショートケーキが目にとまる。崩れたケーキの側面に、一口齧った苺が横たわっている。潰れた車によく似ていて、わたしの首筋が冷たくなった。もう二度とそれを視界に入れたくないと思い、テレビに視線を戻す。

山間の道路にパトカーが何台も駐まっている。テロップで『三津〜戸田間・一部通行止め』と表示されている。ニュースキャスターがもう一度、交通事故で一人死亡と前置いて、父の名前を読み上げた。

場の不穏さに泣き出した詩乃ちゃんを、知恵子さんが胸に抱えてあやす。エアコンの業者さんがリビングをのぞき込み、野太い声で工事の終わりを知らせる。その声に驚いた彩月ちゃんが牛乳をこぼす。そんな大賑わいの中だから、電話の向こうの母の声も全部はわからなかった。ぼんやりと思ったのは、間抜けにもこんなことだった。

父さんが帰ったら、詳しく話を聞かなくちゃ。

一一月五日〜六日　（イオ　三日目〜四日目）

〈小五男児・依然行方不明〉

去る一一月二日、静岡県沼津市内で発生した交通事故により森遠謙介（四六）が死亡した。県道を車で走行中に無理な割り込みをして後続の軽トラックが追突。スリップした車はガードレールに勢いよく激突して大破した。

静岡県警は当初単なる事故として捜査を進めていたが、程なくして思いも寄らぬ事実が発覚した。

実は事故発生日の未明、三島市に住む小学五年生の男子児童が自宅から消息を絶っていた。失踪したのは恩田六助くん（一一）で、事故発生の数時間前に父親から捜索願が出されたばかりだった。この児童の失踪は、死亡した男性による連れ去りの可能性がある——というのも、大破した車内には児童の私物や指紋が残されていたからである。

男性と児童の間に何があったのか。県警は男性を被疑者死亡のまま、誘拐事件として捜査を進める見通しだ。

森遠容疑者は、少年の担任教師だった。小学校教諭として二十余年勤務し、温厚な性格で児童

たちからの評判も良かったという。なぜこのような凶行に及んだのか、解明の機会が失われてしまったことは大いに残念である。

とはいえ、問題はそれだけではない。というよりも、現在進行形でさらに混迷を極めている。容疑者の運転していた車やその周囲には、行方不明の児童の姿はなかった。そして現在、児童の消息がわからないまま数日が経過している。現在も県警や有志による捜索が続けられているものの、有力な手がかりは摑めていないという。

現場付近は市の中心部から十数キロ離れた山あいで、過去には冬眠を前にした熊が住民の生活圏内に現れたこともある。児童の安否を心配する声も多く、一刻も早い発見が望まれる。

読んでから、読むんじゃなかったと後悔した。

父の最後の肩書きが交通事故死亡者から誘拐の容疑者に変わるまで、半日とかからなかった。ロビーでグラビア雑誌を握りしめて立ち尽くす。少年犯罪、陰謀論、政治献金、教師が生徒を誘拐して事故死。見たくないニュースばかり載っていた。目の端に映ったゴミ箱に雑誌をねじ込みたい衝動が湧き上がったが、度胸のないわたしはそれをマガジンラックの元の場所に戻した。

火葬場はマイクロバスで街から二〇分ほど走った山の中腹にあった。わたしの佇むロビーでは、大きな窓から差し込む晩秋の光が穏やかな日だまりを作っている。気温は一一月にしては温かく、制服の上に何か羽織る必要はない。

喪服に身を包んだ中年の男性が傍に現れ、さっきの雑誌を手にした。よそのご遺族だろう。わたしは俯いて祈る。どうか、父の記事を読まないでください。怒りを向けないでください。いま焼かれているところだから、その間だけでも穏やかであってください。

男性が去った後、彼の戻した雑誌を見つめる。若い女優が笑顔で飾るその表紙には、『専門家が見抜く、小五男児の行方』と太いゴシック体の煽り文が仁王立ちしている。敗北感を悟られたくなくて、表紙の女優を睨みつける。と、彼女の顔はすいっと動いてくにゃっと歪んだ。誰かが雑誌をつまみ上げ、丸めたのだ。

雑誌はそのままわたしの目の前でゴミ箱の口にねじ込まれた。

「気にすんな、こんなもん」

ねじ込んだのは友部日出郎くんだった。細身のシルエットの喪服に身を包み、ポケットが少しよれている。

「捨てて怒られないかな？」

「怒られるくらいで済むなら、何もないのと一緒だ」

黒い髪をオールバックにした彼は、雑誌を睨むつもりがいつの間にかわたしを睨みつけていることに気づいたらしく、肩をすくめて目を逸らした。

「なんにせよ、堂々としてろよ。罪悪感とか感じることないし、堂々と悲しんで、悼んで、謙介さんを送り出すんだ」

堂々と悲しむ。堂々と悼む。今のわたしたちにはとても難しいことだ。だって目の前にある事実として、わたしの尊敬する父は犯罪者としてこの世を去った。

森遠謙介。享年四六。教え子は大勢いる。でも一人も来ていない。つい先週まで教鞭を執っていたのに、ただの一人も。

家族だって。今日のことは、母と祖母が手分けして最低限の親類には伝えた。けれど半分は野次馬的に話を聞きたがるばかりで、残りの半分のうちの半分は罵倒、あとの半分には体よく慰めの言葉で断られた。父を送るわたしたちの傍にいるのは数えるほどだ。

「ヒデローくん、来てくれてありがとう」

「謙介さんには世話になったしな」

そのうちの一人、ヒデローくんは眉間にしわを寄せて答えた。彼は知恵子さんの弟だけれど、知恵子さんとは違って、ぶっきらぼうで取っつきにくい。年はわたしより一〇ほど上だったと記憶している。高校生の頃のヒデローくんにとって、うちの両親は歳の離れた兄と姉のような存在だったらしい。知恵子さんもそうだったと聞いている。でも彼女はここに来ていない。残念だけれど仕方がない。知恵子さんのご主人は市役所近くの大きなビルに弁護士事務所を構えている。そんな人やその家族が、犯罪者と呼ばれる人の葬式になんて来てはいけないのだ。

頭ではわかっているけど、不思議な気持ちだった。父の人生が否定された、ならばまだ怒りを覚えることもできる。でもこれでは、父の人生がなかったことにされたのと同じだ。歴史を食べる虫がいて、その胃袋に吸い込まれて、父の人生は何も残らず、父の仕事は何も生み出さなかったかのようだった。娘であるわたしまで存在が希薄になった気がして、こんな状態でどうやって堂々としていればいいのだろう。誤魔化すようにわたしは訊ねた。

「ここにはマスコミは来てないね。一応気遣ってくれてるのかな」

「どうだろうな。連中の興味が他に移ったんだろう」

たぶんそっちが正しい。死んだ父の問題は、生きているかもしれない少年の問題へと移ったのだ。

ふいに、自分の足が震えていることに気づいた。トイレに逃げ込み、やたらと磨かれた鏡の前でハンドクリームを塗り直す。でも足の震えは止まらない。この震えはあの日からずっと続いている。

あの日。父の死を知った日。

知恵子さんの家で父のことを知らされてすぐ、わたしは自転車を漕いで帰宅した……はずだ。今ひとつ記憶がない。知恵子さんが車で送ると言ったのを固辞したのは覚えている。彩月ちゃんと詩乃ちゃんの前で、母のように取り乱してはいけないと思ったし、少しでも平穏な日常の中にいたいと本能的に感じた。でも心がからっぽで、耳鳴りが酷くて、もしかすると信号無視を二、三回やったかもしれない。家には母と、背の高い見知らぬ男性、もう一人印象の薄い男性がいた。二人は刑事で、背の高い方、鶴木と名乗った額の広い男は、わたしを覗き込むようにして言った。

「娘さん？　どちらにお出かけだったんですか？」

やけに茶色がかった瞳に射すくめられ、体が強ばった。「親戚の……」なんて漫然と答えている間にリビングのソファに座らされ、更に質問攻めにされた。父はどういう人間だったのか。仲は良かったのか。最後に話した内容は何だったか。この連休はどう過ごすと言っていたか。

「……一一月最初の三連休を使って、泊まり込みで絵を描くって言っていました」

「絵ですか。絵を描くのに、よく一人で出かけられるんですか？」

ここでようやく事情聴取されているのだと気づいた。

「油絵が趣味なんです」わたしの補足に意味があったのかは定かでない。

その後も「恩田家との接点は？」「ご主人が生徒さんを自分の車に乗せることは普段からあったんですか？」「仕事の不満を述べたことは？」など質問が続いた。わたしと母は指紋を採られた後、近々家宅捜索が行われると告げられた。蒼白な顔をした母に、鶴木刑事は「いつでも連絡が取れる状態でいてください」と念を押した後、わたしに向けて言った。

「私の仕事は事実を洗い出して体系づけることです。あなたたちの敵ではないことを覚えておいてください」

淡々とした口調だった。彼のギョロッとした目と青白い肌は、わたしに髑髏姿(どくろすがた)の死神を連想させた。

「外が騒がしいようですが、相手にしないことを勧めます」

刑事たちが去ったのと入れ替わりで家のインターホンが鳴り始め、やがて鳴りっぱなしになった。なんでもない住宅街の、自転車で登るにはいささか急な坂の途中にあるわたしたちのささやかな二階建ては、雑誌やテレビの記者やレポーターによって包囲されたようだった。掃き出し窓越しにカメラのレンズがこっちに向けられているのに気づいて、わたしは乱暴にカーテンを引いた。それでも玄関の方からは、質問する声が嫌でも聞こえてくる。

『何か一言お願いします』

『ご主人の家庭内でのご様子に不審な様子はなかったのでしょうか？』

『どこか他に家族を養っていたという疑惑がありますが――』

インターホンのモニター越しに、たくさんの男女がレコーダーを差しだしているのが見える。

坂道を全力疾走したわけでもないのに倒れそうなくらい喉が渇き、立っていられなくなった。母がインターホンの音量をミュートにしたのを合図に、二人してダイニングのテーブルに向かい合わせで突っ伏した。電話も鳴り響き、留守番電話には父の学校の校長から、ＰＴＡ会長から、保護者から、立て続けに不安を語る声が吹き込まれていった。

『校長の柴崎です。挨拶は省きますが、お話をしたいのでお時間あるとき折り返しを』

『ご主人の件について事実確認を――』

『すみません、テレビの件は本当ですか？』

わたしは無言で立ち上がり、電話のコードを引き抜いた。

すると、今度は母のスマートフォンが鳴り始めた。さすがに嫌気が差したのか、母は天井を見上げて苦痛を飲み込もうとしているみたいな顔をした。

「母さん。電話鳴ってるよ」

「知ってる」

「出ないなら、音止めてよ」

わたしの苦情にうんざり顔でスマートフォンに手を伸ばした母だったが、ディスプレイを見た瞬間、目に安堵が浮かび、一転慌ててコールを受けた。

「あ、お母さん？　うん、そう。うん――さっき警察が帰った。うん、まだわかんない――そう、ありがとう。落ち着いたらこっちからかけるわ。いや、だからまだ何とも……とにかくあとでかけるから」

相手は祖母のようだった。母は電話を切ると、スマートフォンを握りしめたまま溜め息をついた。

「おばあちゃん、何だって?」

「いつでも来てくれていいってさ。って、こっちはマスコミに囲まれて、どうやって外に出たらいいのかもわかんないのに。気安く言ってくれるもんね」

「そんな言い方ないでしょ。気遣ってくれてるのに――」

「急かさないで。わかんなくなる」母はわたしの言葉を遮った。情報量が増えすぎると外部からの声に耳を塞ぐのは、以前からの母の悪い癖だ。

リビングが沈黙し、外の喧騒だけが妙に響く。ミュートされているとはいえ、インターホンが鳴らされたことを知らせるランプは何百回と点滅していたし、窓の向こうからは人の声がずっと微かに聞こえていた。日が暮れた頃にはいくらか収まったけれど、夜になっても外が明るくて、それがわたしたちの家を照らすテレビ局のライトだと知ったときは疲弊して立ち上がることができなかった。

「いつまで続くのよ、これ」

母は呟いたが、むしろ始まったばかりではないか。さっき母は祖母に「落ち着いたら連絡する」と言ったけれど、落ち着くことなどあるのだろうか。そう思っていたけれど、やがて外が一瞬賑やかになり、音が次第に引き上げていった。警察が来てマスコミを解散させたようだ。周辺住民から苦情が来たらしい。わたしたちはぐったりしていたから、どんな形であれ彼らがひとまず退散したことは束の間の「落ち着き」と言えた。

深夜一時を回った頃に、わたしと母は二人して勢いよく立ち上がり、たっぷり一〇日分はあろうかという荷物をまとめて、門をしっかり閉めて、車に乗り込んだ。母の運転は動揺と疲労でだいぶ荒くて、家の車庫を出るときに横を擦ったけれど、いつもなら腹を立てたり言い訳したりするのに今夜は何も言わなかった。きっとわたしが自転車に乗っていたときもこんな感じだったのだろう。会話は全然なくて、母が一言だけ「見て。真夜中だから、信号が点滅してる」と指さしたくらいだった。三ツ目の真ん中が光っていて、わたしたちの未来について注意を促しているみたいだった。

祖母の家に移り、一夜明けて、二夜明けた。わたしの好物を知っている祖母は苺の載ったショートケーキを用意してくれたけど、わたしはそれを食べずに傷ませた。そうこうしているうちに父の遺体が警察病院から返された。そして「明日の午後なら空いている」と言われたままに流されて、慌てて準備を済ませ、今に至る。

「お時間です」

待合室にいたわたしたちは、係の人に呼ばれて火葬炉に向かった。わたしとヒデローくんの他には、母と祖母——父方の両親は既に他界しているので、母方のほう——と、父の弟の大介さん。父を見送る人は、世界中でたったこれだけだ。

ずらりと並ぶ鉄扉の一つの前で待ち構えていると、扉が開き、台車が滑るように引き出された。台車の上には白と茶色の混じったような大小の欠片が並んでいた。係官が恭しく頭をさげたあと、無骨な磁石で台の上をさらい、棺桶の釘を回収する。父の骨は、まだ死ぬような年齢じゃないから当たり前なのだけれど、固くてたくさん残っていた。係官が「のど仏です」と小さな塊を拾い上げた。仏の形と言うけれど、何がどう仏なのかはよくわからなかった。焼かれる前の父の姿は見せてもらっていない。母が頑なにわたしを遠ざけ、頭の働いていなかったわたしは言われるままに従うのみだった。そして今、父の欠片を前にして思うのは、父自身も見たことがなかったであろう部分をわたしたちが眺めているのは不思議だなあ、ということだった。わたしたちは棺桶を囲んで、父の骨を拾った。一つずつ、箸で摑んで渡して、骨壺に収めていく。何度も何度も同じ作業を繰り返す。父の手のどこかをうっかり落としてしまい、手で拾おうとしたら係官の男性に「まだ熱いから」と制された。そこから先は、もう落としてはいけないということばかりが頭に浮かんで、今つまんでいるのが父だなんて考える余裕はなかった。

大きな骨を収め終えると、係官があとを引き受けた。頭蓋骨だけ横にのけ、残りの骨をゆっくりと圧迫して砕いては、骨壺の中に収めていく。ちりとりで灰までさらうと、最後に顎の骨と、頭蓋骨を載せた。係官は母から父のかけていたメガネを受け取り、頭蓋骨の上に載せた。父は洗顔のときよくああしていたっけ。少しおかしく思っていたら、隣でヒデローくんが耳打ちした。

「謙介さん、よくああしてたな」

同じことを考えていたのが面白いと思ったけれど、少しも笑いはこみ上げてこなかった。

ハンカチでひっきりなしに目元を拭っていた母は、わたしが泣いていないことに驚いていたようだ。母はわたしのことを冷血だと勘違いしている節がある。父ならきっと「伊緒は感情の血行が悪いんだ。悲しみが全身に行き渡るまで時間がかかるんだろう」なんて笑うだろうに。実際はどちらも違っていて、今泣いたらいつ泣きやめるのか、想像が付かないから我慢しているだけだ。

やるべきことは全て終わり、母は骨壺、わたしは遺影、大介さんが位牌を持って、逃げるように火葬場を出た。来たときと同じようにガラガラのマイクロバスで運ばれて、祖母の家に向かう。目に映った景色はどれもくすんでいて、心境が視覚にも影響を及ぼしたんだと思ったけれど、単にガラスのスモークのせいだと気づいて少し口元が緩んだ。

戻った人たちで簡単に、言葉も少なく食事を済ませる。ヒデローくんが立ち上がって、ソファに沈むわたしに名刺をくれた。

「困ったら連絡しろ。足代わりくらいにはなるぞ」

有難く受け取って財布にしまう。小一時間ほどして遠方に住む大介さんが帰り、さらにしばらくすると玄関の方が騒がしくなった。男性の声と、母の困ったような声が聞こえる。こっそり覗くと、三和土で喪服の男性が膝をついて、頭を地面にこすりつけていた。見知らぬ人だ。例によって母はおろおろするばかりで、祖母が「落ち着いたら」とか「あらためて」などと言っている。男性は頭を上げるとすがるような目で言った。

「お邪魔しませんので。私としましても、何もしないのでは心が痛むのです」

それで気づいた。父の車に追突した軽トラックの運転手だ。篠山と名乗った男は全体的にこぢんまりとしていて、丸いメガネをかけた、品の良さそうな風貌をしている。年齢は三〇歳を少し過ぎたくらいに見えた。菓子折と名刺を差し出す彼に、祖母が言葉を重ねる。

「何分こちらも慌ただしいところですので。お気持ちだけで結構です」

「そう言われましても」対する篠山も一向に引かない。「あのとき、運転席の窓越しに見えた彼の表情が目に焼き付いて離れなくて、ずっと急かされている気分なんです。それに何が悔しいって、私のせいで子供が見つからないとも言える。誘拐犯を殺してしまって、もう、どうしていいのか――」

「誘拐犯?」

思わず声が漏れた。本人に悪気はないに違いない。でもカッとなって、玄関に飛び出していってぶん殴ってやりたくなった。けれどわたしより先にヒデローくんが飛び出していったから、相手はヒデローくんにぶん殴られた。あっという間のことだった。

篠山は頰を押さえながら、仁王立ちのヒデローくんを憎々しげに見上げた。

「殴って気が済むなら結構。残された側ってのも大変ですね。同情しますよ」

彼は事故のことで罪に問われはしなかった。事故現場の道路は県道で防犯カメラが設置されていたらしい。カメラは父の過失――法定速度を大幅に超えて強引に前の車に割り込もうとしたシーン――をはっきりと捉えており、運転手に回避は困難だったというのが警察の判断だ。篠山が去った後、わたしはゴミ箱に捨てられた彼の名刺をこっそり拾った。市内の建設会社に勤める会社員らしい。たぶん真っ当な人なんだろう。でも、立場が違うせいでわたしたちは絶対に相容(あいい)れないのだ。

騒動が終わると誰とはなしに食卓を片付け始め、そのうちにヒデローくんも帰っていった。母はソファでぐったりしていて、祖母が洗い物をしている。窓の外はすっかり暗くて、これから気が重くなる時間が続くことを暗示しているかのようだった。わたしは先ほどヒデローくんからもらった名刺を眺めていた。『なんでも屋』みたいな会社名の下に、副主任・友部日出郎の名前が印字されている。

母が背中越しに呟いた。

「そんな名刺、捨てちゃいなさい」

母によると、ヒデローくんはバンドで二七歳までに有名になって死ぬつもりだったのだそうだ。ヒデローくんはロッカーで、有名なロッカーはみんな二七歳で伝説を残して死んでいるから、というのが理由らしい。

「死に損ねた日出郎くんが何をしているのか、よく知らなかったけれど。そんな得体の知れない商売をしているだなんてあんまりだわ。あんな人に頼ったりしたら駄目よ」

わたしは母の背中に口を尖らす。

「せっかく父さんのお葬式に来てくれたのに、なんでそんなこと言うの？」

「来て当然よ。父さんは日出郎くんにお金渡してたからね。何のお金か知らないけれど、放蕩者(ほうとうもの)に援助してたの。何も成し遂げないまま二八になって、残りの人生はオマケだなんて馬鹿げたことを言う穀潰(ごくつぶ)しに」

母は言い逃げするように立ち上がると、花瓶の水を替え始めた。

「今朝替えたばっかりじゃん」わたしが言うと、母はこちらを見ずに答えた。

「だって、枯れそうで怖いんだもの」

きっともう疲れ切っていたのだ。母も、わたしも。

日が暮れて、湯船に浸かりながら父のことを考えた。あんなにいい人が、どうしてこんなことに？　なんていうありきたりな感情に飲み込まれそうになったので、父の悪いところを見つけ出そうとした。暢気、マイペース……は、欠点じゃない。頑固……これはどうだろう。考えながら、無意識に手を伸ばしてシャワーヘッドの向きを正面に直した。傾いていると父が「調和がとれていない」とうるさかったためだ。ついでにシャンプーやボディソープのボトルも直しながら思う。そういえば父の頑固は面倒臭かったかもしれない。

あれはわたしが中学生になった頃だったか。両親がリビングでケンカを始めて、珍しいことだったからわたしは飲もうと思った麦茶を抱えて冷蔵庫の前で立ちすくんでしまった。ケンカの理由は、聞くに父が学校で問題事を起こしたという話だ。教師間でイジメがあって、父が職員会議で加害者の教師を名指しで糾弾した。イジメの内容は、仕事を無理に押しつけたり食事を何度も奢らせるといったいわゆるパワーハラスメントと呼ばれるもので、その教師には一ヵ月の自宅待機処分が下された。それが原因で教師は離婚し、別れた妻がわたしたちの家にクレームの電話を入れてきたというのだ。対応した母は「私たちの離婚はお前たちのせいだ」などと一方的に罵詈雑言を浴びせられ、言い返すこともできず途方に暮れたという。父の行動で誰かの家族が壊れたことも許せなかったらしい。

「どうして余計なことに首を突っ込むの」と母は言った。

「余計なことでも、首を突っ込んだわけでもない。誰かが解決すべきことを誰も解決しないまま放置していたから、僕が解決したまでだ」父は返した。

「それで直接的に関係のない人間が不幸になってたら元も子もないでしょ。私にだって迷惑がかかった」母は憤った。「時と場合によっては、見て見ぬ振りも重要だわ。私ならそうするし、普通はそうする」と追撃する。

しかし父も退かなかった。

「普通とはパワハラのない職場のことだ。僕が普通に戻したんだ」

それを聞いた母はしばらく渋面を浮かべた後、一言こう呟いた。

「くそ頑固」

これは父の欠点だろうか？　判断のつかぬうちにのぼせてきて、わたしは風呂から出た。

入浴を済ませたわたしは久しぶりに鏡で自分の顔を見た。髪の毛はボサボサで、目は腫れぼったい。父に涼しげな顔立ちだと言われていたのが嘘みたいだ。首にかかる毛を弄って呟く。

「髪伸ばす意味なくなっちゃったな」

毛先ばかりを見つめてしまうのは、鏡の中の自分と目を合わせるのが嫌だったからだろう。洗面台の灯りを消して、バスルームを後にした。軋む廊下を歩いて行って、寝室へ向かう。母の実家は、わたしたちの自宅から車で三〇分ほどの距離にある。葬儀を終えたわたしと母は、この家で四度目の夜を迎える。家の中は広いけれどちょっと埃っぽくて、小さな人形や鉢植えが部屋の隅の棚にぎっしり飾られていた。それらは祖母の生きてきた証拠品であるかのように、音も立てずに並んでいる。

わたしたち母子は来客用の和室をあてがわれ、二人並んで布団で寝ている。母は部屋にテレビがあるのを嫌がって、上から布を被せていた。

この家にはパソコンがないし、新聞も何年も前に解約してしまっている。雑誌を買う習慣もない。テレビさえ見ないでいれば、わたしたちの時間の流れは世界に寄り添わずにいられる。

でも、その夜は眠れなかった。足先が妙に温かくて落ち着かない。水でも飲もうと起き上がり、リビングに向かう。まだ灯りが付いていて、祖母が寝支度をしていた。

「眠れないの？」

祖母は台所に立ち、ヤカンから冷え切った湯冷ましを湯飲みに注いでくれた。時計を見ると一二時前で、普段ならまだ勉強している頃だ。

「……そういえばわたし、受験どうなるんだろう」

わたしが大学進学を希望したとき、父の喜びようと言ったらなかった。「みんなが行くからって行かなくてもいいんだぞ」とか「教師の娘だからって気にするなよ」とか、わたしがなんとなくモラトリアムを求めているのだと思っていたのだろう。でも、バス網や交通ネットワークが好きだから都市デザイン系の勉強がしたいと話したら、即座にいろんな資料を集めてきた。「美術系の大学でインダストリアル・デザインを学ぶか、工学部で都市工学を学ぶか、あるいはゴミ処理やリサイクルにも興味があるなら環境学部か」なんて、わたしより事情に詳しくなっていた。父と相談した結果、わたしは工学部を第一志望、環境学部を第二志望にした。美術大学は、自分には向いていない気がしたのでやめた。父がいなかったらきっとまだ決めあぐねていたと思う。

その父がいなくなり、目の前に迫っていたはずの受験が遥か遠くに消えてしまったように感じる。

あくまで穏やかに祖母が答えた。

「人生は長いんだから。あとでゆっくり考えたらいいよ」

長く生きているからそんなことを言えるんだ。出かかった言葉を飲み込んだ。

リモコンを取り上げてテレビをつけると、くだらないバラエティ番組が流れ出したので適当にチャンネルを変えていく。そのうちにニュース番組に変わったので、寝室の母に聞こえないようにボリュームを下げた。身を乗り出して画面を見つめる。

〈少年、依然消息不明〉

「伊緒ちゃん、そんなもの見なくても……」

祖母は言ったけれど、目を離すことができなかった。事件の概略を語るナレーションの中、見知らぬ男性が映っている。誘拐された児童の父親が、記者会見を開いたとのことだった。

テレビに映る男性は背が高く、頬から顎にかけて白髪混じりの無精ひげに包まれていた。銀縁で円形のメガネをかけ、カールした長髪は無造作に真ん中で分けられている。鼻は長いけど高くはなく、一見のっぺりとした顔立ちに見える。ぱっちりとした二重の目は、普段なら人なつっこさを感じさせるに違いない。けれどもあまりにも意気消沈していて、彼はただ静かに、まるでそういう振る舞いをすることが宿命付けられているように頭を下げた。

『皆様のご厚意に感謝します。息子は未だに見つかりませんが、絶対に無事に戻ると信じています』

低く絞り出すような声。着古したベージュのジャケット。恩田六助くんの父・継夫（つぎお）さん（五二）とテロップが表示された。

無性に息が苦しくなった。わたしの知っている情報の限りでは、父はこの人から息子を奪ったのだ。

スタジオに画面が戻り、キャスターが一枚のパネルを取り出した。行方不明の少年の写真だった。

『こちらが、現在行方不明の恩田六助くん、一一歳です』

写真は二つあって、斜め前から撮った顔のアップ。それから、運動会の時の体操服姿でみんなと写っている全身像。

「この子が……」無意識に言葉が漏れた。

父が最後に一緒にいた人。ロクスケ。文字としては知っていたが、音で聞くのは初めてだ。口の中で呟いてみる。変な名前だ。アップの写真を見るに、眉が太く、目が大きく、意思が強そうだと感じる。髪は短く切りそろえられていて、ツンツンと硬そうだ。引いた写真を見ると、背丈は他の子供たちとそう変わらない。

『今もなお、懸命の捜索が続けられています』ニュースキャスターが目を伏せた。コメンテーターたちは、これから熊が餌を探す時期だの、最近雨が降ったので滑りやすくなっているだの、近くを流れる川は急流だの言って眉間にシワを寄せている。それらに何の情報も意味もない。つまり進展はない。

それよりも恩田継夫氏の萎れた様子を前に、胸の血管に埃がまとわりついているような居心地の悪さを感じた。テレビを消して立ち上がり、洗面所へ向かい、ハンドクリームを塗りたくった。ハンドクリームを塗ると手がすべすべになるけれど、それ以上に心が落ち着く。これは精神的ハンドクリームだ。真に潤したいのは心なのだ。

寝室に戻り、眠る母を横目に布団に潜り込む。もう何年も不眠気味と言っているくせに、鬱陶しいくらい寝息が聞こえてくる。音楽でも聴こうと思ったけれど、スマートフォンもパソコンも自宅だ。仕方がないのでどこにも繋がっていないイヤフォンを耳に挿した。プラグの先を握りしめて、畳に敷かれた布団の中でじっと目を閉じた。父が車でよくかけていた曲のサビを繰り返し、繰り返し巡らせているうちに、いつしか眠りに落ちていた。

納豆は必ず一〇〇回以上混ぜるようにしている。醤油を多めに垂らしてから九〇回くらい数えたところで、テーブルの向かいで母が言った。遅めの朝ご飯、あるいは早めのお昼ご飯の頃だ。

「届くはずの保険の書類が来てないの。もしかしてウチの方に届いているのかも」

「取ってこようか？」九三、九四……。

「ついでに父さんの実家の鍵も欲しいんだけど。大丈夫？　頼める？」

母がこういう言い方をするときは、そもそもそれが決定事項のときだ。

「わたしもスマホ取ってきたいし」一〇二、一〇三、一〇四……。

「ありがとう。いつも休みの日は昼まで寝てるんだから、たまには午前中から出かけるのもいいんじゃない？」

一〇八。

母は疲れていると無意識にあてこすりを入れる。ともあれ食事の後、わたしは自宅に戻ることになった。知り合いに会うつもりはないので、家着のまま、ジーンズとパーカーで出かける。祖母の家から二つ角を曲がると大通りに出て、目についたチェーンのハンバーガー・ショップで買ったショートサイズのコーヒーを抱え、バス停で家方面のバスを待つ。空を見上げると東の方が灰色だった。そのうち一雨来るだろう。ガラガラに空いた道路をやってきたバスもガラガラで、わたしはいちばん後ろの窓際に座った。

葬儀から一夜明けて、気分はいくらか落ち着いていた。スマートフォンには、きっと何人かクラスの友人からのメッセージも届いているだろう。罵倒してくるほど嫌な人はいないと思うけれど、変に慰められるのもぞっとする。すぐには読みたくない。届いたメッセージは通知マークを消さないまましばらく残しておくだろう。ただ、それは儀式のようなもので、何日か過ぎればふと読んでもいいと思うのだ。

誰かに言われたことがある。傷穴は塞がりたがっているものだ。

バスを降りて坂道を登ると、五分ほどで我が家についた。三日ぶりに見た自宅の外観は妙にきれいで無機質に見えた。門が開きっぱなしなことに通ってから気づく。

「あれ？　閉め忘れたんだっけ」

違う。きっとマスコミが忍び込んだのだ。げんなりしながらカバンの中の鍵を探していると、背後から呼ぶ声があった。振り向くと、敷地の縁に見知らぬ女性が立っていた。

「ちょっとよろしいですか？」

彼女はわたしの返事を待つことなく近寄ってきた。この人はいつからここにいたのだろう。それが気になって、反応が遅れてしまった。三〇歳手前くらいだろうか。黒髪を束ねて、太い黒縁のメガネをかけている。美人だとは思うけれど、メガネの印象が強すぎて顔立ちがいまいちわからない。彼女はわたしに一枚の名刺を差し出した。

〈フリーライター：水口参子（みずぐちさんこ）〉

げんなりが肥大する。母に頼まれて自宅に戻れば、相も変わらずマスコミが待っていた。への字口で周囲を見回すわたしを見て、水口参子なる女性は言った。

「私しかいませんん。他の人はみんな、少年の方を追っているので」

「あなたはどうしてそっちを追わないんですか？」

言いながら名刺の字面を追う。裏面を見ると、更にジャーナリスト、エッセイスト、ブロガー、ラジオパーソナリティなどと横文字が並んでいる。ずいぶんと肩書きが多く、しかも全部カタカナだから何者なのかよくわからない。

「あなた、森遠謙介氏の娘さんですか？　伊緒さん？」

しかもわたしの質問には答えない。

「お父さんのことを教えてください。本当はお母様とお話しできれば良かったのだけど、いないみたいだし。様子がおかしかったとか、こそこそしていたとか、何か気づかなかった？」

彼女はまるで質問する権利は自分が独占しているとばかりに喋ってきた。わたしは彼女を無視してカバンを漁った。鍵を見つけ、ドアに向き直る。が、背後から更に質問が飛んできた。

「あなたは、自分が無責任だとは感じない？」

挿した鍵を回す前に手が止まった。今度は意図せず沈黙になる。言葉を要求されたと感じたのか、水口参子は続けた。

「家族の罪はあなたの罪じゃないけれど、そこから目を逸らすのは家族として無責任だって、そう思わない？」

罪、という言葉が引っかかって、首の後ろが熱くなる。罪と言っているのはあんたたちであって、事実はまだわかっていないのに。せめてそれだけは言い返してやろうと思って振り向くと、彼女は待ち構えていたかのようにわざとらしくわたしと視線をぶつけた。

「あなた、お父さんとは不仲だった？　普段からきちんと接していれば、何か違和感に気づけたかもしれないのに。そしたら、事件を未然に防ぐことだってできたと思わない？」

「……父には不審な感じは全然ありませんでした。それより、まだ罪とは――」

「じゃあきっと、あなたの目は節穴なんだわ」

会話が成立していない。額に汗が流れ、反対に手の乾きを感じる。

「私、自分が善人だとは思ってないけど、子供は駄目だわ。何も知らない、自分を守る力もない子供を無理に連れだして、自分は死んでおしまい。こんなの許せない」

それをわたしに言われても――そう言おうとしたとき、門の外から太い声が上がった。

「おい、あんた何か用？」

隣の家のおじいさんだった。門の外からこちらを見ている。水口参子は眉をひそめて言った。

「どちら様？　あなたには関係ないでしょう？」

「俺に関係ないことなんてこの世にねえよ。なあ姉ちゃん。マスコミってのは子供捕まえて詰め寄って、そんなに偉いのか？　んなわけないよな」

おじいさんは言いきって、携帯電話を取りだした。警察を呼ぶサインだ。水口参子は肩をすくめて、何も言わずに踵（きびす）を返すと歩き去って行った。

急に力が抜けて、ドアにもたれかかる。

「……ありがとうございます」

絞り出すように言うと、おじいさんは大きく歯を見せて笑った。

「あの女、よくウロウロしてたから。まったくマスコミってのは品がないよな」

たぶん、最初の日に警察を呼んでくれたのも彼だろう。このおじいさんと話すのは久しぶりだった。小学生の頃は顔を見れば挨拶(あいさつ)していたし、たまに果物などをもらっていたと思う。おじいさんはその頃よりだいぶしわくちゃになった顎を撫でながら言った。

「どこに行ったのかと心配していたんだ。ああ、言わないでいいよ。俺が知っちゃったら、うっかり口が滑っちゃうかもわからんし」

にこやかに笑い、嗄(か)れた声で父へのお悔やみの言葉をかけてくれた。

「大変なことになったな。安らかに過ごせることを祈ってるよ。お父さんも、あんたらも」

父とは細々と交流があったらしく、顔を合わせれば野球や将棋の話などで盛り上がったらしい。知らなかった。

「まあ、長々と呼び止めても悪いな。用事があるんだろう。ちゃっちゃと済ませて帰りなさい」

おじいさんは手を振って自分の家に戻っていき、わたしはようやく挿しっぱなしだった鍵を回した。

カーテンが閉め切られて薄暗い我が家に踏み込む。ポストに詰まっていた新聞やチラシや封書を抱えられるだけ持って、足先でスニーカーを脱ぐと、家の中をひとしきり覗いて回った。マスコミが忍び込んでいないことを確認してリビングへ向かうと、洗濯物が干しっぱなしだった。記憶よりも散らかっていて、そういえばあの夜はわたしも母も疲れ切っていたのだな、とあらためて感じる。

キッチンの窓際に小さな鉢植えのサボテンが見えた。あれは母のだ。母はここ何年か、快眠セラピーという会合に通っている。安眠のためのアロマや精神を落ち着ける呼吸法などに熱心だ。このサボテンもリラックス効果があるとの触れ込みで配られたもので、後生大事にしている。ついでに持っていってやろうかな。いや、その前に、余裕ができたら家の掃除だな。なんて思ったけれど、そのときロッキング・チェアにかかった父の背広が視界に入り、瞬間的にぞっとした。続けて震えが止まらなくなった。

掃除なんて、いつするの?

慎ましやかで平和な三人家族の暮らす一軒家。自分はいつここに戻るのだろう。そもそも、戻って来られるのだろうか。

父さんさえ戻ってくれれば、と思った。少年を誘拐したかどうかなんてどうでもいい。犯罪者でも、刑務所に入っていても、いつか戻ってきてくれるなら、こんな気持ちにならなかったはずだ。「取り返しの付かないこと」を人生で初めて知った。父が欲しい。父におかえりと言いたい。なのに、目に映る全てがわたしに別れを告げていた。

逃げるようにダイニングに走り、抱えていた書類をテーブルの上にばらまいた。この中から、母の欲する保険だか何だかの資料を探さなくてはならない。クシャクシャの紙などもあって、開けば罵倒の手紙だった。コピー用紙に黒マジックで『変態』『変質者』『家庭があるくせに恥を知れ』『妻と娘を同じ目に遭わせてやろうか』なんて殴り書きされていた。封筒を開けたら刃物が入っているのもあった。手に何か汚い物がついて、それを台所で洗うときは心臓が靴ブラシで撫でつけられているような感覚を覚えた。何より最悪だったのは、白黒の画質を落としたわたしの横顔の写真があったことだ。雑誌の切り抜きのようだが、いったいいつ撮られたのだろう。

この所業の主たちは、昨日テレビで見たあの父親とは全員無関係に違いない。彼らはきっと、自分たちには犯罪者を戒める権利があると思っているのだ。この悪意は、善意の名のもとに行われている。善意の側の人たちにとって、加害者の家族のわたしたちは敵対する存在なのだろうか。

怖い。

母の求める書類を見つけ、カバンにねじ込む。ここからとっとと逃げ出したい。

「あとは、実家の鍵だ」

リビングの食器棚の抽斗（ひきだし）にあるはずだが、その場所に鍵は見当たらなかった。「なんでないんだよ、もう」他の抽斗も音を立てて開けてみるが、どこにもない。髪をかきむしり、苛立っても無意味だと気づいて無理やり深呼吸する。

「仕方ない、後回しだ」

二階に上がり、自室に駆け込んだ。

変えたばかりのシーツの上に掛け布団が丸まっている。見慣れた光景のはずなのに、どこかちぐはぐだ。ここにいたわたしは、今ここにいるわたしとは違っていて、もう二度と戻ることはない。さっきより動揺せずに受け止められたのは、慣れのせいだろうか。

スマートフォンは記憶の通り、通学用のカバンの中に放り込まれていた。充電コードに繋いで電源を入れると、何度か振動して、不在通知やメッセージが届く。メールの受信数は三〇を超えていて、ざっと表題を見る限りハンバーガー・ショップのクーポンやメガネ屋の案内ばかりだ。

「いったん放置」

次に数件の着信履歴を見てみると、母の他は全部、友人の飯村千紗（いいむらちさ）だった。

「おお……千紗」安堵の声が漏れる。

学校ではだいたいずっと、千紗と一緒にいる。同じクラスで、席も近い。高校に入ってすぐ、中学までやっていた陸上をやめて美術部に入ったときに一緒になり、それ以来の仲だ。留守番電話は入っていなかったが、彼女は何か伝言を入れるタイプではない。逆にメッセンジャー・アプリに溢れる未読分は、ほとんど彼女からのものだった。


〈送信者：飯村千紗〉

『ねえ、生きてる？』

『あのニュース本当なの？』

『電話でれない感じ？　学校は？』

『落ち込んでたらいつでも呼んで。飛んでいくから』

『あ、飛んでいくって言っても自転車だからそこんとこよろしく』

『そうだ。イオのメッセージが既読にならない理由は、私なりに考えるにこうだわ』

『何もかも嫌になって、スマホの電源を切ってベッドにぶん投げて放置でしょ。あのゴツいケースの』

『でも』

『そしたらこのメッセージも届かないね。じゃあ私はどこに向けてこれを送信しているのかしら？』

『知ってる？　インターネットの世界には、誰にも読まれていないテキストが夜空に見える星の数の全部よりも多いくらい存在しているんだってさ』

『怖くね？』

『やべ、マジ怖くね？』

文章が千紗の声で再生される。いつも一方的に話し続け、独特の言い回しでわたしに反論の隙を与えない。気持ちにゆとりが生まれるのを感じた。他にも何人かの友人からもメッセージは届いていたが、どれも自分の心配を押しつけるようなもので、心にぜんぜん響かなかった。やはり千紗だ。彼女のことをこの数日で思い出す余裕もなかった自分を恥ずかしく思う。千紗がいる。なんて心強いのだろう。あとで久しぶりに電話してみよう。

「ノートパソコンは荷物になるからいいや。服もまだ大丈夫。他は……」

机の脇の棚にねじ込まれていたペンギンのぬいぐるみを取り上げてカバンにしまう。ふたたび一階に降りながら、スマートフォンのアプリを一つ起動させる。ずらっと並ぶリストから『実家の鍵③』を選択すると、キッチンの方でブザーが鳴った。見に行くとコーヒーメーカーの脇に鍵が転がっていた。

「お前、なんでそんなところにいるのさ」

キーホルダーのボタンを押してブザーを止める。我が家の鍵にはみんなGPS付きのキーホルダーがついている。半径二〇メートルくらいの範囲にあれば、スマートフォンで見つけ出すことができる。鍵をよくなくす母のために父が導入したものだ。ここにあるのも母がしまい忘れたからに違いない。ちなみにわたしのスマートフォンのケースがやたらゴツくて頑丈なのも、初めてのスマホを買ってもらったその日に落として壊した失敗に由来する。おかげで重くて扱いづらいけれど、維持費を支払ってもらっている身としては拒否する選択肢などなかった。

「書類オッケー。鍵オッケー。スマホオッケー。オールクリア！」

わざと声に出して確認すると、戸締まりをして、きっちりと門を閉め、自転車にまたがった。

大通り沿いのケーキ屋さんで彩月ちゃんの好きなシュークリームを買う。それを崩さないようにカゴに入れると再び自転車を走らせ、わたしは知恵子さんの家のインターホンを鳴らした。二人の女の子の喜ぶ顔が見たい。それだけのつもりだった。

でもインターホン越しに名乗ったとき、知恵子さんの反応は変だった。ドアを開けてくれたときの表情が、いつもの笑顔ではなかった。出迎えてくれる彩月ちゃんと詩乃ちゃんも見当たらない。詩乃ちゃんなんか、いつもぜったい駆け寄ってくるのに。

「どうしたの？　伊緒ちゃん」

知恵子さんはドアを手で支えたままで、招き入れてくれる様子もない。

「近くを通ったので立ち寄ろうと思いまして。これ、彩月ちゃんが好きなやつ」

「ありがとう。お葬式に行けなくてごめんなさいね。詩乃が風邪を引いちゃって……」

「大丈夫です」わたしは遮って、ペンギンのぬいぐるみを差し出した。「この前、詩乃ちゃんにあげるって約束してたので」

「そう。ありがとう。詩乃には今度お礼を言うように伝えるから」

声は固くて、棒読みだった。

きっとご主人に「関わるな」とでも言われたのだろう。世間はわたしが思うよりも犯罪者の家族を忌避するらしい。わたしはここに招かれていない。それを証明するように知恵子さんの言葉は続いた。

「伊緒ちゃん。しばらく大変だろうから、落ち着くまで勉強会はお休みしましょうか？」

大学受験を控え、わたしは夏休み前から週一回ペースで知恵子さんに勉強を見てもらっていた。知恵子さんは東大を出たのにすぐ結婚して家庭に入ったから、勉強に飢えているといって快く引き受けてくれていた。とりわけ苦手な古文を見てもらった後に、紅茶とショートケーキを頂くのが習慣になっていたけれど、それが今終わった。

「落ち着くまで集中できないでしょうし。ね？」

「……そうですね」咄嗟にしては、動揺を見せずにうまく返せたと思う。「どうも気を遣わせてしまってすみません」

「謝るのはこっちよ。それより、あなたのお母さんを気遣ってあげてね。ちゃんと、本当に、家族として」

刺々しさはないけれど、やけに急いた口調だ。視線が流れがちで、周囲を気にしている。まわりの人にわたしといるところを見られたくないのだ。

玄関を出たあとで振り返ると、リビングのカーテンの隙間から詩乃ちゃんが手を振ってくれていた。涙が出そうだったけれど、ここで泣くのは自己中な気がしたから頑張って笑顔を返した。

自転車を漕いで祖母宅へ戻る途中で雨が降り始めた。まっすぐ帰っていたらきっと間に合ったのに。無意味に拒絶されて、雨に降られて、バカみたいだと思った。ずぶ濡れになったわたしに祖母はタオルと温かいお茶を出してくれた。シャワーを浴びて出てくると、母は保険の書類に記入を始めていた。シャツ姿のわたしを呼び止めて言う。

「ねえ、あんたもう一八になったんだっけ?」

「そうだよ」

父の生命保険に関する書類のようだ。加入時の書類の控えもあって、備考欄には当時の家族の詳細も記載されている。

森遠謙介。大学卒業後、小学校の教諭を務める。

森遠早美(はやみ)。大学卒業後、飲料メーカーに就職。結婚後、三年半勤めた後に退職。

「お母さん、仕事してたことあったんだ」

「私をなんだと思ってるの。仕事が嫌だってお父さんに泣きついたらその場でプロポーズされたの。そしたら私、逆にびっくりしちゃってさ。そんなに簡単でいいわけないって思って、そのあと一年勤めてから辞めたの」

親の過去はあまり聞かされたことがない。聞いてもはぐらかされることが多くて、うちの親は二人して照れ屋なのだと思っていた。でも母は珍しく、聞かれていないのに続ける。

「いい意味でも悪い意味でも、いい人だったな。お父さんは寛容で、何でも許してくれた」

結婚式も、新婚旅行も、家を買うときも全部母の意見が通ったらしい。

「単にこだわりがなかったのかもしれないけど。だから何でも私に合わせてくれる」

それは違う、と思った。

父ほどこだわりの強い人を、わたしは知らない。父は、人と怒りや悲しみではなく喜びを分かち合うことに心血を注ぐ人なのだ。相手の喜びが、自分の喜びなのだ。ただし少しだけズレていて、たまに張り切って料理すればわたしの好物のエビ春巻きを山ほど作り、わたしが食べきれないで残すと無言で落ち込んでいたりした。わたしを喜ばせようとして鬱陶しくなることも多かったけれど、それだって一緒に笑い合いたいからだってことは聞かずともわかっていた。

母は慣れきってしまっていて、父がどういう人間か忘れてしまったのだろう。いつかリビングで父と大ゲンカしたときの頑固さを覚えていれば、こだわりがないなんて思わないはずだ。あの日の続きを思い出す。父と母のやりとりに、わたしは思わず口を挟んだ。

「父さんは正しいと思ったことをしたんだから、それを責めても意味ないよ」

父も母も、わたしの割り込みが意外だったらしく、しばらく黙った。その後、母は「私にとっては悪いことなの」と口を尖らせたけど、父は「じゃあ次は、イオに共犯者になってもらうかな」と苦笑した。

わたしがあのときのことを思い出したのを見透かしたように、今現在の母はわたしに言った。

「イオは昔から、お父さんの味方だもんね」

母は父の反対だ。たぶんわたしに怒りや悲しみを共有して欲しいと望んでいる。期待に沿いたい気持ちはあるけれどいつも上手くいかなくて、余計に怒らせたり悲しませたりしてしまう。父と一緒だったらわたしは何も心配要らないけれど、母と一緒だと自分が荷物のように感じる。

「またそういう意地悪を言う」

「事実を話しているだけでしょ。あーあ、この保険に入った頃は、こんなことになるなんて思ってもみなかったな」

母は溜め息をついたけれど、わたしだってそうだ。誰もみんな、こんな未来が来るなんて思ってなかったに決まっている。当たり前のことを言う母に、少しだけ苛立ってしまった。


夕食後、空き部屋にこもって襖(ふすま)を閉めた。電話をかけると、千紗はすぐに出た。

『イオ？　良かったー。イオ成分が足りなくて飢えていたのよ』

安心する。この、周囲から割と鬱陶しがられがちな自分勝手さは、今のわたしの心の曇天を吹き飛ばす勢いがある。

「ごめんね、電話できなくて。家に置きっ放しのままおばあちゃんちに来ちゃって」

これまでの経緯を話す。家にマスコミが押しかけて、とてもじゃないけれどまともな生活は送れなかったこと。祖母の家に避難したこと。父の葬儀が終わったこと。

『お疲れさま。じゃあ学校は？　調べたんだけど、忌引きの休みって五日間だよね』

たしかに学校からはそう言われている。連休明けから数えて五日間にしてもらったため、学校へ行くのは早くても来週からになる。

『そうなんだ。じゃあゆっくりできるね。心ゆくまで休むと良いぞ』

「何その口調」吹き出すと、千紗は照れ隠しのように笑った。

『良かった、いつものイオで。とにかく前向きにね。傷穴は塞がりたがっているものだから、無理にこじ開けたままにしないように。ね、また一緒に遊ぼうよ』

そういえば千紗とは連休に遊ぶ約束をしていた。けれども父の死とそれがもたらした様々なことが津波のように押し寄せて、すっかり頭から抜け落ちていた。いつになるかわからないけれど、また一緒にカラオケや買い物に行きたい。

『そうそう。他の連中には釘を刺しておいたから。変に勘ぐるようなメール送っちゃダメだからねって。イオ、そういうの嫌いでしょ？』

「助かるわ」

『任せてよ。イオのことならだいたいわかるし。意外とシンプルだからね』

しばらくくだらない話を続けて、千紗からかなりエネルギーを吸収することができた気がする。電話を終えると、わたしは部屋の隅の座布団の山にスマートフォンを投げつけた。

「あー、なんか疲れた」

……あれ？

内心と行動がちぐはぐになっている気がする。

洗面所で丹念にハンドクリームを塗った後に時計を見ると、一一時近くなっていた。このところずっと過眠の母は、きっともう夢の世界に逃げ込んでいるだろう。わたしはまだ眠れそうになくてリビングに行く。やっぱり祖母がいて、編み物をしていた。

「テレビつけていい？」

「好きなように」昨日のような否定の言葉はなかった。ニュース番組で事件の続報を探しだすのは難しくなく、すぐに〈次は……初めて明かされる真実〉とのテロップを見つけた。CM明けを待つと、男性が背を丸めてハンカチで涙を拭っている映像が始まった。少年の父・恩田継夫氏だ。

　彼をスタジオに招いての独占インタビューということだった。有名なニュースキャスターが恩田氏と椅子を並べて向かい合い、その話に耳を傾けている。

　三年前まで自宅兼店舗で飲食店を経営していたが、不況の風に煽られて閉店。最近は知人のつてで飲食店を手伝ったり、廃棄物の運搬や警備員のアルバイトをしたりして細々と生活している。生活はさほど裕福とはいえないが、息子と二人、仲良く暮らしていた。それが恩田継夫氏の略歴らしい。彼は低くか細い声で言う。

『六助は、六大陸をまたにかけて人助けするような男になって欲しいと、亡くなった妻がつけたものです』

　継夫氏は二年前に最愛の妻を亡くしたそうだ。以来、息子と二人暮らしだった。そして今や、その息子も行方知れず。今もどこかでさまよっているのだろうか。『早く見つかってほしい』と項垂(うなだ)れる氏の言葉に、深く同調した。六助くんが出てきてくれたら、恩田家は日常に戻ることができる。絶対に戻らないとわかっているわたしたちとは違う。できれば、誰の家族もうちみたいになって欲しくない。そう心から思った。

　継夫氏の対面に座るキャスターがフリップを掲げた。これまでの事件の経緯が紹介される。そこにはわたしの知らないことも多々あって、反射的にテレビのリモコンを手に取り録画ボタンを押した。

　一一月二日深夜。継夫氏が帰宅すると、家にいるはずの息子がいなくなっていた。彼は明け方まで周囲を捜索したが、行方は分からない。息子は勝手に外出するようなタイプではないし、書き置きの類もなかった。

動きがあったのは朝だ。非通知の番号から携帯電話に着信があったという。

『息子からで、誘拐されて知らない場所に連れてこられた、と言っていました。細かく聞こうとしましたが、すぐに電話は切れてしまいました。犯人の隙をついての連絡だったのでしょう』

暫し悩んだが、継夫氏は結局最寄りの警察署に相談に行った。その後、一旦家に帰ったところでもう一度電話がかかってきた。今しがたまでいた警察署からで、告げられた内容はあまりにも予想外のものだったという。

『隣の市で事故を起こした車から、六助の私物が出てきたということでした。指紋と毛髪も』

六助くん以外の子供の痕跡(こんせき)はなかった。他に検出された指紋は家族のもののみで、そもそも普段から生徒が教師の自家用車に乗るようなことはない。

右上に視線を飛ばして嘆息する父親に、キャスターが訊ねる。

『事故を起こした人物が六助くんの担任だと聞かされて、どう思いましたか?』

『亡くなった男性の身元が判明し、知人かどうか警察の方に訊ねられました。知っている名前だとはすぐに思ったんですが、担任教師だとはすぐには理解できませんでした。だって、まさかでしょう。よりによって、もっとも信頼を置いていた人物が息子を誘拐しただなんて』

継夫氏は憤り、拳(こぶし)を強く握った。キャスターも強く頷き、低く言った。

『全く許せないことです』

思わずテレビから目を背けた。が、継夫氏の言葉が耳に届く。

『あの日、友人の飲食店を手伝っていたんです。たまにはロクに美味いものでも食わしてやろうと思って、仕事を増やしていたんです。それがこんなことになるなんて』

その心情の吐露はわたしの気持ちを強く揺さぶった。テレビ越しに言われている気がした。受け入れろ。お前の親のしたことを。それがお前の責任だ。

ひょっとしてそうなのかもしれないと思った。わたしの父は犯罪者で、そのことをずっと心の中に抱いて生きていくことがわたしの責任なのだ。幸せとか、嬉しいとかを感じる資格はない。ずっと後ろめたさと共にあれ。そう言われた気がした。もしかすると母が夢の世界に逃げ込むことや祖母がテレビからわたしを遠ざけようとしていたのが正しかったのだ。

でも、次に聞こえた言葉に対して、わたしは反射的にこう呟いた。

「……うそだ」

背けていた目をもう一度画面に向ける。ニュースキャスターは神妙な顔をしている。聞き間違いでなければ、今、彼はおかしなことを言った。

『死亡した森遠謙介容疑者は、以前から児童に対して性的ないたずらをしているという噂(うわさ)があったとの情報もあります。警察は、容疑者が性的な暴行目的で六助くんを誘拐した可能性も含め慎重に捜査を進めています』

繰り返された詳細に、聞き間違いじゃないことを知る。

性的な？　目的？

背後の祖母に振り向く。

「おばあちゃん、今のって……？」

祖母は控えめに頷いた。「よくわからないけど、そういうことも言われているね。もちろん、そんなはずないって言ってくれる人もいるみたいだけどね」

「これ、母さんも知っているの？」

「刑事さんに言われたってさ」

鶴木とかいう刑事だろう。今なら、電話での母の取り乱しようも、事情聴取時のふさぎ込みぶりも理解できる。事故、誘拐、性的いたずら。それらを立て続けに聞かされたら、娘に何を説明したらいいかなんて整理できっこない。

父は教え子を誘拐して、性的暴行を目論んだ？

継夫氏が苦々しい表情を浮かべて言った。

『ロクは、以前何度か言っていました。先生に変なことをされた、と。それで学校に行きたがらないこともありまして、思えばあのときもっと親身になって話を聞いておけば良かった――』

聴くに堪えなくなって、寝室へ行って母をたたき起こす。

「ねえ、母さん、起きて」

肩がぴくりと動いたのを見て畳みかける。

「うちって貧乏だった？　父さんは家のお金を使い込んでいた？」

母は布団から顔だけこちらに向けて、迷惑そうに答えた。「……何？　急に」

「家のローンが返済できなくなったとか？」

「もう払い終えてるわよ。中古物件で安かったし」

「じゃあ、わたしの学資が足りてなかった？」

「一五年前から積み立ててるわ」

「マスコミが言ってたよ。実は他に養っている家族がいるんじゃないかとか」

「そんなわけないでしょ。いつも家にいたでしょうに」

「たまに出かけてた、泊まりがけで」

「実家よ。絵を描きに行ってたの。ウチだとあんたが馬鹿にするから……ああ、そういうこと」

母は眠たげな目でわたしを見て、深々と溜め息をついた。

「いっそ、身代金目的での誘拐の方が良かったって思ってるんでしょ？」

その通りだった。わたしはわけがわからなくて、とにかく手っ取り早く胸の中の爆発しそうな塊を鎮めたかった。

「だからテレビなんて見るもんじゃないって言ったの」

「あれ、本当なの？　嘘でしょ？　ありえないって警察にちゃんと言った？」

「私に言わないでよ。警察になんて、そんな余裕無かったわ」

「何それ？　ひょっとして母さんもそう思っているわけ？　まさかだよね？」

しかし母は寝返りを打ち、布団に首まで潜りこんだ。

「もういいのよ」

「いいって何？　まだ終わってないでしょ。このままでいいの？　父さん、今のままじゃ変質者だよ？　どうしようもない悪党ってことになるよ。わたしたちだって、その家族だってことになっちゃうよ？」

「だから、もういいって。疲れたわ。何かやりたいなら自分でやって」

どうやら母は強引に傷穴を塞ぐ気だ。

このままじゃよその人が思い出すとき、父は変質者として語られてしまう。尊敬する父の姿を思い出すのは間違いだということにされてしまう。わたしの思い出が誤りで、テレビや世間の言うことが父の本当の姿だと言われてしまう。何より恐ろしいのは、わたし自身がいつかそう思ってしまうのではないかということだ。

「母さん、ねえ。父さんの行動の本当の理由が知りたいの。起きてよ」

屈(かが)んで母を揺するけれど、こっちを見ようともしない。ただ、少し口調を尖らせて言った。

「あんたに見せなかったけど、お父さんの遺体は酷かった。損傷が酷くて、顔も傷だらけで。触ってみたけど、冷たくて。その記憶を飲み込むためには、寝るしかないの。今、寝てるときだけが幸せなのよ。あんたも好きにしていいから」

言い終わりに、鼻をすする音がした。それ以上は何を言っても怒鳴っても、狸寝入りで返事はなかった。

そんな母を前にして、もはや自分でも、何を言ったら納得できるのか、何を思ったら落ち着けるのか、全然わからなくなっていた。

ただ、売り言葉に買い言葉のように、頭の中で声がした。

好きにしていい？　言ったな？

急激に頭が冴(さ)えていく。性的目的なんて信じられない。警察にちゃんと話せばわかってくれるはず——いや、父を容疑者として固めている人たちと話をして通じるとは思えない。必要なのは、連中がぐうの音も出せなくなるような、父の潔白の決め手となるものだ。証拠か、証言か。

「……証言？」

リビングに戻る。祖母はまだ起きていたけれど、テレビはとっくに違うバラエティ番組を流していた。視界を塞ぐように立ち、祖母に問う。

「おばあちゃん。あの子供、六助くん。まだ生きてるかな？」

祖母はダイニングテーブルの椅子に深く座ったまま、口だけ動かした。

「どうだろうねえ。私にはわからないけど、無事だといいねえ」

「そうだよね。じゃあさ、もしも見つかったら、わたしが話すことってできないかな」

「それは難しいだろうね。警察に保護されたら、なかなか誰でも会いにいくってわけにはいかないでしょう」

それもそうだろう。誰でもどころか、こちとら犯人の娘だ。ここまでは想像通りだ。

「ということはさ。わたしがあの子と話すためには、警察や、他の人よりも先に見つけるしかないね」

「そうだね」祖母は頷いた後、ぎょっとして目を見開いた。「伊緒ちゃん、急にどうしたの？」

祖母の向かいに腰掛けて、考えていることを話す。

「教えてもらうの。六助くんに」

連れ去られたとされる子供を見つけ、彼の話を聞くこと。父から何を聞かされたか、どうして父の車に乗り、どうしていなくなったのか。真実はそこにあるはずだ。それを知ることは父の名誉を回復するために残された最後の手段である。

「本当のことが知りたいの」

根拠はないけれど、わたしは思う。性的目的なんてありえない。そして、父は決して少年を野垂れ死にさせたり、山の中でさまよわせたりするために連れ去ったんじゃない。何か理由があるはずで、その理由を聞かされている可能性があるのは、恩田六助ただ一人だ。

祖母は呆気(あっけ)にとられたような表情だが、反対にわたしの頭の中はすっきり晴れていった。

「伊緒ちゃん。あの子を見つけて、何を証明するっていうんだい？」

「父さんの無実」

テレビでの恩田継夫の言葉を担保するのは、彼自身の証言のみではないか。「父が六助くんに何かしようとした」なんて、彼が言っているだけに過ぎないはずだ。

祖母の困惑をよそに、わたしは高らかに宣言した。

「父さんのために、わたしが六助くんを見つけるから！」

一一月二日 （ロク　〇日目）

じいちゃんはよく言っていた。時間の流れは良くも悪くも一定で、誰にも止められない。遅くも速くもならない。だからいつもゆったりと構えなさい。腹を立てたり焦ったりするのは時間の無駄だ。

でも、このとき咄嗟に声をあげたのは、周りがあまりにもうるさくて腹が立ったからだ。何か言い返してやろうとした瞬間に景色が変わって目が覚めた。何を言おうとしたのかは忘れてしまったし、相手が誰だったのかも覚えていない。記憶は夢の中に置いてきてしまったのだ。

一分くらい経って、自分が目覚めた場所が家じゃないって気づいた。だんだんと記憶が戻ってくる。俺は先生と一緒に車に乗って、ここに来たのだ。

「……水の音がする」

夢の中でうるさく感じたのはこの音だ。外にたぶん川がある。

先生はどこだろう。どのくらい時間が経ったのだろう。カーテンの隙間から外を見ると薄暗い。

寝ていた場所は畳の部屋だ。俺は真っ白くて新しそうなシーツの掛けられた布団の中にいた。起き上がり、紐（ひも）を引いて灯りをつけると、くすんだ風景に色が付く。古い木造の家だ。先生はここを実家と言っていた気がする。

廊下に出ると、細長い板張りの床が伸びていて、いくつか部屋の入口が並んでいる。

「先生？」

障子戸のどれかが開くかも、と思って待ったけど、返事も音も何もない。もしかすると、起きていたときの記憶も夢の中に一緒に忘れてきてしまったのではないか。自分の行動が地続きになっていない気がする。こんな時は呪文だ。新星、若葉、黄金バット。心の中で唱える。もう一度。新星、若葉、黄金バット。昔、じいちゃんに習った呪文。困ったらこれを唱えろ。

軋む廊下の突き当たりにトイレがあった。冷たい水色のタイルが帖られた床の先に、素っ気ない便器がある。水を流すレバーが見当たらなくて、上から垂れ下がっている細い鎖を引っ張るのだと気づくのに何十秒かかかった。水を流し、廊下に戻る。

「本当に誰もいないな」

小便ができたことで、ようやくここが現実なんだという実感が湧いてきた。洗面所で手を洗い、タオルがないのでズボンで拭く。

台所に行くと、ステンレスの流し台にマグカップが二つ置かれていた。先生がホットミルクを作ってくれたのだが、あれはどのくらい前だろう。

「時計はどこだ？」

見当たらない。テレビはあるけれど、リモコンがない。「だいたい何だこのテレビ？」やけにデカくて、まるで箱だ。たぶんブラウン管というやつだ。俺の知識の限りではもう映らない。ならばリモコンを探す意味はないだろう。

台所から続く隣のリビングに出る。壁にようやく掛け時計を見つける。針は四時半くらいを指していた。

「朝？　夕方？」窓の外を覗くと、ぼうぼうと生い茂った草がただ風に揺れているのみだ。

新星、若葉、黄金バット。

ここは森遠先生の実家で、俺は車で連れてこられた。毛布を与えられ、しばらくゆっくり休んでいろと言われた。そのままウトウトしていたら、どこかで鍵のかかる音がした。先生は俺をおいてどこかに出かけたのだ。

どこに行ったのか。いつ戻るのか。そもそもどうして俺をここに連れてきて、置き去りにしたのだろうか。

重要なことを何も知らされていないということに今更ながら気づいた。

台所の隣の部屋に、何枚も絵があった。木のスタンドに立てかけられている。油絵ってやつだ。そういや先生は、絵が得意だと言っていた。描かれているのは女だ。若い、高校生くらいの女。先生の娘だろうか。何かを食べていたり、椅子に座っていたり、空を見上げていたり、同じ女の絵ばかり並んでいた。どれも色づかいが妙にくすんでいて、爽(さわ)やかな光景のはずなのに寒々しいのが気になった。しばらくぼんやり眺めていると、視界が暗くなっていることに気づいた。とすると今は夕方だ。これから夜が来るのだ。

「一体いつまで待てばいいんだよ」言ってからすぐに気づく。「待つ？　何で？」俺は何も言われていない。

台所に戻って、外に繋がるドアを見つめる。俺の靴(くつ)が揃(そろ)えてある。俺はリュックから、いつも持ち歩いている宝箱を取り出した。外国製のミントタブレットの小箱で、じいちゃんに昔もらったやつだ。手のひらサイズだけど意外と物が入るし、金属製で頑丈なのが気に入っている。それをカーゴパンツのポケットにねじ込んで、靴に足を滑らせた。右足を履き終えたところで、棚のフックに鍵を見つけた。ドアを開けて外に出て、鍵を挿し込むとすんなり入って回った。鍵を近くにあった植木鉢の下に隠し、静かに歩き出す。ここにいる意味はないからだ。ここを出る意味も、たぶんないけど。

何もせずただ待つことは嫌いだ。待っている間に、きっとこれから嫌なことが起こるに違いないという気持ちが強くなるから。少しでも何かをしていれば、待つ時間を減らしていけば、「嫌なこと」は近づいてこないはずだ。

庭にはシマトネリコの木が青々と立っていた。その根元にはパセリとミョウガが生えている。どちらも食べられる植物だ。食べられる植物と食べられない植物の見分け方はじいちゃんに昔教わった。ここは良い庭だ。でも、ナガミヒナゲシの葉がずいぶんと目立つ。こいつらは春になるとオレンジ色の花を咲かせ、周りの草木を枯れさせる最低な外来種だ。駆除するように先生に言ってやろう。

不揃いな石が敷き詰められた道を抜けると、建物の反対側に立派な玄関があった。こっちが正面なのだ。それを横目に、俺は少し錆びた鉄の門を軋まないように慎重に開けた。

門を出ると細い道路が左右に走っていて、それに沿うように浅い川が流れている。川縁のささやかな土手にはススキが黄色くひしめいていて、風にぼやぼや揺れている。道路の隅は舗装がはがれ、代わりに砂利（じゃり）が敷き詰められている。道幅は狭く、左右を見回してもどちらからも車が来る気配はない。『ホタルのためにきれいな川を』という看板が右手側に見えて、俺はそちら側に向かって歩くことに決めた。見知らぬ道だが、川にそって歩いて行けば迷うこともないだろう。当たり前だけれど、蛍は見当たらなかった。

風は温く、日は傾き始めている。歩きながら、やたらと静かだと感じた。

「そういえば、俺は誘拐されたのか？」

車の中で、先生が冗談めかして「誘拐したんだ」と言った。子供の誘拐件数が年間どれくらいなのかは知らないけれど、そのうち一件に自分が入り込んだとは信じがたかった。そもそも車にだって無理やり乗せられたわけじゃない。乗れと言われて乗っただけだ。そして先生は消えた。

この「今」は何だ？

整理しよう。さっきドアを開けたのは？　現実だ。トイレに行ったのは？　現実。トイレを探したのは？　あれは夢だ。ならその前。森遠先生が俺を置いて出ていったのは？　夢だ。違う、現実だ。あれは現実で、だから今一人なんだ。じゃあ、その前は？　家を出て車に乗った。現実。運転する先生に俺は聞いた。「俺を誘拐してどうするの？」現実。先生は答えた。「身代金でも要求するか」現実。「いくら？」先生は何か答えたけれど、隣をバイクが走り抜けたせいで聞こえなかった。現実、だと思う。赤い空に飛ぶ鳥。現実、かな？　微妙だな。車の中で寝てしまったから、夢かもしれない。じゃあ車に乗る前のことを思い出そう。家に先生が迎えに来た。

現実。

先生が来る前は？　ツギオに殴られた。頭を摑まれて、背中を壁に叩きつけられた。その前に何かで詰られた。俺には関係のないことで、いつもの八つ当たりだ。

現実。

その後、ツギオがどこかに出かけて、だから先生は勝手に家の中に入ってこられたのだろう。夜に出かけるとき、ツギオはたいてい、家の鍵をかけないから。

先生は俺が潜り込んでいた布団を引っぺがした。俺は先生に連れ出されて、車に乗った。ということは、あそこから今はずっと続いている。

時間というものはいつからいつまで繋がっているのだろう。生まれたときから今まで一度だって途切れていないなんて、にわかには信じられない。だって、もしそうなら俺は永遠にツギオから罰を与えられることになる。だってツギオは父親だから。

ずっと同じような日々が続いていた。ツギオの機嫌が悪いと殴られ、機嫌がいいとからかわれる。疲れている日は無視される。これが唯一の安息日で、あとはずっと苛々と恐怖の連続だ。夜の仕事の日は明け方に酔っ払ってドタドタと帰宅し、そのまま布団に潜り込む。時々無意味に、寝入っている俺を蹴る。寝ている間に蹴られるとガードができなくて咳が止まらなくなるから、夜に物音がするとすぐに目が覚めるようになった。ツギオのいびきが聞こえたらまた寝て、ツギオが目覚める前に起きて学校に行く。ツギオは酔いつぶれるとちょっとやそっとじゃ起きないから、朝は数少ない安堵の時間だ。大体はそんな調子だが、時々俺が学校から戻るともう家にいたりする。そういう日は最悪だ。財布を落とした腹いせに殴られ、仕事がクビになるとやっぱり殴られる。あの男ときたら、せっかくアキさんに紹介してもらった仕事でもすぐ逃げ出すんだ。たまに家に女を連れてきて、邪魔だからどこかへ行ってろと追い出される。二時間くらい近辺をあてもなくぐるぐる歩き続けて帰ると、家が香水臭くて嫌になる。

ツギオが言うには、それは俺が悪いのだそうだ。ツギオは母さんが選んだ人間だから、俺を躾ける役目がある。だから俺に罰を与えるのだという。最初は無駄に立たされ続けるとか、重いものを持たされるとかだったけれど、いつしか直接手を出されるようになっていた。

逃げたいと思ったこともあるけれど、それは漠然とした将来の夢のようなものだった。いざドアから出て行こうとしても、行くあてはない。家に帰りたくないと思っても、戻りが遅いと殴られる。人に相談したらいい。そう思ったこともあったけれど、もし誰かに身体の痣を見せたりしたら、どうなる？　きっとツギオにもっと殴られる。そもそも、親から罰を受けているなんて人に言うことはみっともなくて恥ずかしいことだ。もしも知られたら、周りの連中も俺に罰を与えなくちゃって思うかもしれない。そう考える俺の頭は矛盾している。自分でもわかっている。暴力は悪いことだといろんな人が言っているのを知っているのに、俺はその暴力を受け入れなくてはいけないような気がしている。何度もやられているうちに、逃げることに罪悪感を覚えるようになる。

暴力は一種の催眠術だ。逃げられない。

考えていたら口の中に痛みを感じた。その痛みが、俺にかけられた催眠術はまだ解けていないことを実感させる。

どうしてこんな催眠術をかけられたのか。母さんが死んだからだ。

母さんが死んで家族が壊れた。

母さんはお嬢様で馬鹿だったんだ。底抜けに優しくて、だからツギオなんかに金を全部むしりとられ、ストレスで病気になった。母さんが死ななきゃこんな目に遭わなかったのに。そう思うけど、思ったところで何も解決しないのはもう学んだ。

　母さんは死んでからもよく夢に出てくる。あの散らかった小さな家の中で、座椅子に座ってぼんやりしている。俺が「出かけよう」と言うと、母さんは決まって「ここから動けないから」と悲しそうに答える。今にして思うと、きっと母さんもツギオに殴られたり蹴られたりしていて体が痛かったのかもしれない。全然気づかなかった。生きているときの母さんは、いつもニコニコしていたから。家族を壊さないように頑張っていたのかもしれない。そんな母さんの嘘を見破れなかった悔しさで、俺は何度も同じ夢を見るのだ。

　ツギオは笑いながら人を殴る。罰と言う癖に口笛を吹いたりして楽しそうに見える。その間、俺はひたすら謝る。身を守ろうとして変に逃げ出したり、刃向かう素振りを見せたりすると、強い蹴りが入って本当に動けなくなる。涙や鼻水を垂らして無言でうずくまり、ひたすら小声でごめんごめんと言い続けるしかない。黙っていると終わらないし、大声を出すと喚くんじゃねえと火に油を注ぐことになるから。そのうちツギオは飽きてふて寝する。もし小銭があれば、飲みに出かける。

　あの日は飲みに出かけていった。

　俺は、風邪薬を飲んで布団に潜り込んだ。ツギオが踏んづけたり汚れた手を拭いたりする黒ずんだ布団だ。その中でじっとしていたらインターホンが鳴った。無視していたらドアの開く音がした。おかしいなとは思ったけれど、どうすればいいのかわからなかったので放っておいたら、俺の枕元に誰かが屈んでこう言った。

「生きてるか？」

先生の声だった。変な質問だが、それよりなんでここに来たんだってことの方が不思議だった。また無視していると、布団をめくられ、頭を撫でられた。

「間に合って良かったよ」

先生は俺の身体を引っ張り起こし、そのまま担いで車に運んだ。ひょろいくせに、俺を担ぎ上げる力があるなんて意外だった。先生はツギオのことを気にするでもなく、最初からそういうことをする予定で来たみたいな動きだった。車の後ろの座席に座らされた後で「持って行く物はあるか？」と言われたので、俺は一度家に戻って通学に使っているリュックを拾った。黄色の派手な奴で、ツギオがいらないっていうのを母さんがくれたのだ。そこに、机の裏に隠してあった宝箱を取り出して詰めた。それから自分の足で車に戻った。先生は運転席に座り、シートベルトを締めながらミラー越しに言った。

「言いたいことがあれば何でも聞くぞ」

「別にいい」俺が何を言ったってきっと意味なんてない。かといって、先生に何を聞いたらいいのかもわからない。

「なら今はいい。ともかくもう大丈夫だ、ロク」

先生は俺を学校で呼ぶ「恩田くん」ではなくて、みんなに呼ばれるあだ名で呼んだ。悪い気はしなかったので、車の中で宝箱の中身を見せてやった。車では何か音楽がかかっていた。ツギオなら絶対に聴かないようなやつだ。先生の実家に着いて勝手口から中に入ったあと、さっきの歌は何だと聞いた。イマワノ何とかという人で、「ずっと夢を見ている」とか、そんな意味らしい。だからロク、お前もちょっと寝てていいぞ、と言われたので、ホットミルクを飲んだ後で布団に入り目を瞑った。

そして失われた夢の時間を経ての、今だ。

「何なんだ、俺」

見知らぬ道を歩きながら呟く。あの現実と今の現実は、繋がっているはず。なのにただ一人、森遠先生だけがいない。俺が夢の中にいたときも、先生はずっと現実にいたはずなのに。

考え事をして歩いているうちに、影がだいぶ長くなっていた。太陽の位置を見ようと振り向くと、逆光のきつい視界の中で、向こうの塀から何かが覗いた。大きな犬だと気づいたときには、そいつは塀を乗り越えて道路に飛び降り、こっちに向かってきた。

犬の視点は俺に固定されている。遠くからでも目がギョロリとしているのがわかったし、真っ赤な舌は湯気だっていそうだ。白い体毛は薄汚れていて、焚き火の灰でも被ったような色をしていた。昔、じいちゃんと見た図鑑に載っていた。たぶん紀州犬だ。しつけが悪いと平気で人を噛む。踵を返し、早足で歩く。刺激してしまうから走ってはいけない。背後を振り返ってはいけない。けれど、タタタと足音は軽快に大きくなっていく。はっはっという息づかいも聞こえてくる。犬はもうすぐそこまで来ているような気がした。妄想じゃなく、あの犬は牙を光らせて、俺に嚙み付こうとしているように思えてならなかった。大人しく家で待っていれば良かった。後悔し始めているのを無理に振りほどくように首を横に振った。

まっすぐな一本道を、速度を変えずにひた歩く。泣きたくない。そう願っていたら、横に入る小道が見えた。後ろを振り向かず、ゆるやかに曲がる。何にも目をくれず歩いて行く。

犬の足音が止まったのがわかった。立ち止まらずその道を歩いて行く。きれいに刈り込まれていた垣根に沿って歩いて行くと、急にボロボロな木造の小屋があって、壁に同じくボロボロのポスターが貼ってあった。じいちゃんの家の近くで昔見たようないかしたやつだ。変な女と、変なカタカナ。何となくその角を曲がると、でっかい木が整列して生い茂った、林か庭かわからない場所に入った。まっすぐ進むと、手前に汚れたプレハブ小屋が建っている。くすんだ銀色の機械があって、大きな木箱が山積みになっている。その脇を通ると急に目の前がひらけて、手前に石でできた変な建物、反対側の向こうにやけに大きなお屋敷があった。そこで俺はようやく気づく。ここは他人の家の敷地だ。

誰かに見つかったら怒られるかもしれない。そう思ったのと、誰かに見られていることに気づいたのはほぼ同時だった。心臓がどくりとなった。

手前の石作りの建物の二階の窓から、誰かが俺を覗いていた。

髪が長く、若い女のように見える。そいつは、俺と目が合うと、すぐカーテンの向こうに隠れた。不気味だと思った。逃げなくちゃ。でも逃げたらもっと怒られるか？　混乱する間に足が縺れて派手に転けた。

上手く行かない苛立ちと屈辱で何も考えられなかった。地面の上に大の字になって寝っ転がる。もうどうにでもなれ。やけっぱちな感情が、涙を目のすぐ傍まで引っ張ってきていた。

新星、若葉、黄金バット。

胸の内で何度か呪文を唱えていると、頭の上からガサガサと音が近づいてきた。犬じゃない。もっと大きなものの足音だ。目だけで見上げると、さっき窓から俺を見下ろしていたやつが、今度は地面の上から俺を見下ろしていた。いつの間にか空の橙はほとんど消え去り、薄暗いせいで相手の顔はよく見えない。ただ、じっと見つめられたその視線に、何かを要求されているような気がしたので俺は言い訳をした。

「あの、犬に追われて……」

「この辺は、デカい犬が多いからね」

女だと思っていたら、声が男だった。さっき見たときは遠くからだったし、髪が長くて身体が華奢(きゃしゃ)だから女だと勘違いしたのだ。どんな犬か問われたので、白くてデカいのだと答えた。

「あいつか。運が良かったね。人を噛んだこともある。でも地主の飼い犬だから放置されているんだ」

そいつは長い髪を後ろで縛り、よれよれのスウェットの上下を着ている。

「角を曲がって正解だよ。まっすぐ行ってたらどこまでも追いかけられてたよ。ここは縄張りの外だから入ってこない」

男は起き上がろうとする俺を手で制し、全部わかっているような口ぶりで言う。

「この辺に子供はいない。盆と正月以外はね。キミ、名前なんていうの？」

「恩田六助」

「恩田？　ふうん。どっから来たの？」

住所を答えると、男は首を傾げた。

「それ、どこ？　何市？　小学校は？」

学校の名前を言うと、男はスマートフォンで何かを調べ始め、勝手に納得した。

「隣の市だな。はるばる一人で？　んなわけないよな」

「車で来たんだ」

「そりゃそうだろう。なんでここにいるの？」

俺はそのままを説明する。道を歩いていたら犬に追われて、田んぼの切れ間の道を曲がって、生け垣に沿って歩いてきたこと。

「それから、ルービロポッサのポスターが貼ってあるボロい家の角を曲がって、いつの間にかここに入ってた」

「ルービロ……ああ、逆から読むんだよ、それ。どうでもいいけど。それより親は？」

「……別に」

すると男は、口をひん曲げて嘆息した。

「……家出かよ。どこ行くとこだったの？」

しばらく散歩をしたら戻るつもりだった。どこかへ行こうとしていたわけじゃない。男は俺をまじまじと見つめてくる。先日ツギオに殴られた、頰の少し腫れているところが気になったようだ。

「その怪我、犬にやられたの？」

「違うよ。もともと」

「もともと怪我している人間なんていないよ」男は苦笑した。「ここにいられると迷惑なんだよね。子供は畑を荒らすから嫌いだ。用が無いなら出て行ってくれないかな。それとも親を呼ぼうか？」

ツギオはこんなところに呼び出されたら怒り狂うに決まっている。俺がツギオの自由を奪うことは許されていない。何も答えられなかった。そもそも自分で自分の状況がまったくわからないのだ。行く場所も、居場所もない。いっそ誰かに「ここがキミの場所だよ」と言われたら、俺は喜んでそこに行くだろう。

「あの犬は、一度外に出るとしばらくうろついているしな……。今出てったらまた追われるかもしれない」

男はそう呟いてしばし考え込んだ後、屈み込んだ太ももに肘（ひじ）をつき、頬杖（ほおづえ）をついて、空気に向かって喋るように訊ねた。

「キミ、暇なら一緒にゲームやらないか？」

男の名前は佐藤幹泰（さとうみきやす）といった。色白で、目は二重で、肌つやが良い。若そうだけれど年齢がわからない。

石を重ねて作った建物の中は空気が妙に乾いていて、どことなく重苦しい感じがした。「土は玄関で払えよ」彼はそう言って、井桁型（いげたがた）の鉄格子みたいな扉を開けた。目の前に木の階段があって、上に登っていく。

「ここ、何？　家なの？」

「蔵だよ」

「ああ、知ってる。物をしまっておくための建物だ」

「物もしまってあるけど、僕もここに住んでいる」

「人が住む蔵もあるの？」

「別に、人が住む用の蔵ってわけじゃないけど」

それから俺の質問を先回りし、外の方を親指で指した。

「向こう側にでっかい家があっただろ？　あれが母屋……この家の本体さ。もともとはこの蔵とあの家の間にもう一つ建物があったんだけど、地震で傾いてさ。去年取り壊したんだ。そのせいで母屋とここの間が少し離れてる。まあ、その方が都合がいいんだけど」

階段を上がった先には六畳くらいの部屋が二つ連なっていた。襖で仕切ることができるみたいだけど、取っ払われて横長の大きな部屋になっていた。畳敷きで、階段に近い方の部屋には炬燵（こたつ）があって、その上に漫画雑誌が山積みになり、脇にゲーム機が何台も並んでいる。壁を取り囲むように本棚があって、漫画がぎっしり詰まっている。アニメや映画の人形もいっぱい立っている。緑色の巨人とか、赤い鉄っぽい何かとか、そういうヒーローの人形がひしめき合って並んでいるのに見入っていたら、話しかけられた。

「どれか好きなのある？」

「わかんない。知らないのばっかり」

「アベンジャーズとか見ないのか。男子はみんな好きだろうが。じゃあ、どれがイカす？」

俺は緑色の大柄の裸男を指さした。

「ハルクね。センスいいじゃん」

炬燵の一辺は壁際に押しつけられ、そこにはテレビが座っている。その真正面の座椅子を引っ張り、ミキヤスはコクピットに滑り込むように潜り込んだ。次いで、炬燵の右手側の一辺をめくる。

「ま、座りなよ。狭いところだけど文句は禁止な」

今更ながら、付いてきて良かったのだろうかと不安を感じた。見知らぬ場所で、見知らぬ家で、見知らぬ男だ。そんな場所に自分がいるのは不自然で理不尽に感じた。見えない何かに怒られる感覚があった。でも、一方でこうも思った。先生のせいで俺の時間が途切れ途切れだ。今更何が起きたところで、それは先生のせいなのだ。ミキヤスは俺を見上げた。

「座らないの？」

「座っていいの？」

「そう言ったじゃん」

「……ごめんなさい」

「何で謝るの？」

「……すいません」

ミキヤスは下唇を突き出して顔を歪めた。「会話が成立してないな。まあいいや。とりあえず座って、それからやりたいゲームを言え」

おそるおそる炬燵に入ると、ミキヤスはテレビのスイッチを入れた。森遠先生の実家とは薄さも大きさも段違いだった。やけに大きな画面には、どこかの戦場みたいにあちこち燃えた森の中の映像が映し出されている。

俺はテレビゲームをよく知らない。だからまた、おそるおそる訊ねた。

「ゲームより、テレビが見たい。ニュースやってないの？」

「ニュースは映らないよ。ゲーム用だから。カードがささってないし、アンテナもない」

「普段どうしてるの？　テレビ見ないの？」

「見ないよ、そんなの。インターネットがあればその方が早いし、双方向だし」

「双方向？」

「キミと僕が会話しているみたいなことだよ。どうでもいいだろ。少なくとも今見るべきテレビ番組なんてこの世にないね」

「ごめんなさい」

「あーもう、いちいち謝るの禁止ね。他に質問は？」

「……テレビが見れないなら、他は？」家が変で、テレビも変なら、他も変かもしれない。

「トイレと風呂はあるよ。洗濯機も。前に付けてもらったんだ。隣の部屋の台所には冷蔵庫もある。業務用のデカいやつだ。喉が渇いたら、水が入ってるから適当に飲んでいいよ」

「秘密基地みたいだ」

「まあね。だから何も困らない。あ、でも」

ミキヤスは俺の目を見た。

「大声で騒ぐなよ。あっちの家――母屋に母親と姉が住んでいるんだけど、あんまり騒ぐとここに乗り込んできて、ゲーム機を壊される。このくらいの声なら向こうに聞こえないから大丈夫。まさにここは秘密基地だから、僕らがいることはみんなには秘密なんだ。だから静かに遊ぶぞ」

秘密基地、という言葉が俺をいくらか安心させた。そしてミキヤスも、バレたら俺と一緒に怒られる側だという。この男といれば、ツギオに見つかったとしても少しはマシかもしれない。渡されるままに俺はゲームのコントローラーを受け取った。適当に動かすと、画面の中も一緒になってぐりんぐりんと視界が動く。ボタンを押すと、宙に向かって何かが発射された。

「今はオフラインだから、好きに遊んでいいよ。練習してな」

「これは何？　何するゲーム？」

「男はみんな好きだろ。銃を撃つやつさ。ＦＰＳっていうんだ。ファースト・パーソン……なんだっけ。どうでもいいけど」

「それがゲームの名前？」

「ゲームのっていうか、ゲームのジャンルの名前。ゲームのタイトルは……ダサいから知らなくていいよ」

テレビゲームなんてほとんどやったことがない。ツギオが前に持っていたが、数日で酔っ払って破壊した。それ以来だから何もかも新鮮で、夢中になった。といってもたぶん一〇分とか一五分とかのはず。その間、ミキヤスは無言で薄い板みたいなパソコンをいじっていた。あっちはあっちで別のゲームをやっているのだろう。無視して一人、マシンガンを撃つことで爽快になっていると、横から突然手が伸びてきた。

「うわっ」思わず構える。と、ミキヤスは呆れて言った。

「何？　殴られるとでも思った？」髪に触れ、どうやら埃が付いていたのを取っただけだった。

「安心しろよ。これ命令だからな。僕の秘密基地でオドオドされてちゃ、リーダーの僕が無能みたいじゃないか」

何と答えて良いかわからなくて、誤魔化すようにゲームに目を戻す。と、ミキヤスは指の中の埃を適当に払って俺に言った。

「恩田六助。それがキミの名前っていったよね」

「そう」物陰からゾンビが。とりあえず連射で血みどろにする。

「変な名前だな」

「母さんが、六大陸の人たちを助けるような人間になれってさ」目についた小屋を爆破したら、中から弱そうな人間が。しまったこれは殺しちゃ駄目なやつだ。

「ふうん、それで六助か」何か思案している。

ゲームをやろうとすると質問が来る。気が逸れて、相手の方を見る。すると向こうもこっちを見ていて目が合った。

「六助なんて、ナマイキだな」

「は？」瞬間、ぐいんとコントローラーが振動する。目を離した隙にキャラクターがやられたのだ。でもそんなことは気にせずミキヤスは続けた。

「お前なんかロクでいいよ。今日からロクだ」

目を合わせたままキョトンとしていると、ミキヤスはやがて肩をすくめた。

「知らない？　見てないの？　千と千尋」

「……見てない」

「つまんない奴だな。どうでもいいけどコンティニューしたら？」

変な男だと思った。ただ、不気味ではあったけれど、怖い人間には見えなかった。それに、さっきまでいた家に戻るには、またあの犬のところを通らなくちゃいけない。と思っている間に、ゲームの中でまたやられてしまった。

「ゲームやるのと喋るのと一緒にできないのか？　学校でもそんなにどんくさいの？」

「どんくさくないよ。成績もいいし、体育もできる」

「ふうん。学校って一クラス何人？　何クラスくらいあるの？」

「二十何人かで、二クラス」

「なるほど。じゃあキミは、五〇人ちょいの中では優秀だと。井の中の蛙だな」

「その五〇人以外と競争する機会が無いから仕方ないよ。でも相手が増えても俺はトップだよ。テストとか全部一〇〇点だし」

「小学校のテストで一〇〇点ばっかの奴は、努力の習慣がつかない。中二の夏くらいからがくっと成績下がるぞ」

「自分のこと？」

「一般論さ」

「俺は違う」

自分でも、どうしてこんなに平然と喋っているのか不思議だった。知らない年上の人間と話す機会なんてないし、あっても萎縮してしまう。でもミキヤスとは、なぜだか気にせず話すことができた。相手が自分のことを全く知らないから、変に取り繕う必要が無いのかもしれない。自分の中でそう結論づける。

ミキヤスは苦笑した。

「キミ、話してみると結構生意気だな」

「だって安心しろって言ったから……」

「別に責めてないよ。でも生意気すぎると女子にもてないぞ」

「そんなことないし。クラスに俺のこと好きって女子、いるし」

「マジで？　どんな子？」

身を乗り出してきて鬱陶しい。ミキヤスの顔を手で押し返しつつ、俺はクラスメイトの小出雪奈のことを考えた。家が近所で、親同士も知り合いだ。腐れ縁という奴だ。

「教えろよ、ロク」

「言わないよ。うるさいな」

そっぽを向く俺に、ミキヤスは声をあげて笑った。「へえへえ。しかしまあ、そんなふて腐れた態度じゃダメだな。先生の説教もさぞ長引くことだろう」

「全然。むしろ心配されまくって鬱陶しいくらいだよ。それに最近体力が落ちて長い説教ができなくなってきたって言ってたし」

そして今は放置されている。そのことを話そうか迷っていると、ミキヤスは俺を指さして言った。

「ロクの担任ってどんな人？」しかしすぐに指先を上に向けた。「いや、待った。当てよう」

目を閉じ、そのまま指先を自分のこめかみにあててぐにぐにとつつく。

「わかった。男だろ？」

「二択だからまぐれだろ」俺は口を尖らす。しかし相手はにやりと笑い、こう続けた。

「年は四〇歳から五〇歳くらい？」

「正しい年なんて知らない。でもそのくらいかな。何でわかるの？　知ってるの？」

「いいや。論理的に当てただけさ。キミは自分を賢いと思っているみたいだけど、僕だって負けてない」

ミキヤスは得意げに胸を張った。

「小学校で二クラスなら、担任教師は片方が男性でもう片方が女性だろう。雇用のバランスを取るためにね。加えて、キミの先生は生意気なキミを叱らない。相当寛容だ。女性で優しい先生は生徒にナメられがちだけど、キミからはそういう態度は見られない。とすると男性の可能性が高い。さらに、体力がないなんてわざわざ言うのは四〇歳を過ぎた奴だ。三〇代ならまだ自分が若いと思っていて、プライドがあるからね」

正直なところ、俺は驚いていた。たったあれだけの会話から、この男は森遠先生のことを言い当ててみせた。しかも次の言葉は俺をさらに驚かせた。

「で、その先生はキミをほったらかしにしてどっかに消えたと」

「……なんでわかるの？」

もしかして超能力でもあるのではないか。今度こそ不気味になって炬燵から少し身を離すと、ミキヤスは何でも無いことのように答えた。

「さっき親のことを聞いたらはぐらかしただろ？　家出にしたって、この辺は土地勘のない小学生が一人で来られるような場所じゃない。親以外でキミを車に乗せてくれそうなのは恩師だが、キミはさっきから学校の話しかしない。習い事の類はしていない。つまり恩師は、塾の先生や道場の師範なんかじゃなく、学校の先生だ。そして今ここに先生はいない。ならキミは先生にほっとかれてるんだろう」

俺は気づけばコントローラーをほっぽって身を乗り出していた。素直にこの男をすごいと感じていた。

「そうなんだよ。森遠先生と一緒にいたんだけど、いつの間にか俺だけになってってさ」

これまでの経緯を大筋で説明した。車で連れ出され、先生の実家に連れていかれ、寝ている間にいなくなったこと。喋りながらだんだん怒りが湧いてきた。勝手すぎる。

俺の話に黙って耳を傾けていたミキヤスは、少し経ってからぼそりと言った。

「先生の実家、近所なんだろ？　だったらここにいなよ。電話番号も調べられると思うし、ここにキミがいるってことを報せてやる」

「そんなことできるの？」

「できるさ。そうだ、この辺の出身で森遠って名前、うちの親の知り合いじゃないかな。なんか痩せこけた感じの人だろ。白縁のメガネが全然似合ってない」

思わず吹き出してしまった。あのメガネが全然似合ってないってことはみんなが思っている。

「先生、あのメガネ掛けるとドジになるんだ。バスケで急にシュートが入らなくなったり、算数で足し算間違えたり」

「なんだそれ。最近の教師はそんなキャラ付けしなくちゃいけないのか」

「たぶん睫毛が長いからだ。あの先生、睫毛が長すぎてときどき寝ぐせがつくんだってさ」

「言われてみるとたしかに、上に爪楊枝が載りそうな睫毛だよな」

本当にこの男は先生を知っているようだった。奇跡的な偶然に俺の心は目覚めてから初めて軽くなった。

「先生はなんで何も言わずに出て行ったんだろう」

期せずして不平を言う余裕も生まれたようだ。ミキヤスは苦笑した。

「ロクが寝てたからだろ。寝てる子供は起こさないもんさ。大人のルールではそう決まってる」

「でも、ツギオによくたたき起こされたけど」

「ツギオ？　ああ、親父さんか。たたき起こされてたんだ？　そいつアレだろ。大人のくせにガキみたいだろ」

「ツギオのことも知ってるの？」

「知らないけど、息子から呼び捨てにされている父親はだいたいガキみたいなもんさ」

「ふうん。そうだ、ミキヤスは大人？」

「ん？　まあ、二十歳（はたち）は超えてるけど」

「じゃあこれ一本やるよ。ゲームのお礼に」

俺はポケットの中身を取り出した。宝箱の蓋を開け、中からストッパー付きのビニール袋に小分けにした何本かの白い筒を取り出してみせる。ミキヤスが意外そうな口調で言った。

「煙草（たばこ）じゃん。キミ、その年で喫煙者なの？　思いがけぬ不良だな」

「違うよ。昔、じいちゃんがくれたんだ。離れて暮らすときに『大人になってから吸う』って約束したから、それまでずっと持ってるんだ。これがしんせい、これが若葉、これが黄金バット――」

「ゴールデンバットな。その並びだとエコーもあるんじゃないの？」

「よくわかんないけど。あ、でもそうだ。ライターがない。先生に没収されたんだ」

「ライターも持ってたのかよ」

「母さんの形見なんだ。赤くてきれいで、一〇〇円の」

昔、家族で墓参りに行ったときにこっそり盗んだ。母さんが線香に火をつけるために、丸めた新聞紙をあのライターで燃やした。その姿が印象的で、どうしても欲しくなったのだ。

「あのライター、返してもらわなくちゃ。大切なやつだから」

ミキヤスはしばらく宝箱を見つめた後、肩をすくめた。

「母親のライターと、じいちゃんの煙草か。あんまり健全じゃないけど、ま、大人になってからならキミの自由だ。ところでそっちは何？」

そう言って宝箱の隣に投げ出された小袋を指す。

「ああ、それは先生がくれた」

交通安全のお守りだ。金色の刺繍に彩られている。ミキヤスは「宝箱に一緒に入れとけば？」と苦笑した。一理ある。


夢に出てくる母さんは、いつも同じことを言う。わたしはいつもここにいるよ。だってここにはロクがいるから。俺が母さんの夢を見るのは、つまり俺があの汚い家にいるからなのだ。そして、母さんがあの家にいると思うからこそ、俺はツギオとの生活に耐えられる。

いつか夢で母さんが言った。

六助って、私がつけたの。ちょっと変かもしれないけれど、カッコいいでしょ？

カッコいいかは知らないけれど、スゴく変な名前だと思う。でもけっこう気に入っている。

「母親って、いつの間にか名前つけてるよね。うちもそうだったらしい」

ミキヤスの名も母親がつけたそうだ。

「昔の漫画の登場人物から取ったらしいんだけど、それが主役じゃない脇役の名前でさ。目立たなくても正義の側の人間であって欲しいとか、そんなバカみたいな理由で選んだんだって。なにも脇役の名前つけることないだろうに。ひどくない？」

「ひどいね、俺とは大違いだ——って、うるさいな！　あーあ、やられちまった」

ミキヤスと話しながら、俺はテレビゲームに夢中になっていた。こんな面白いものがこの世の中にあっただなんて、危険すぎる。だいたいミキヤスは汚いんだ。対戦中なのにずっとどうでもいいことを話しかけてくる。

「ちょっとは手加減しろよ」

「してるよ。ロクが弱いんだ」

今やってるのは、さっきとは打って変わって対戦型のレースゲームだ。いろんな玩具みたいな車の中から好きなのを選んで、いろんなコースの中から好きなのを選んで、競争するのだ。でもさっきからずっとミキヤスに負け続けている。

「ちょっと練習してな。ロク」

立ち上がり、部屋を出て行く。階段を下りる音を背後に聞きながら、俺はワンプレイヤー・モードに切り替えてコースを選択する。頭は動かず、ただ目と指先が光の信号に対して反射で動く。上手くいかなくて苛立つけれど、上手くいくと胸の中が透明になる気がした。その繰り返しの中で、次第に頭から色々な面倒ごとが消えていくのを感じた。

「――ああ、くそっ」大敗して、反射的にコントローラーを太ももに叩きつけた。今のは俺のせいじゃない。何かが光って気が散ったのだ。見れば、炬燵の脇に丸いランプみたいなのがあって、それがチカチカとオレンジ色に点滅している。

「何だよ、これ」

そいつに手を伸ばそうとしたとき、背後から階段を登る音が響いてきた。

「それ壊すなよ、ロク」

ミキヤスが戻ってきたのだ。

「その光はセンサーで、蔵に誰かが近づいたら反応するんだ。僕以外の人間が来たらすぐに隠れろよ」

どうやらこの「蔵」は、俺の想像以上に秘密基地らしい。

「メシにしよう。腹減っただろ」ミキヤスは料理の載ったお盆を持っている。

「誰が作ったの？」

「親だよ」

「ミキヤスの分は？」ミキヤスが炬燵に載せた食事はどうみても一人前だった。

「適当に余ってる菓子パンを食べる」

というわけで、豚肉をマヨネーズで炒めたやつもほうれん草のゴマ和えも白ご飯も味噌汁も全部俺が食った。ずっと治らない口内炎に少ししみたけれど、給食以外でこんなに豪勢な食事は久しぶりだ。何でも、思い立ったときにふらりと母屋に行くとだいたい料理ができていて、食べ終えた食器を母屋に戻すと勝手にきれいになるらしい。ミキヤスは、きれいに平らげられた食器を持ってまた出て行った。すごいシステムだ。

喉が渇いたので、言われたとおり勝手に隣の部屋に行く。銀色の箪笥（たんす）みたいなサイズの箱があった。おそるおそるドアを開けると本当に冷蔵庫で、ガラガラの中に菓子パンとペットボトルが所在なさげに並んでいた。その中からサイダーのペットボトルを取り出した。キャップを捻（ひね）りながら室内を見回す。こっちにはそれほど物は溢れていない。ただしロープが張られていて、洗濯物が掛けられている。ずいぶん長いこと干しっぱなしのようだ。それを眺めながら久々に飲む炭酸の感触を楽しんでいると、ミキヤスが戻ってきた。

「ロク。先生には連絡を取ったよ。ここにいていいって」

「先生と話したの？」

「親が、電話でね」言いながら、またコクピットに潜り込む。つられて俺も炬燵に戻った。

「文句言ってやりたかったな。ていうか俺、何で先生が俺を実家に連れて行ったのか全然わかってないんだけど」

「ああ。一度じっくり話を聞くためだってさ。キミは学校を休みがちだから、校内でも問題になっていたとかって」

あまり腑に落ちない理由だったけれど、ここにいていいという許可を得られたことと、ご飯を食べた直後だったことが合わさって急に眠くなり、俺は気づけば炬燵にもぐって眠ってしまったようだった。無意識に、夢うつつの中で思った気がする。ずっとここにいられたらいいのに。

一一月七日（イオ　五日目）

父さんと最後に何を話したかなんて覚えていない。たぶん「父さんってば、また水を出しっぱなしで歯を磨いている」とかだろう。死ぬとわかっていればもっと別のことを話したかったし、向こうだってそのはずだ。だからわたしは、今からでも父と向き合わなくてはならないと思った。

昨夜の天気予報では大型の低気圧が近づいていると言っていたけれど、何をすべきかわかりきった朝は目覚めが良い。七時にかけていた目覚ましを鳴らすことなく止め、布団から飛び出る。いつになく早起きなわたしの姿に、母も祖母も目を丸くしていた。

祖母が感心したように言った。

「伊緒ちゃん、今日は張り切っているのね」

「ちょっと出かけようと思って」

すると母が呟いた。

「そんな無理しないで。気が滅入るわ」

気が滅入るのは、すべきことが見つからないからだ。気を紛(まぎ)らわすために何かしなくちゃなんて、後ろ向きなことを考えているから低気圧に飲まれてしまうのだ。

パンにいつもより多めにブルーベリージャムを塗りたくって齧る。食事を終えたら寝ぐせを直し、手にハンドクリームを塗って、着慣れたジーンズとパーカーに身を包む。木綿の繊維が肌をなぞる感触に心地よさを感じ、わたしの体は外出への気持ちを整える。ひとつ残念なのは、雨の予報。目的地は少し遠いので、バスを使うことにした。

昨日に引き続き、国道沿いのハンバーガー・ショップでオレンジジュースを買ってバスを待つ。待ちきれなくて、カバンからバイブルサイズの手帳を取り出す。今わかっていることは、少年の名前は恩田六助。島北（しまきた）小学校の五年生で、一一歳。スマートフォンで調べれば、先日テレビで見たものと同じ顔写真を見つけられる。生意気そうな顔だけど、それだけじゃ足りない。性格とか、友人関係とか、一一月二日の行動を知らなくちゃ。詩乃ちゃんが絵本を読んでいるときいつも聞いてくるじゃないか。これ、どんな人？　いい人？　悪い人？　何が好きな人？

手帳には一枚の写真が挟んである。父が職場の同僚の人たちと撮った写真だ。去年、酔っ払って父がくれた。飲み会の席のようで、みんな楽しそうな赤ら顔をしている。この人たちは、父の友人と言えるのではないか。彼らの中の誰かと接触し、話を聞きたい。六助くんのことや、わたしの知らない父のことも聞けるかもしれない。

父の勤めていた小学校の場所は知っている。以前車で二回くらい前を通ったことがある。わたしは一度駅前に向かい、そこから別のバスに乗り継いだ。見慣れない景色を眺めながら、父にも行きつけの定食屋さんやスイーツショップはあったのかしらと考える。あの喫茶店は行ってそう。あっちはないな、お洒落（しゃれ）すぎる。そんなことを思っていたら、あっという間に目的地に着いた。

バスを降り、路地に入る。小さめのマンションと、給食センターの配膳トラックが駐まっている駐車場を横切り、校門の前に立つ。薄いグリーンの壁に青いタイルの庇がついていて、その向こうにガラス張りの昇降口がある。傘立てには小さくてゴテゴテした模様の傘がひしめいている。わたしにはくすんで見えるけど、ここの子供たちにはきっとキラキラ輝いた光景に見えるのだろう。ともあれ、さあ行こう。そう意気込んだけれど、すぐに一枚の貼り紙が視界に入った。

〈関係者以外立ち入り禁止〉

歩が止まる。

自分はここの小学校の卒業生ではない。隣のおじいさんは自分に関係ないことなんてないって言っていたけれど、それはここで通じるだろうか。あのときの水口参子がわたしにとってそうであったように、ここでのわたしは、学校にとって不審者ではないか。

目の前の昇降口が、急に遠い場所に思えた。そのまま視界が広がって、周囲にわたし以外にも人がいることに気づく。通行人かと思っていたけれど、歩道の柵にもたれかかっている人の態度がわざとらしいし、角の電柱の傍で電話している人の視線は泳いでいる。彼らはマスコミだ。そうだ、わたしの考えつく程度のことだ。マスコミの人だって、六助くんの素性を探りに来ているに決まっている。だとすると、わたしはノコノコやって来たカモなのではないか。彼らに何か聞かれて、素直に答えて、自分があの森遠謙介の娘だと知られたら。もしも世間の人たちの大多数が水口参子のように「家族の罪を負うのは当然だ」という考え方なのだとしたら。

電柱の傍の男がわたしを見て、近づこうとする気配があった。しゅうしゅうと胸の中で何かが萎れて、足早に学校を離れた。公園を見つけて逃げ込み、屋根付きのベンチに座る。わたしは素性を隠した方がいい気がして、財布からカラオケの会員証や郵便局のカードなどを全て出してリュックの奥にしまった。前を通り過ぎていった犬の散歩をしている老人が、わたしを見ているような気がした。意識過剰なのはわかっているけれど、他の人にも見られている気がする。彼らがマスコミで、わたしに話しかけてきたらどうしよう。空回りした元気が低気圧に飲み込まれていく。

しまった。わたし、一人で何もできない。

そのとき、財布から一枚の紙切れが零れた。拾い上げて、そこで初めて思い出す。そういえばずっと財布の中に入れっぱなしだった。

「ヒデローくんのだ」

お葬式の日にくれた名刺だった。彼は確か、なんでも頼ってくれと言った。

「社交辞令じゃないのかな」

親戚といっても、会ったのはすごく久しぶりだったし、何よりちょっと怖そうな人だ。どうすべきか迷って五分くらい煩悶(はんもん)したけれど、名刺を裏返すと、掃除に洗濯、ゴミの処理、犬の散歩に人捜しといった言葉がぎっしりと並んでいた。これを全部やってのけるというのだから、きっと頼まれ事は慣れているに違いない。

スマートフォンの画面を見つめて唾を一つのみ、深呼吸の吐き終わりに合わせてコールボタンをタップした。

公園にヒデローくんが姿を現したのは、それから一五分ほど後のことだった。今日は髪を後ろで一つに束ねて、黒いジャンパーと革のズボンという出で立ちだ。相変わらず手足が長くて、公園入口の案内板の陰から姿が見えた瞬間にすぐわかった。

「駐車場を探してたら手間取った。悪いな」この間と同じ、ぶっきらぼうな物言いだった。

「来てくれてありがとう」

「ちょうど今日は非番だったからな」

わたしはここまでの経緯を話した。事件の本当のことを知るために、六助くんから話を聞きたい。そのために、彼を見つけ出したい。ヒデローくんは何も言わず、ただじっと話に耳を傾けてくれている。

「絶対見つけたい。そう決意したんだ」

わたしの言葉に彼は拳をぱんと打ち、即座に言った。

「じゃ、まずは学校に入ろう。五分で済ますぞ」

立ち上がり、公園をさっさと出て行く。置いていかれそうになるので急いで追いかける。ヒデローくんは校門に向かうと、来客受付の窓口に少しも躊躇(ためら)わず話しかけた。

「すみません」

事務のおばさんは、怪訝(けげん)そうな表情でヒデローくんを見上げた。「マスコミの取材はご遠慮願っておりますが……」

「いえ、マスコミじゃないっす。こんな恰好で取材に来る人いないでしょ」

言うとおり、顔は怖いし、黒いスカジャンにプリントされた英語をよく見ると、物騒な言葉だらけだ。事務員の女性の不安げな表情もお構いなしに、ヒデローくんは自信満々に言った。

「先日一度お電話した者ですが、こっちの子がこの小学校の卒業生でして。今度国外に引っ越すんで、思い出に校内の写真を撮って回りたいって言うんですね。ですので、よろしければほんの五分か一〇分程度、お邪魔出来ればと思いまして」

「はあ……」事務員さんはまだ半信半疑だ。ヒデローくんは名刺を差し出し、追い打ちのように重ねた。

「俺、ここの卒業生なんです。一五年以上前だけど。今はこんな仕事してて、副校長さんとは個人的に食事したこともありますよ」

事務員さんが視線を名刺からわたしに移す。半信半疑どころか全部が嘘だと知っているわたしは、不審がられたらまずいと思って無駄に胸を張った。ヒデローくん、そういう作戦があるならどうして先に言ってくれないのよ。

「校内に入るのは、そちらのお嬢さんだけですか？　その……」

「ああ、大丈夫。俺はここで待ってます。だってこんな見かけだし、生徒さんたちに見つかったら驚かれますもんねえ」

肩をすくめるヒデローくんに、事務員さんはほっとしたような表情で、カウンターから書類を差しだした。「では、こちらにお名前を」

ヒデローくんはわたしの肩をぽんと叩いて耳打ちした。

「姉貴の名前でも書いとけ」

そういうわけでわたしは入構者記録に大野(おおの)知恵子と書き記し、来客用のＩＤカードを受け取った。『ＧＵＥＳＴ』と書かれたそれをパーカーの胸元にクリップで留める。

自分の通った以外の小学校に入ったのは初めてだった。授業中なのでとても静かだ。先生の明るい声や、生徒の挙手の声、笑い、ざわめき。廊下の掲示板に貼られた学級新聞、保健室だより、文字が大きくて、動物の絵が描かれてたりして、そういえば自分のときもこんなだったっけ、と懐かしくなった。

どこかから聞こえる元気な合唱の声に耳を傾けながら廊下を歩いていると、初老の教師とすれ違った。頭の中をさらってみるが、あの写真にはいない顔だ。緊張を感じつつも軽く会釈すると、たぶん態度がぎこちなかったのだろう。来客IDを見ながら声を掛けられたので、ヒデローくんの話していたことをそのまま繰り返した。教師は「そう。まあ、ごゆっくり」と微笑み、あっさりと去って行った。嘘をついてしまった。鼓動が速まり、でも、意外とこんなものかと拍子抜けもした。

三階にあがったところで、今度は少しぽっちゃりした若い女性の先生とすれ違う。この人もたぶん違う。学習したわたしは、今度は堂々とすれ違い、会釈する。ところが相手は通り過ぎ際に立ち止まり、小声でわたしを呼び止めた。

「あなた、伊緒ちゃん？」

ぎくりとした。そんなのどうやったって動揺する。今ので彼女が確信を得たのも無理はなく、二、三歩戻ってわたしの前に立ち塞がった。

「やっぱりそうだ。一度会ったことあるよね」

彼女は五・六年の家庭科を教えている教師だという。「だいぶ前だから覚えてないかな。ほら、バーベキューで」たしかにその頃、父に連れられてどこかの川原に行った覚えはある。あのときに知らない女性と話したことも確かだ。この人と話したかどうかは覚えていないけれど、きっとそうなのだろう。素性がばれてはどうしようもない。観念して事情を話した。父の行いについて、報道されていることに疑問を抱いていること。その真実を知るために、恩田六助くんを探していること。その手がかりが欲しくて、嘘をついてこの校内に侵入したこと。警察や母親に知らせるという話になったらどうしようかと思ったけれど、幸いなことに彼女はどちらも口にしなかった。

「たしかに森遠先生がそんなことするとは思わないけどね」嘆息気味に続ける。「でも、私たちも何が本当かわからなくって」

わたしは、この人が力になってくれるんじゃないかと淡い期待を抱いていた。父を知っていて、それなりに信頼していたことが窺える。それに、わたしのことも知っている。敵ではないはずだ。

「もし良ければ、父のことについて教えてくれませんか？　あの、変な噂について何か知ってたり、とか。それに六助くんのことも、友達関係とか、家のこととか……」

でも、その期待はすぐに砕かれた。彼女は眉間にしわを寄せ、苦々しげに唇を歪めた。

「無茶言わないで。学校はとんでもなく迷惑しているの。校門の前、見たでしょう？　あちこちにマスコミがいて、子供たちが怖がってる」

「でも、それは父のせいじゃありません」

「森遠先生が恩田くんを連れ去ったのは、今のところ動かない事実みたいだけど。それも違うの？　先生の車から恩田くんの上着とか指紋が見つかっているんでしょう？　違うなら、警察に言うべきだわ」

そう捲(まく)し立てると、やおら首を振った。

「って、伊緒ちゃんに言っても仕方がないよね。ごめんなさい、失礼だった。ちょっと学校の中もピリピリしているから」

謝ってもらったけれど、こちらも嘘をついて侵入したのでなんとも言えない。

「ただね。あなたの素性がバレたら騒ぎになるのは目に見えてる。本当はあなたがここに入ってきていること自体がおかしいのよ。明るみに出たら受付の事務員は相当注意されるし、ご家族に連絡だってせざるを得なくなる。だから、申し訳ないけどすぐ帰って欲しい」

言っていることはわかる。彼女の立場なら、人を呼んでわたしを強制的に追い出すことだってできるのに、そうしないのは優しさだ。でも、ここで何もせずに引き下がったら、わたしはなんのためにこんなに緊張を強いられたのかわからない。「……困ります」と呟くが、力は全くこもっていない。

「警察に、余計な情報を外部に漏らさないようにって釘を刺されているの。あなたは当事者かもしれないけど、それでもうちの児童のことを軽々しく教えることはさすがにできないわ。恩田くんの住所や友達の名前なんてもってのほかだし、森遠先生の噂だって、わたしは何も知らない。そう、何もね。実際はどうなのかなんて答えようがないわ。責任を負えないもの」

加えて、父の物も六助くんの物も全て警察に提出しているという。ここには何もない。それでも黙り続けているわたしに、やがて彼女は溜め息をついた。

「……わたしが力を貸せるのは、あなたがここに来たことを黙っておくことくらい。あとはそうね、他の先生にもそれとなく聞いておく。何かわかったら連絡するから。その代わり、児童には関わらないで。それ以上は本当に無理」

たぶんそれが最大限の譲歩だったのだろう。結局、彼女に連れられてわたしは学校の外に放り出された。他にも自分を知っている教師に会ったら本当に騒ぎになるかもしれなかったし、そういう意味ではまだ幸運だったとも言える。

校門の周辺では、マスコミと思しき人たちがそれとなくわたしたちのほうを窺っている。それらを少しも気にせずに、ヒデローくんは事務員さんと談笑していた。あんなに不審がられていたのに打ち解けているなんて、すごい。

「よう、写真は撮れたか？」

アリバイのためいくつか当たり障りのない写真を撮ったけれど、まったく魂のこもっていないうすっぺらな気分だった。苦笑しながら頷くと、先生に玄関で手を振られる。

「じゃあね、伊緒ちゃん」

事務員のおばさんが首を傾げる。「あれ？　知恵子さんじゃないの……？」

まずい。ヒデローくんに手を引かれ、走って逃げた。

そういうわけでわたしたちは今、通りを少し歩いた先にあるハンバーガー・ショップにいる。わたしは困るとすぐハンバーガー・ショップに逃げ込む癖がある。そこでは誰もわたしを気にしない。喧騒が全てを有耶無耶にしてくれる。

「もう、みんなに監視されているみたいでヘトヘト」わたしはコーラを飲むと溜め息交じりに吐き捨てた。心は粗めの紙やすりくらいささくれだっていて、それをせっせと宥めるための独り言だ。が、ヒデローくんは無視して言った。

「さっき見たニュースだと、雨が降ったこともあって捜索は難航しているらしい。子供は謙介さんにどこかに隠されたのか、それとも隙を見て自分から逃げたのかもわかっていない」

ヒデローくんはニュースと週刊誌をチェックしていたとのことで、わたしより詳細を把握していた。

「そもそもわからないことが多すぎる。今のところ謙介さんがこの子供——ロクスケを連れだした。そういう事実があるだけだ」

ヒデローくんによると、恩田家から深夜走り去る車の音を聞いたという証言が週刊誌に載っていたそうだ。

「でも、連れだしたってだけで、誘拐じゃないかも。むしろ六助くんがお願いしたとか」

六助くんはプライドの高そうな顔つきをしていた。人に聞かれたくない個人的な相談があったかもしれない。

「あり得なくはないが……断言はできない」

「父さんが誘拐だなんて、そんな馬鹿な話ってないよ」

声を荒らげるわたしに、ヒデローくんは肩をすくめた。「馬鹿な話だと一笑に付すために、もっと情報を集めなきゃいけないんだ」

「もっと簡単にいろんなことがわかればいいのに。あの先生、ケチケチしないで教えてくれたっていいじゃん」

毒づくわたしにヒデローくんは、目の前のハンバーガーの包みを二つ、両手で摑んでくっつけて見せた。

「無理は言うな。他人には、球体の接する以上のことを求めちゃだめだ」

「……わかんない」

「世の中、誰だって敵なんて作りたくないと思ってる。だから、たとえば問題全体のうち、このくっついた面くらいのお願いだったら嫌々ながらも手を貸してくれる。でもそれ以上のことを求めたら途端に拒絶されるぜ。要求が大きすぎると、相手はこっちを敵だと思う」

たしかにさっきの先生は、わたしが助力を求めたら急に怖い表情になった。

「敵ってのは大体の場合、度量を超えて欲しがりすぎる奴のことだ。そうならないように気をつけろ」

ヒデローくんは包みを片方開けると、信じられないくらいの量を一口で齧った。「そろそろ放課後だな。行くぞ」立て続けに残りも開ける。二つの球体はあっという間になくなって、一方わたしは自分の一つをまだ食べ終えていない。口に押し込み、コーラでむりやり流し込んだ。

外に出ると、わたしたちは学校には戻らずに住宅街の路地に入っていった。時間は二時を過ぎていて、下校中の小学生が歩いているのがちらほら見受けられる。

「イオ、ハンカチ貸せ」

言われるままに差し出すと、ヒデローくんはそれをおもむろに地面に置いた。そして、高学年っぽい背丈の男の子が通り過ぎた瞬間を見計らい、拾い上げた。

「よう、落とし物だよ」

呼ばれた少年は反射的に振り向く。ヒデローくんの翳(かざ)したハンカチを見つめる。

「俺のじゃないです」

「ほんと？　誰のだか、見覚えない？」

「……ない、です」

「じゃあ見間違いか。それよりキミ、恩田六助くんと同じクラスの子？」

その男子児童はきょとんとした目を向けながら、首を振って逃げるように歩き去った。その背に向けて「悪いな」と手を振るヒデローくんに、わたしは慌てて駆け寄る。

「ヒデローくん、生徒に関わっちゃ駄目ってさっき言われたのに」

「俺は言われてねえし。それに、見てただろ。落とし物を拾ってあげただけだよ」

「でも、こんなことで見つかるかな」

「高学年っぽい子に話しかけてりゃ、そのうち当たるさ。五年生は二クラスしかないしな。あ、また来たぞ」

ヒデローくんは今度はハンカチを拾う仕草さえ省略して声をかける。

「よう、これ落としたぞ」

立ち止まった少年に、同じ言葉をぶつける。今度の少年はふて腐れるような表情でヒデローくんを睨みつけた。しかしヒデローくんは一向に怯まない。

「今週のジャンプ読んだ？　新連載やばくね？」

「……ジャンプは読んでない」

「そっか。森遠先生のクラス？　恩田六助くんとは友達だった？」

少年は相変わらず鋭い視線で、首を縦に振るでも横に振るでもない。じっとヒデローくんを見ていた。こんなことで見つかるはずがない。さっきのわたしの言葉は撤回せねばなるまい。そう直感した。

「そうだけど、別に……」

「森遠先生のクラスだけど、六助くんとは別に友達と呼べるほどでもなかった、かな？」

「ちょっと浮いてるし、ロクのお母さんが死んでからはあんまり話さなくなった」

腰を少し屈め、ヒデローくんは少年に続ける。

「森遠先生はどんな人だった？」

「……面白い人だったよ。変なこと言うし、こっちが変なこと言っても怒らないし。説教のはずがスター・ウォーズの話になってたときは笑ったな」懐かしそうな目をする。

「六助くんとは全然遊んだことはないの？」

「最近は全然」

「昔はどの辺で遊んでた？　神社公園とか？」

「いや、ロクの家は駅の方だし、だいたいは丸木(まるき)マンションの駐車場とか」

「ちょっと！」そのとき、向こうから割って入る声があった。ヒステリックで、瞬間的に誰だかわかる。案の定、あの女の先生が大きな身体を揺らしながら姿を現した。

「やっぱりあなたたちね。ウロチョロしないでって言ったでしょ」

彼女は男児を無理やり帰すと、わたしを見て口を尖らせた。

「せっかく情報を持ってきたのに。いらないわけ？」

謝るのも忘れ、わたしは彼女の顔を見て固まった。いる。絶対にいる。

彼女曰く、父は一一月二日の夜に電話を受けたという。

「夜八時頃に、職員室に電話があったそうよ。森遠先生が受けて、小声で話し込んだあと、慌てて帰って行ったって」

警察によれば、電話の発信元は公衆電話で誰からかは不明だとのことだ。「他には？」と問うわたしに、先生は顔をしかめた。

「は？　これだけでも何人にも聞いてようやくわかったことなんだけど」

「す、すみません」咄嗟に謝る。しかしヒデローくんは前にずいっと出て、長い手足を見せびらかすようにふんぞり返った。

「お手数掛けましたね、先生。ところで六助くんのあだ名はロク？　わりと人気者だった？」

「答えるつもりはありません」

「きっと目立たない系だよな。じゃあさ、ロクはイジめられてた？」

「ヒデローくん、やめた方が……」後ろから小声で言うけど、彼は見向きもしない。

「大丈夫。この先生は俺たちを穏便に追っ払わなくちゃいけないんだから」

「その通りよ」苦々しい表情。「学校の中をほじくりかえさないで。イジメは……少なくとも、森遠先生のクラスではなかったと聞いています」

「ふうん、聞いたかイオ？　イジメじゃないそうだ。じゃあ別の問題だ。非行少年だった？　学校のものを盗むとか、壊すとか」

「あるわけないでしょ」

「警察の厄介には？　じゃなきゃ児童相談所に行くような話は？」

「ありませんし、行ってません」

「行ってない。了解」

ヒデローくんは両手を挙げて言った。「わかったぞ。イオ」

何がわかったのだろうか。返事をしたら女の先生に睨まれる気がして、無言で彼を見上げる。

「学校は、ロクスケに関する問題を知っていて隠していた。謙介さんのことを突き詰めると、それが明るみに出る。学校はまたマスコミに囲まれる。それを避けたいんだ、この先生は」

「いい加減にして！　悪いけどこれ以上は無理。子供たちのためにも、二度と来ないで」

先生は、話は終わりというように背を向けた。お礼を言ういとまも与えられず、わたしたちはその場から退散した。

ヒデローくんについていって駐車場まで来ると、呼吸を整えながら訊ねる。

「さっきの話、何？　なんでわかったの？」

「否定が断片的だったからな。馬鹿正直っつうか、真面目な先生なんだろう。警察呼んでない、児相に行ってない、イジメはない。個別には否定するけど、最後まで言わなかった」

「……何を？」問うわたしに、彼は両手を広げて答えた。

「何も問題はありませんでした、って」

呆気にとられるわたしに見向きもせずに、ヒデローくんは近くの車に向かって行った。

「行くぞ。そろそろ金が上がる」

そこはコインパーキングで、目の前にあるのはヒデローくんの車だった。傷だらけの古いライトバンで、会社のものだそうだ。

「まあ乗りな」

言われるままに助手席に入り込む。母以外の車に乗るのは久しぶりで落ち着かない。少し泥の臭いがするけれど、不快ではなかった。後部座席には軍手や汚れたタオル、バケツや、ボロボロの漫画雑誌などが山盛りになっている。灰皿からは煙草が溢れているし、コードを差しっぱなしの音楽プレーヤーが投げ出されていてあやうくお尻で踏んづけるところだった。それをどかすついでにスマホを取り出し、六助くんの写真を表示させてわたしは呟く。

「……見つかるかなあ」

するとエンジンをかけながらヒデローくんは吐き捨てた。

「お前、決意したって言ってたよな？　ロクスケをどうしても見つけたいから、手を貸してくれって。俺はそう言われて呼び出されたと記憶しているけど、間違い？」

「もちろん間違いじゃないよ」

「だったら見つからなかったときのことなんて考える必要はないんだ。見つけるためには何でもする。見つからなかったらお前は終わりだ。これはそういう勝負なんだ」

勝負。そういうふうには考えていなかった。

車の窓に水滴が付く。雨が降り出したようだ。雨粒の影が写真に落ち、六助くんの顔を曇らせる。生意気な様子が一転して、寂しげな表情に見えた。どこにいるのか分からないけれど、一刻も早く見つけ出さなくてはいけない。無意識に独り言が漏れた。

「ぜったい見つける」

「そうだ。俺だってお前の話に乗った。途中で降りるつもりはない」

車はゆっくりと動き出し、駐車場を出る。

「どこに向かっているの？」

「ロクスケの家に行く」

「場所は？」

ヒデローくんは赤信号のところでスマートフォンを取りだして、どこかにかけた。相手はすぐに出たようで、女性の声が漏れ聞こえる。

「あ、武田（たけだ）さん？　お疲れっす。あの、駅前の丸木マンションの近くで、三年くらい前まで飲み屋をやってた家ってどこかわかります？　……あー、アレか。了解っす。どうも」

信号が変わると同時に電話を切り、ヒデローくんは言った。

「武田さんはこの町のことなら何でも知ってるからな」

車は走り出す。雨は強まり、フロントガラスに水滴が踊り狂ったように足跡を増やしていく。車の汚れが洗い流されそう、そんなことを思った。そのうちに、ヒデローくんが呟いた。

「俺は、もしかするとイオからの電話を待っていたのかもしれない」

ぼんやりと窓の外を向いていた視線は、内へ向く。

「謙介さんの無実なら、俺だって晴らしたい。でも、自分だけじゃ行動しようって気にはならなかったと思う。俺が出しゃばることじゃないって思っちまってた」

言って照れくさくなったのか、わたしの反応を待たずにラジオをつけた。タイヤのCMの後、変なジングルが鳴ってアナウンサーが喋り出した。

『引き続き、本日のコメンテーターの水口参子さんからお話を伺います。さて、水口さんは最近、東南アジアへの移住に興味があると伺いましたが？』

『ええ。日本で月二〇万円以上定期収入があれば、意外と簡単に永住許可が下りるんですよ』

「あ、水口参子」思わず呟く。

「知ってるのか？」

わたしは、昨日家の前で待ち伏せされたことを話した。ヒデローくんが嘆息する。

「こいつ、ムカつくよな。深夜のラジオで喋っているの聞いたけど、中身が空っぽだ。完全なハイプだな」

「ハイプ？」

「紛い物だ。実力もないのにコネや誇大広告で名を馳せる連中で、特権階級ぶって、周りを見下して金を儲ける連中だ。気に喰わないね、俺は」

「ふうん。ハイプっていうんだ。水口参子はハイプ」呪文のように唱える。

「間違いねえ。信用するなよ、こんな女」

話しているうちに信号が変わって、強引に割り込んできた車にクラクションを盛大に鳴らす。この人、ちょっと運転怖い。でも幸いにして事故を起こすことなく、程なくして車は駅前に着いていた。

「この辺のはず——あった。あれだ」

ヒデローくんの視線の先を追う。くすんだ青い壁の家が、飲み屋街から一本入った住宅街に溶け込んでちんまりと佇んでいた。

「昔飲み屋だった家。ここだな」

「あのお父さん——継夫さんはいるかな」

「今朝のニュースでは、今日も警察の捜索に同行しているって言ってたが」

ヒデローくんは車を路肩に止めた。「お前は出るなよ。路駐になるから」そう言って雨の中を傘も差さずに出て行くと、恩田家の敷地に消えた。何をする気だろう。ここで警察が来たら何て答えたらいいのかしら。寝たふりをしていようか……と思案していたら、ヒデローくんは五分も経たずに戻ってきた。

「雨、上がりそうだな。タオル取ってくれ」

「これ？　汚れてるよ？」

「もともと俺の汚れだ。構うもんか」

タオルを受け取って、本当にお構いなしでゴシゴシと髪を拭くと、運転席に戻って苦笑する。

「いねえな。恩田継夫。まあ予想通りだが」

「中に入ったの？」

「んなわけねえよ。ピッキングはできるっちゃできるが、警察の厄介にはなりたくないしな。とりあえず電気メーターの回り具合からすると誰も家にはいない」

「何を調べたかったの？　不在かどうか？」

「生活だよ。ここの家、裏庭にゴミ袋が溜まっている。袋が破けて、空き缶とかキッチンタイマーとかドライバーとか、そういうのが散乱している。男所帯の健全具合は家の裏を見ればだいたいわかるんだ」

意味がわからず首を傾げると、ヒデローくんは親指で向こうを指した。

「この辺のゴミ捨て場、見てみろ。朝の七時までに出せって書いてあるだろ？　でも、この家は出せてない。つまり恩田家は生活が乱れている。朝きちんと起きる習慣がないから、ゴミを出せない。たぶんロクスケは一人で起きて朝飯も食わずに学校へ行っていたんだろう。裏庭には煙草の吸い殻(がら)が散乱してて、植木鉢は枯れてた。小さいサボテンの鉢がいくつかあったが、それも放置されてるな。他にも……。少なくとも、健全な家庭じゃなかっただろう。ロクスケの父親は分別ある人間とは言えない。それより、今何時だ？」

「四時前くらい」スマートフォンを取りだして答えた後、ダッシュボードにも時計があるのに気づいて思わず口元が緩んだ。

「もう一箇所行っちまおう。ちょっと遠出するが、少しでも手がかりを増やしたい」

すごい。思考も動きも早い。大人の人って立派だ。そう言ったらヒデローくんは「車があるからだ」と頭を搔(か)いた。またしてもちょっと照れている。

国道から県道に入ると、次第に歩道は狭くなっていく。ビルは減り、一戸建てが増え、それから大きなショッピング・モールが見えた。しばらく在来線の線路と平行して走っていたが、踏切を越えると道は一気に狭くなる。蛍光色のぴっちりした服に身を包んだクロスバイク乗りを追い抜き、そのうちに人は全然いなくなる。ちょっと曲がると農道で、田んぼの中に家が建ち、軒先にコンバインが駐まっている家が続く。トタンの小屋に、一斗缶が並んでいる。更に進むと道は森を突っ切っていく。

「川を越えるとさ」わたしは後部座席にあったヤンキー漫画を斜め読みしながら言った。

「ん？」ヒデローくんが鼻歌をやめた。「どうした？」

「蛍(ほたる)が見えるの」

「ああ、聞いたことあるな。今も見えるの？」

「たぶん。保護活動とかしているらしいし。っても、今は時期じゃないから、どのみち見えないけど」ナビが告げた。『あと五分です』

「そうだ、そろそろ曲がるんだよな」ヒデローくんはスピードを落とし、緩やかにハンドルを切る。

「俺、最後にあそこいったの一〇年以上前だな。イオはよく行ってるのか？」

「一年ぶりかな」

今年は受験勉強で夏休みを潰したから、去年の夏以来だろう。もうすぐ片側に木の塀が続き、軒先にプランターを並べ過ぎた家が見えてくる。その先が目的地——父の実家だ。そう記憶を辿っている間に、現物が見えてきた。

「あれ？」

見慣れた父の実家の姿は見えた。が、何か物々しい雰囲気だ。家の前に車が何台か駐まっている。どれも見知らぬ車だ。

「うわぁ……マスコミかな」思わずげんなりした声が出た。

「いや、制服を着てる。警察だな」

確かに、近づくにつれて門の所に制服の警官が立っているのがわたしにも見えた。ヒデローくんが車を家の前につけて、窓を開ける。警官の一人に訊ねる。

「何してるんすか？」

「いえ、ちょっと……下がってください」

「は？　なんでアンタに命令されなくちゃいけないんだ？　この家の者なんだけど」

すると警官は門の向こうに入っていき、ほどなく代わりにスーツの男性が出てきた。窓の外からヒデローくんを見下ろしているようだ。「あなた、この家の人？」

「俺は身内。こいつがそう」

ヒデローくんの指に合わせて、スーツの人物は車内を覗き込んだ。

「ああ、君か。こんにちは」

鶴木刑事だった。相変わらず目には感情がこもっていない。

「あの、何をしているんですか？」

「家宅捜索ですが」

「今日やるなんて、聞いてませんけど」

「令状は取りましたよ。鍵はお母様に借りました。立ち会いも頼んだけれど断られましてね。代わりに市役所の職員に立ち会って貰って、執行しているところです」

鶴木は指先で抓んだ鍵をぶらぶら揺らした。昨日わたしが自宅から持ってきたやつだ。いつの間に母と接触したのだろう。除け者にされた気がしてむっとして訊ねる。

「入ってもいいですか？」

「できれば終わるまで待って欲しいなあ。何かを持ち出されると困りますし」

「あんたらに色々持ち出される前に見ておきたいんだよね。そのくらいは問題ないだろ？」

ヒデローくんが鶴木刑事を睨みつけた。わたしもだいぶ苛立っていたので、一緒になって鶴木刑事の顔を見返した。相手は肩をすくめ、「まあ、君たちは別に容疑者じゃないですしね」とわたしたちが入ることを認めた。

玄関に立つ警官がじっとわたしを見ている。睨まれている気がして居心地の悪さを感じていると、ヒデローくんが警官とわたしの間に立った。

「あんたがそこに突っ立ってたら家宅捜索中だって周囲の家にバレるだろ。近隣への配慮が足りないんじゃないの？」

その隙にわたしは早足で玄関をくぐった。

そして思わず言葉を失った。

後に続いて入ってきたヒデローくんが吐き捨てた。「ひどいな、こりゃ」

テレビドラマで見たことがあるし、知識としては知っていたけれど、本当にこんな有様だとは思わなかった。

家の中には五人の捜査員がいて、彼らはわたしたちに一瞥（いちべつ）もくれず黙々と家の中のものをリビングに並べていた。抽斗は全て取り外され、一段ずつ並べられている。その中身も、それぞれの抽斗の横に一つずつ丁寧に置かれている。並べられた抽斗の隙間を飛び石みたいに渡って奥へ進み、リビングからキッチンに入ると、そちらも同じような様相だった。テーブルに食器が整然と並べられている。たまにしか来ない別荘みたいな家だから、荷物は少ない。けれども、それらをこうして一様に並べられると異様な光景だった。隣の部屋には父が趣味で描いていた油絵がタイルのように床に並べられていた。居眠りするわたし、スマホをいじるわたし、パンを齧るわたし……父さん、わたしを描きすぎだ。描いているときに覗くと「見るなら俺のいないときにじっくり見てくれ」なんて言われたっけ。思い出して俯いていると、鶴木刑事が近寄って話しかけてきた。

「ところで、君は何しにきたんですかね？」

鶴木刑事は背が高くて肩幅が広く、目の前に立たれると威圧感があった。顔立ちはまるでガイコツに皮膚をそのまま貼り付けたような雰囲気で、やけに色白な肌と広い額、やや茶色がかった柔らかそうな短髪はあらためて見るとなんだかヒヨコみたいだった。

目を見ていると催眠術でもかけられそうだけれど、目を逸らしたら嘘だと思われそうだ。わたしは唾を飲み込み、答える。

「六助くんの手がかりを捜しに、です」

「ふうん」少し意外そうな声だった。「捜すのは自由だけれど、見つけてどうするつもりなんでしょうかね？」

「本当のことが知りたいんです」

「本当のこと、ねえ。君は何が本当だと思っているんですか？」

「わかりません」わたしは口を尖らせる。「ただ、テレビで言われているようなことは嘘だって思ってます」

「性的目的の件のことですか？　そうなんだ。じゃあ、身代金でも要求してたんでしょうか？」

「そっちの方がまだ理解はできます」

「ふうん。身代金なら可能性があると」

「そうは言ってません！　うちはそんな貧乏じゃないですし――」

「それは知りませんけど」鶴木はわたしを遮った。「たしかにね。身代金目的の誘拐なんて、ここ一〇年……下手したら二〇年の間で一気に激減していますよ。スマートフォンが普及して、どこもかしこも防犯カメラにGPSだ。身代金の受け渡しなんてそんなに簡単にできないし、簡単じゃないのに挑戦する価値のある犯罪じゃないから、可能性は低い」

じゃあなんでそんな質問をしたんだ。食ってかかろうとしたけれど、先んじて鶴木刑事が続けた。

「可能性なんて言葉を使いましたが、何が何パーセントだとか数字を出している訳じゃありません。経験に基づき予測して、予測を裏付ける証拠が出てくることを期待してここに来ただけです。そういうものが出てくれば予測は補強されるし、出てこなければ、あるいは予測を変えざるを得ない根拠が出てくれば話も変わります。我々の仕事はいつだって情報収集で、今の話もその一環です。そうそう、こうやって実際に訪ねたことで、お父さんの趣味が本当に油絵だったとわかりました。なかなかお上手ですね。あなたの絵ばかりだけれど、どれもよく似ている」

「……そうですかね。美化しすぎだと思いますけど」

突っ慳貪に答えると、鶴木は短く嘆息した。

「とにかく我々の捜査は、情報を得るためのものなんです。恩田さんは割とマイペースな人でしてね。事情を聞いていても話が横道に逸れることが多いタイプなんです」

「わざと話を逸らして警察を煙に巻こうとしているのかもしれませんよ」

口を尖らすわたしに、鶴木刑事は苦笑いした。

「どうでしょうね。誰が嘘をついて誰の話が本当か、決めてかかることはしません。できるだけ証拠を集めて、そこから導き出される最も合理的な解答を真実だと結論づけるのが仕事ですから」

「よく言うぜ。自分たちに都合のいいストーリーを作るのが仕事だろ」

ヒデローくんがやってきて言った。

「誰が嘘ついてるかなんていいから、あんたらはとっととロクスケを見つけ出せよ」

挑発じみた口調だったけれど、鶴木刑事は意に介さず答えた。

「もちろんそちらも全力で対応していますよ。あなたに言われなくてもね」

腹が立って、その頭蓋骨を取り出してボウリングの球にしてストライク取ってやろうかと思った。でもそのとき制服の警官が近づいてきて鶴木刑事に何か言った。蛍光イエローの目立つリュックを持っている。あれは父のものじゃない。六助くんのものなのか質問したかったけれど、その前に鶴木刑事はわたしをちら見して言った。

「じゃあ、そろそろ引き上げようか。お嬢さんがた。どうもお邪魔しましたね」

「待ってよ。片付けていって」

「それは我々の仕事じゃありませんので」

あまりにあっさりした物言いだったので、はっきりと思った。この刑事も参子と同じだ。家族も同罪で、一緒になって苦しめばいいと思っている。鼓動が速まるのは、屈辱を感じているからだ。心が錆び付いてガサガサする。わたしの表情に何を思ったか、鶴木刑事はついでの口調で言った。

「片付けついでに、庭の手入れもしたらいいんじゃないかな。外来種の植物がある。あれ、抜いた方がいいですよ」

それきりわたしに背を向けた。今度は隣のヒデローくんに興味を示したようで、「そうだ。せっかくだから、ちょっと話を伺っても？」と話しかける。ヒデローくんは肩をいからせて刑事に相対し、横目でわたしに「ちょっと散歩でも行ってろ」と言った。ヒデローくんの顔はいつになく怖くて、わたしは促されるままに彼らの横をすり抜けた。

西日はすっかり夕日になって、農道を歩くわたしの影を濃く長く伸ばした。この辺りはもうすぐ紅葉が始まる。写真に収めたくなるような風景だ。スマートフォンを取りだして空に向ける。でもその瞬間に思いとどまった。この景色を写して、誰に見せるんだろう。いつもなら父さんに。でも、もういつもじゃない。心には穴みたいな傷口がやっぱりまだ開いていて、ふとした瞬間にズキズキする。感情を誤魔化そうとあてどなく歩いていたら、やたら蜘蛛の巣の張った生け垣の続く道に出た。そのまままっすぐ行って適当な角で曲がると、立派な蔵と梨畑のある家がある。それを横目にさらに進むうち、向こうから歩いてくる人が見えた。どこかで見た覚えがあって、近所の誰かだと思った。でも、そうではなかった。

「あっ」

すれ違い様に思わず声をあげてしまった。男は立ち止まって不審げにわたしを見た。

恩田継夫氏だ。カーキ色の服装を好むようで、この自然の多い風景の中で擬態のように紛れ込んでいた。どんな場所でも目立つヒデローくんとは正反対で、だからうっかり猫を見つけたときのような感覚で声を出してしまったのだ。やむにやまれず、思い切って話しかける。

「あの」何を聞くかは決めていない。そのせいで、気づいたらこんなことを訊ねていた。

「六助くん、探しているんですか？」

　馬鹿だわたしは。そんなことはわかりきっている。しかし後悔先に立たず。突然邂逅（かいこう）した恩田継夫氏は、ゆっくり値踏みするようにわたしを見て言った。

「ええ。今も知人と手分けして付近の聞き込みをしているところです。何か手がかりをご存じで？」

「いえ、その、気になっただけです。早く見つかるといいですね」

「そうですね。そう、願います。引き続き全力で探しますよ」

テレビと同じ、控えめな、図体とは似つかわしくない口調で、継夫氏はすっと目を逸らした。

それはわたしに小さな違和感を与えた。だって、おかしい。

　この人は、手がかりならなんでも欲しい人のはずなのに、目を逸らした。わたしとの話を打ち切ろうとした。そこが妙に引っかかり、気づいたらまた気が急いて質問を重ねていた。

「本当に、全力で六助くんを探しているんですか？」

大馬鹿だ。とはいえもちろん一度口にしたらどうしようもなくて、継夫氏は固まった。視線はわたしにがっちりと定められ、今度はしっかり動かない。

「お嬢さん、お名前を聞いても？」

　森遠伊緒。自分の名前を告げると、彼はたっぷり得心したようだ。

「ああ、先生の娘さんか。そうか、そうか」と少し屈んでわたしと同じ目線になった。

「キミのお父さんは不幸だったたね。何と言っていいのやら」ハンカチを取り出し、目頭を押さえる。まったく急で思わぬことだったので、臨戦態勢だった気持ちが一気に霧散した。

「いえ、それは、あなたが気にすることでは……」

狼狽(うろた)えて言うわたしに、継夫氏は急にケロッとして真顔になった。

「あ、そう？」ハンカチをポケットにしまい、口元だけ緩める。

「何だっけ……そうだ、全力で六助を探しているかって質問だね。キミ、俺が嘘ついてるっていうわけ？　どうしてそう思ったの？」

「いえ……嘘をついているというか……」

「じゃあ何？　何でそんな質問出たの？　出なくない？　普通は」

「その、ただ、不思議だな、と……」

「へえ。何が不思議？　どうして不思議に思ったのか興味があるな。教えてくれないかな？」

言葉のとぼけ具合とは裏腹に、視線と表情が作り出す圧力がすごい。テレビで見せていた落ち着いた雰囲気とは打って変わった子供っぽさの残るギョロリとした目は、わたしに目眩(めまい)を覚えさせた。何を答えても間違いな気がする。

「もしかして、ただの願望で話してない？　今のままじゃ、キミのお父さんがあまりにも不名誉だから」

「いえ、その……」

「どうなの？」

「……そう、思いました」わたしは取り繕うのを諦めた。継夫氏は軽く鼻を鳴らした。

「あらあら、それは酷いな。公平じゃないな。わかる？　自分の贔屓の人間を悪く思いたくないからって、不公平なものの見方をしてはいけないよ」

このとき初めて気づいたが、わたしは生まれてこの方、人にこういうふうに詰め寄られたことがなかった。だから、今の状況がどういうものでこの先どうなるのか、全然読めない。ただ、彼の低い声はわたしの胸に重くのし掛かってくるように響いて、何も言い返せなくなりそうだった。

でもギリギリで、さっきのヒデローくんとのやりとりが思い出される。決意したら、やるしかない。

「でもやっぱりおかしいです。そもそも六助くんがいなくなったのにすぐ警察に言わなかったみたいですし」

父が六助くんを連れだしたのは夜で、継夫氏が六助くんの不在に気づいたのは真夜中だ。しかも警察に届け出たのは朝、六助くんから電話を受けたあとだという話だ。どうして不在に気づいてすぐに通報しなかったのか。しかし継夫氏は意に介さず返す。

「おかしいと何なの？　どういう角度からの意見？　通報が遅れたのは確かに俺の不手際かもしれない。でも、夜中まで友達の店の手伝いをしていたんだよ。子供を一人おいて外出するのは心苦しかったけど、それでも頑張ってたんだよ。生きるために。ふらふらで帰ってきて、ロクがいなかったことの意味を上手く咀嚼できなかっただけだ。それを、お嬢さんの常識に勝手に当てはめて、おかしいだなんて。そっちの方がおかしいと思うけど、どうかな？」

決意は空回りして、押し負けている気がする。敵の眼力は強く、問われても頭が回らず、声が出ない。

「ねえ、聞いてるんだけど」

「……でも」

「でも、何？　俺の行動がおかしいって言うけど、実際はお嬢さんの感覚がおかしいだけかもよ。そのことは考えた？　よく考えもせず、ただ自分の考えが正しいと思って俺にぶつけてきたの？　ちょっと自分勝手じゃないかな？」

　自分勝手？　わたしが？

「俺、質問しているんだけどなあ。難しいこと聞いたかな？　あれかな。これまでは、黙っていたら何とかなってた？　それってみっともないと思わない？」

　小学校で黙っていたら先生が譲歩してくれたことが思い出された。たしかにあのときのわたしはみっともなかっただろう。そして、今もたぶんそうなのだ。図星すぎて涙が出そうになるのをぐっと堪(こら)える。

　ほんのちょっと、声をかけただけなのに。ほんのちょっと、自分なりに勇気を出しただけなのに。気づいたら問われるばかりで、何も答えられないでいる。悔しいのにこの人物を言い負かせる気が少しもしない。いつの間にか心は負けを認めていて、一刻も早く解放されたいと思っている。

「まあ、子供にあれこれ言っても仕方がないか。そうだ、お嬢さん。いいことを教えようか。今後の人生のヒントだ。ちょっと手を出してごらん」

　半ば言われるままに右手を差し出すと、継夫氏はわたしの手首を摑んで言った。

「細いなあ。ちゃんと食べてるの？」その指先に力はこもっていない。でも、その手をふりほどける自信がまるで湧かなかった。継夫氏は口角を上げて、嘲(あざけ)るように言う。

「ちょっと力を入れたら、折れちゃいそうじゃん」

ほんの少しだけ力が込められた。本能的に、折られる気がして、心臓がドクンと高鳴る。額に汗が噴き出る。どうしたらいい？　曖昧な恐怖だけが身を包み、何もわからない。

ただ、折られる前にわたしのスマートフォンが鳴った。こんなときに暢気で不格好なメロディ。まるで今のわたしのようだ。さっき車の中にいたときマナーモードを解除していたのだと気づいたとき、わたしの右手が解放された。

「出なよ」

そこにわたしの意思は介在しなくて、ただ命令されたから——そういう動きで電話に出た。相手はヒデローくんで、相変わらずのぶっきらぼうな声で、鶴木が帰ったから戻れということだった。継夫氏がわたしの前に手を差しだし、口の動きで「代われ」と告げた。言いなりに差し出す。蛇に睨まれたカエルでももう少しマシだろう。そんなわたしに苦笑して、この人はいったいヒデローくんに何を言うのだろう。なんて考えていたら、継夫氏は次の瞬間、いきなり振りかぶった。

え？　と思う間もなく、そのまま継夫氏はわたしのスマートフォンを目の前の原っぱに向けて思いっきりぶん投げた。

「え？」スマホがススキの茂みの中に消えていくのを見送った後で振り向くと、彼はとっくに遠くまで歩き去っていた。右手を挙げて、後ろにいるわたしに向けて中指を立てている。

そこまでされてようやく、わたしは自分が脅されたのだと気づいたのだった。

十数分後、家の前で車にもたれかかっていたヒデローくんは、ススキの穂と泥にまみれたわたしを見て駆け寄ってきた。

「お前、どうしたんだ？　つうかいきなり電話切りやがって」

ヒデローくんに思わず寄りかかり、膝から崩れそうになったのを何とかこらえる。事情を説明したわたしにヒデローくんは「頑張ったな」と褒めてくれたけれど、その後こう付け加えた。

「度胸は買うが、相手を選べ」

まったくだ。心の底からそう思った。スマートフォンは幸いなことに無事だった。前に父からもらった例の防塵防水超耐久ケースが少し傷ついただけだった。ダサくて困っていたコレが、こんなところで役立つなんて。

家に入って手や顔を洗って外に戻ると、ヒデローくんは上体を車の窓から中に潜り込ませ、運転席をゴソゴソ漁っていた。

「どうしたの？」

「ん、ああ。替えのライターがねえ」

どうやら煙草を吸いたいのにライターのガスが切れたらしい。ネイティブアメリカンの模様が印刷された黄緑色の箱から一本取り出し、咥えて言う。

「イオ、家にあったやつ、借りていいか？」

「え？」声をあげる。「うちにライター？　そんなのないよ」

父も母も煙草を吸わない。ライターなんてあるわけない。

「いや、さっきどっかで見た。刑事がいたから、この家の中だ。レンジの脇かな」

今度はヒデローくんが家の中に戻る。キッチンに向かう。ついていくと、そこには確かに一〇〇円ライターがあった。

「なんでライターが？」

「な？」ヒデローくんはいたずらに火を灯し、まだガスが残っているのか確かめる。

「別におかしくないだろ。奥さんに隠れて吸うオッサンはうちの職場にも多いぜ」

「父さんは、二歳のときに煙草を食べて病院に運ばれたのよ。そのことをずっと親に言われて育ってきたから、煙草を口にくわえる人を見るだけで気分が悪くなるんだって。だから、ありえない」

「そうか？　じゃあ警官か？　いや、今時捜査中に人の家で喫煙する警官はいないか」

ヒデローくんは庭に降りて、風下に立つとライターで煙草に火をつけた。煙が夕暮れに溶けて、父の燃える煙を思い出した。父はもういない。そのことに思いを馳せていると、ヒデローくんも父のことを考えていたのか、ぽつりと呟いた。

「そうだ。さっき刑事と話していたんだが、謙介さんは一度ここにロクスケを連れ込んでる」

「そうなの？　そういえば、何を聞かれたの？」

「形式的なことだよ。俺と森遠家の関係とか、仕事のこととか。逆にこっちがいろいろと聞き出そうとしたんだけど、やっぱ刑事ってのはよくわかんねえな。どれだけ睨んでもどこ吹く風だし、どれだけ詰め寄ってもうまいことはぐらかされて、何が本当なのか見えない」

それが刑事全般の習性なのか鶴木刑事独自のものかはわからないけれど、あの男と話していると何が何だかわからなくなるというのは同意見だった。

「ただ、あの刑事が部下にマグカップの押収を指示していた。二つあって、洗ってなかったんだ」

「一つが六助くんの分だったってこと？」

「連中はそう思っているみたいだったぜ」

だとすると、やはりさっき見たあの見慣れない黄色いリュックも六助くんのものだろう。父はこの家に六助くんを連れてきて、一人残してまた出て行った。残されたはずの六助くんは、今はもうここにいない。どこに消えたのだろう。ここで何をしていたのだろう。

「……あ」我知らず声が零れた。「そのライター、六助くんのものだったりして」

ヒデローくんはライターを眺める。「ロクスケは隠れて煙草を吸う不良だったのか？」

一〇〇円ライターはごく普通のグレーの半透明のものだ。表面にある何かの印字は掠(かす)れて消えかかっている。ガスは半分くらい残っていた。

「触らせて。わたし、ライターって触ったことない」

受け取って、火をつけようとする。知識としては知っている。この丸いダイヤルみたいなのを回すように……。

「……つかない」

「お前、ライターもつけられないの？」

わたしが悪いわけじゃない。家はオール電化だし、父の実家で台所に立ったこともないし、今の祖母の家に行くまで理科の実験以外では本物の炎をほとんど見ないで育ってきた。

「爆発したら怖いから、ヒデローくんが持ってて」

彼は呆れてポケットにしまった。わたしは照れを誤魔化すように言った。

「あの刑事、庭がどうとか言ってたね。人の家の庭にまで口出しすんなよって感じ」

「ああ、そうだな。でもその草は確かに他の草木を枯らすぜ」

「そうなんだ。どこにでもありそうなのに」

わたしは屈んで、そこら中に生えているロゼット状の葉っぱを見回した。「今度除草してやるよ」とヒデローくんも屈み、そしてわたしたちはたぶん同時にそれを見つけた。

土の上にはっきりと残る、子供の靴の足跡。

顔を見合わせる。この辺に小さな子供はいない。断定できる。六助くんだ。この足跡は、ここにあの子がいた証拠だ。

そういえばさっき、警官がこのへんの写真を撮っていた。スマートフォンのライトで周囲を照らす。足跡を辿っていくと、勝手口から門の方向に一本に繫がっていた。

「ここに六助くんがいたんだ」

咄嗟に思った。もしかしたら、鶴木刑事はそれとなくこれを教えてくれたのではないか。あの人は本当に公平で、ただ事実を集めている人なのではないか。そんな気がして、一方的に悪く思った自分を恥じた。

ヒデローくんが腕を組み呟く。

「ロクスケが自分でここを出て行ったのなら、鍵はどうしたんだ？」

裏口のドアを開けて中を覗くと、予備の鍵を掛けてある場所には何もなかった。とすると、六助くんが持って行った可能性もある。

「あ、だったら――」わたしの胸に、期待が風船のように膨らんだ。スマートフォンを操作して例のGPSで検索するアプリを起動し、この家の鍵に付いているキーホルダーの名前を選択する。もし六助くんが鍵を持ち歩いているのなら、これで見つけ出せるかもしれない。

しかし、どこからも音は聞こえず、画面には無情にも『確認できません』と表示されただけだった。ただ、わたしは少なからず高揚していた。

「鍵は近くにはないみたい。六助くんが持って行ったのかな」

「あるいは、どこかに隠したか」

六助くんがここにいたことと、彼の動きの痕跡を掴むことができた。六助くんは父に置き去りにされた後、自分で鍵を使って裏口から外に出て、どこかへ消えた可能性が高い。

「ねえ、鍵を置いていかなかったってことは、もう一度戻ってきたりしないかな？」

「まあ、あり得るな」

「だったら！」思わずヒデローくんの腕にしがみつく。「ここでずっと待ってたらいいんじゃない？」

「落ち着けよ、イオ」しかしヒデローくんはあくまで冷静で、わたしをぐいっと引きはがして言った。

「ロクスケがどこにいるかは知らないが、わざと出て行ったなら、そして今も身動きできる状況なら、自分から身を隠しているのかもしれない。足跡を発見して警察は捜索範囲をこの周辺に絞るだろう。そしたらロクスケは戻ってくるかな？」

「まだ警察に見つかってないなら、秘密のルートとか見つけているのかも」

「仮にそのルートを使って警察の目をくぐり抜けてここへ戻ってきたとしても、誰かが待ち伏せしていることに気づいたら逃げるんじゃないか？」

「じゃあ、書き置きを残すとか。わたしの電話番号」

「やらないよりはやった方がいいが、無視されるかもしれない」

「そんな。せっかく探してるのに」

「探してるのはこっちの都合だ。それを押しつけるな」

「じゃあどうしたら……」せっかく張りつめた緊張の糸がまたぷつりと切れて気持ちがぐらつく。ヒデローくんは車に戻り、何かを手にして帰ってきた。

「ロクスケが戻ってきたことを、向こうに悟られずに俺たちだけが知る方法が要る」

「罠を仕掛けるの？　バレたら逆に敵視されるかも」

「お前はすぐ失敗したときのこと考えるよな。バレなきゃいいんだよ」

ヒデローくんが持っていたのは電池式の卓上時計だった。蓋を開け、単三電池に糸をくくりつけると、その糸を裏口のドアの端っこにテープで留めた。

「ドアが開かれたら糸が引っ張られて電池が外れる。この時計にはカレンダーも付いてるから、ロクスケが入ってきた日時がわかる」

わたしが馬鹿みたいに口を開いて眺めている間に彼は手際よく『罠』を作り上げた。呆気にとられる中でなんとか声を絞り出す。

「……なんでそんなのすぐ思いつくの？」

「仕事でいろいろやってるからな。それよりもう真っ暗になっちまった」

確かに、見上げるといつの間にか空は満天の星で煌（きら）めいていた。いつも思うけれど、太陽が傾いてから夜を連れてくるのが早過ぎる。気づけば時計は七時近くを指していた。

「今日は店じまいだな。飯食って帰ろうぜ」

帰りのわたしはすっかり疲れていて、ヒデローくんに起こされるまで爆睡していた。起きたら市街地で、入ったことのないラーメン屋に連れて行かれた。やたらどろどろしたスープの不思議なラーメンをご馳走して貰って、全部食べ終わったときにはお腹がいっぱいになりすぎていて何も考えられなくなっていた。

祖母の家の近くまで送ってもらうと、開かれた運転席の窓越しにヒデローくんは言った。

「明日は仕事が五時に終わるから、その後ならまた動けるぜ」

心からお礼を言う。ヒデローくんに対してのみならず、自分の周囲の人への感謝の気持ちがわき上がる。それらは怖い目に遭ったことも忘れさせてくれて、気分は久しぶりに晴れやかで、今日は早起きして良かったと拳を握りしめた。

ヒデローくんを見送って小道に入ったところで、ポケットのスマートフォンが振動する。見ると、知恵子さんの家からだった。先日の態度が思い起こされて緊張しながらコールを受けると、予想外の声がした。

『……もしもし、イオちゃん？』

上の娘の彩月ちゃんだった。

「どうしたの？」

『あの、今、お母さんがお風呂に入っているから、その隙に。男の子、探してるんでしょ？　お母さんが、おばあちゃんから聞いたって』

彩月ちゃんは、辿々しく、でも早口に言う。

『わたしの塾の友だちで、その、行方不明の男子のクラスメイトがいるんだけど……明日、塾だから、もし良かったら紹介できると思う』

「彩月ちゃん、それって――」

『お母さんはああ言ったけど、気にしないで。また来てね』

いろんなことがあった上でのトドメ。そんなのどうやったって止められなくて、わたしは父が死んで初めて泣いた。

一二月七日〜八日（ロク　五日目〜六日目）

　窓の外の明るさが眩しくて目を覚ました。どのくらい寝ていたのだろう。見回すと炬燵の隣に敷かれた布団に潜ってミキヤスが寝ていた。その隙に俺はゲームの続きを練習して、ミキヤスが起きる頃にはいちばん難しいコースでもかなりいい順位をたたき出せるようになっていた。寝起きのミキヤスが布団から這い出て、冷蔵庫からペットボトルの水を取り出してゴクゴクと飲み干す。それを急かすように俺は手招きし、勝負を挑む。そして見事勝利をもぎ取った。丸一日をついやした練習の成果だ。丸一日？　どうだろう。二日？　ここに来て何日経ったのか、もう既にわからなくなっていた。

「やったぞ！」叫んだ後で、ミキヤスにたしなめられる。

「静かに。秘密基地だぞ」

「やった」小声で言い直し、さぞ悔しがっているだろうミキヤスの顔をのぞく。でも、ミキヤスはただ一言「やるじゃん」と言って嬉しそうだった。

　これがもしツギオだったら、怒り狂って罵倒の嵐だ。そして必ずこんなことを言うんだ。今のは手が滑った、急に頭痛が襲ってきた、外を通った救急車のサイレンで気が散った、だからもう一回だ、って。敗者ってのはそういうもんじゃないのか？

なのにこいつは楽しんでいる。勝っても負けても、同じように。

初めて知った。ゲームとは結果ではなく、過程を楽しむものなのだ。

その後も、いろんな車を選び、いろんなコースを選び、勝負は続く。勝率はミキヤスの方がずっと上だけど、俺はもう、負けても心が穏やかだった。俺は自分を賢いと思っていたけれど、ミキヤスと出会った事でまた一つ賢くなってしまった。

「俺、もっと早くミキヤスと会ってたら良かったのに」

「小学生でも人生を振り返るもんなんだな」ミキヤスの表情は愉(たの)しそうで、意地悪そうだ。「ロクって友達いないだろ。まわりの友達が全員バカに見えるよな」

「急に何?」ゲームを止めて、思わずコントローラーを置いた。ミキヤスは「図星だろ」と口元を歪めた。その顔が気に喰わなかったので、俺は身を乗り出して釈明する。

「違うって。聞いてくれよ。俺、ずっと友達ってわかんなくてさ。先生は学校でいつも、用がないならお喋りするなとか言うじゃん。でも学校で用とかないじゃん。喋らないじゃん。そしたらさ、いつの間にか、俺だけ輪の中から外れてるんだ」

「先生の言うことを真に受けすぎだよ」

「だって先生だぜ？　信じるじゃん。酷くない？　先生は俺に嘘をついたんだよ」

この話を森遠先生に言ったら、悪かったと謝られた。すなわち俺が正しかったことは証明されてる。ミキヤスは「ロクは愉快な奴だなあ」と笑った。それで今度は俺が訊ねる。

「ミキヤスは、何している人？」

「何もしてないよ」あっさりした答えだった。

「学校は？」

「辞めた」

「学校って辞められるの？」それは知らなかった。「どうして辞めたの？」

「ロクと同じだよ。みんながバカだったからさ。特に先生がね」

いつしか、ミキヤスの手もコントローラーから離れていた。

「最初に先生がバカだと思ったのは、小六のときさ。卒業間近で、記念のＤＶＤを作ったんだ。クラス全員が一人ずつ、カメラの前で将来の夢を語るっていう寒気のするやつ」

ミキヤスはわざとらしく腕で身を抱いてみせた。

「それでどうしたの？」

「僕は決まってなかったからさ。わかりませんって言ったんだよ」

「何それ、つまんねえ。駄目じゃん」

「先生も駄目って言った。よく考えればわかるはずだって。だから僕は次にこう答えたんだ。まだ決められませんって。そしたらそれも駄目だって言われた」

「そんなの適当に言えばいいだけじゃん」俺だったら、じいちゃんみたいな床屋さんになりたい。それか、強くなって警察に入って悪い奴を捕まえたい。暴力を振るう男とか、それに付き従う女とか。けどミキヤスはゆるゆると首を振った。

「適当なんてありえないんだ。だって将来だぜ？　先生は『将来何になるのか』っていう重要な目標を、小学生なんていう、まだ世界を全然知らない子供に、その場で決めろって言ったんだ。僕は持っている情報が少ないから決められないと正直に話したのに、今決めろと命令した。つまり、先生は僕に嘘をつけと強制したんだ」

「やっぱり先生は嘘つきだ」

「そう。しかも一生残るかもしれない映像でだぞ。これはある意味、僕の犯した罪の記録になってしまう」

「それはちょっと大袈裟じゃないの？」

「今だったら、どうしてわからなくてどうして決められないのか、カメラの前で長々と喋ったろう。でなきゃ、生徒の将来を『夢』なんて非現実的な言葉で縛り付ける茶番に対して怒りをぶつけていたかもしれない。でも、そのときはそこまで賢くなかったし、目立つのも嫌だった。だからスポーツ選手になるって言った」

「……スポーツ得意なの？」俺はミキヤスの姿形をまじまじと見る。

「見りゃわかるだろ。んなわきゃねえよ」予想通りだ。「じゃあ、なんで？」

「先生に対する復讐だよ。僕を知っている人が見たら、誰だって僕が嘘をついているってわかるだろ？　そしたら、大人たちはこう思うだろう。この生徒、先生に言わされているんだって。そしたらこう思うだろ。この生徒の担任は、この生徒と全然コミュニケーションが取れてなかったんだって。つまり、先生に対してのネガティブな風評を生み出すことができる」

「そのためにスポーツ選手？」

ミキヤスは頷いた。

「効果は？」

「知らない。すぐに卒業したし、もらったＤＶＤは一度も見てないし、一度も話題になったこともない。だいたいどこ行ったかすらもうわかんない」

「……それで終わり？」

ミキヤスの話は、俺にとっては少し肩すかしというか、期待したラストではなかった。もっと、胸のすくような大立ち回りでもあったのかと思ったのに。

「今は、何になりたいの？」

「そうだな……漫画家になりたかった。今は、ていうか本当はあの頃から変わってないけど。熱血少年漫画を描いて大ヒットを飛ばしたかった」

「今からでもなれるんじゃないの？」

「正確に言うなら、僕は『今の僕の年齢でもう大ヒットを飛ばしている漫画家』になりたかったんだ。今そうじゃないってことは夢は叶わなかったし、もう叶わない」

よくわからない理屈だ。「じゃあ何でならなかったの？」

「そりゃ、夢を見ていたんだろうな。僕は、大人になれば自動的に夢見ていたものになれると勘違いしていたんだ。夢なんて漠然としたものを否定しつつ、心の底で信じていた。小学生のあの日、ビデオカメラの前で夢を語った連中の方がいつの間にかとっくに現実を見てて、大学行ったり就職したりした」

「なんでそいつらは夢を捨てたんだ？」

「夢ってのは捨てるものなんだよ。口に出してとっとと『叶わない』って気づかないと、いつまで経っても現実を見られなくなる。するとやがて現実にいるのが苦痛になる」

さては、それが学校を辞めた理由なのだろう。そのくらいは俺にもわかる。

「だったら夢の方を変えりゃいいのに」

俺が言うと、ミキヤスは何も言わず炬燵に潜った。その隙に俺はコントローラーを拾い上げ、ミキヤスの車を横目に颯爽とゴールしてやった。

「あ、ずりい」

ミキヤスは言うが、放棄したのは自分だ。時間は取り返せない。一分一秒が勝負なのだ。なんて思ったけど、まるで自分に言っているみたいな気がして考えるのをやめた。

俺のじいちゃんはボロい床屋をやっていた。普段はボーッとしているけど、ハサミを持つと目つきが変わって曲がっていた腰が伸びるのだ。そして、いろんな人の髪の毛をきれいにする。まるで彫刻を彫るみたいだった。

そんなじいちゃんに、俺はいろいろなことを教わった。小学校の二年生までは一緒に暮らしていて、暇さえあれば図鑑や新聞を読ませられた。あの頃は母さんも元気で、ツギオはまだいなかった。興味は持ちすぎて困ることはないし、知識に重さはない。だからいくらでも詰め込める。それはじいちゃんの「矜持」というやつだった。

「面白いじいちゃんだな。髪型は？　こんな感じ？」

「違う。もっと禿げてる」

「床屋なのに？」

漫画家になりたかったというミキヤスの絵はどんなものか見てやろうと思っていたら、いつの間にかじいちゃんの似顔絵を描く流れになっていた。ミキヤスは言うだけあって絵が巧く、一〇〇円のシャープペンシルで俺が説明したじいちゃんの特徴をしっかり捉えて紙に描いていく。ミキヤスはじいちゃんそっくりの顔のおでこから上だけに消しゴムをかけると、そこに天辺（てっぺん）だけ薄い頭を描いた。

「そう！　そんな感じ！　似てる！」俺は吹き出して言う。

寝て起きて、ここにどれくらいいるのかもうわからない。先生が何も言ってこないのをいいことに、俺はずっとここにいたいと思っていた。

「じゃあ次は先生を描くぞ。髪型どんな感じ？」

「なんか普通。おかっぱ？　黒髪の、そのまんまって感じの」

「それじゃつまんないな。アフロにしようぜ」

「うわっ、気持ち悪い。似合わない」

「メガネかければ大丈夫だって。派手なやつ……星形とかどうだ？」二つの星を並べて描いて、それが線で繋がれメガネの絵になる。

「だせえっ。ていうか、先生のメガネは元からだせえんだった。逆に合ってるかも」

「散々な言いようだな」

「だってあの先生、視力悪くないんだよ。なのにメガネかけてるんだ。何か特別なやつで、精神的メガネとか言ってさ」

「伊達（だて）メガネってことか」

「何それ？」

「偽物のメガネってことさ」

「レンズに色が付いてるやつ？」

「それはグラサンだな。あ、いけね。先生の睫毛バッキバキに盛らなくちゃ――」

と、外でかすかに話し声が聞こえた。内容までは聞き取れないけれど、低い声と、応対する女性の声が聞こえる。ミキヤスが立ち上がり、窓からそっと外をのぞいた。俺も端っこから覗く。木々の隙間から、母屋の玄関の様子が少しだけ見える。ミキヤスが呟く。

「母屋のほうに誰かオッサンが来てるな。知らない奴だ。キミは見つかるとマズいんだから隠れてろよロク。――ロク？」

ミキヤスは怪訝そうに言ったが、無理もない。俺は我知らず震えていた。訪ねてきた「知らないオッサン」が誰かわかったからだ。

ぼそぼそと、低くて重みのある声が微かに聞こえた。この声は、間違えようがない。ミキヤスに伝えなくちゃという一心で、震える唇を無理やり動かした。

「……ツギオだ」

「親父さん？」ミキヤスがすぐさま腕で俺を窓から遠ざけ、俺は逃げるように炬燵に潜り込む。どうして来た？　いや、そりゃ来るだろう。ツギオが俺を探さないわけがない。勝手に家を出たんだから、激怒しているはずだ。いや、おかしくないか？　俺が家を出たのは、先生が連れだしたからだ。先生はツギオと話してないのか？　何も？　いや、ミキヤスは、親が先生を知っていると言った。俺がここにいるってミキヤスの親が先生に伝えたあと、先生がツギオに話したのだろうか。

「ロク。女の人もいる。髪の長い人。母親は亡くなったんだよな。姉？」

「そんなのいない」

「じゃあ誰だろう」

「知らないけど、ツギオはここ半年くらい、よく知らない女を家にあげてる」

「新しい恋人ってやつか。その人なのかな」

誰でもいいけれど、窓の外を見る気には到底ならなかった。ただただ胸が締め付けられて苦しい。あれに似ている。夜一人で寝ていたら、帰ってきたツギオが力任せに玄関のドアを閉めたとき。もうすぐ俺のところにやって来て、俺を蹴り起こすってとき。いつ来るのか、今来るのか、二〇秒後か、二分後か。あの、嫌なことが迫っているときの、時間が引き延ばされたゴムみたく薄くなる瞬間と同じだ。俺はただ炬燵に潜ってじっとしていた。苦しかったし、もしかしたら息も止めていたかもしれない。

布団がめくられて光が入ってきたとき、思わず小さな悲鳴をあげた。のぞき込んだミキヤスに、すがるような気持ちで言う。

「俺、もう帰らなくちゃだめなの？　迎えにきたの？」

「いや、ビラを配りに来ただけみたいだぞ。もう帰った」

ツギオはミキヤスの母といくつかやりとりをした後、女と共に頭を下げて出て行ったそうだ。おそるおそる炬燵から這いだした俺を見て、ミキヤスは呟いた。

「ロクって親父さんと全然顔似てないな」

「本当の父さんはとっくの昔に死んだから。母さんよりも前に」

「キミの家庭、結構複雑なのか？」

「他所は知らないから、わからないけど」

最初はじいちゃんの家に、じいちゃんとばあちゃんと父さんと母さんと俺の五人で暮らしていた。そのあと父さんが死んで四人になって、ある日俺と母さんは二人で家を出た。じいちゃんとばあちゃんは死んだ父さんのじいちゃんとばあちゃんだったから、らしい。今の町に引っ越してきて、狭い部屋にしばらく二人だったけれど、ある日ツギオが現れた。そしてすぐに、ツギオのものだというもう少しデカい家で三人で暮らし始めた。ツギオのことは、最初はいろいろ買ってくれていいやつだと思ったけれど、母さんが死んでからは別人だった。というか、こっちが本当のツギオなんだって思った。

「母さんは美奈子って名前なんだけど、生きてた頃の母さんをツギオは『美奈子さん』って呼んでたんだ。それが、母さんが死んですぐに呼び捨てで呼ぶようになった。美奈子は勝手に死んでムカつくとか、美奈子にもっと貯金させておけば良かったとか。それでだんだん、嫌な予感がした」

「で、気づけば暴力か。ろくでもないな」

「最悪だよ。痣とかつくし。目の周りは目玉さえ大丈夫なら大して痛くないけど、頬骨とか眉毛らへんはすぐ青くなるから注意しなくちゃいけない。顔を殴られそうなときは腕で庇った方が、たとえツギオの怒りの火に油を注いだとしても、後々マシなんだ」

「その年でそんなことに詳しくなりたくないな。でも、顔に痣ができたら周りが気づくだろ」

「周りの奴らなんて、誰も俺を見てないよ。ツギオだけが俺を見てる。俺の顔を見て痣ができてると『なに痣作ってんだよ！』って怒られるから、念入りにガードしてた。ミキヤスも覚えとくといいぜ。身体の柔らかい箇所と、硬いけど薄い箇所は要注意なんだ」

そういう場所は、大した力がなくてもダメージを与えられる。非力な力でやられてもすぐに痣になるほどだ。痣は残るから嫌だ。ついでに言えばもっと嫌なことがある。監視だ。見られていると、身動きすることさえ否定された気持ちになる。俺のとった行動がどこか一箇所でも滑稽（こっけい）なら、指をさして笑われる。そういうときは悔しくて涙が出てくる。痛いのを我慢していても、勝手に流れてくる。って、こんな話、人に言ってもつまらないだろう。現にミキヤスは何も反応しない。

「……おいミキヤス、何か言えよ」

照れくさくてしかめ面をして顔を上げた俺だったけれど、目の前にはもっと変な顔のミキヤスがいた。

「……ロク。キミ大変だったんだな」バカみたいな面で、俺がツギオに殴られたときみたいに鼻水を垂らして泣いていた。

「好きなだけここにいていいぞ」

そう肩をがしっと掴まれた。ミキヤスは森遠先生以上にお人好しなのかもしれない。

「ミキヤスの親は？　何も言わないの？　大丈夫？」

「大丈夫。あの人たちは、ここには来ないから。何も心配は要らない」ミキヤスは壁際に向かい、「そうだ、前に煙草をくれたお礼にこれやるよ。カッコイイって言ったよな」と棚に飾られていたハルクをくれた。人さし指サイズの小さいやつだがライトになっていて、腰を捻ると足の裏が光った。俺はそれも宝箱にしまった。初めて中身がいっぱいになった。

その夜、ミキヤスと一緒に風呂に入った。蔵の一階にある風呂場は、水色のタイル張りが昔じいちゃんの家で入ったのと似ていて懐かしい感じがした。ミキヤスは俺の身体にまだ残っている痣を見ながらまた悲しそうな顔をしたけれど、泣いているのかどうかはお湯のせいでわからなかった。湯船の水をすくいながら、洗い場で頭を洗うミキヤスに聞く。「学校辞めてどのくらいなの？」

「高三で辞めたから……五年かな。その間、ほとんどこの蔵の中にいて、たまに庭で梨の木の剪定をする」

「あれ、梨なの？」

「そうだよ。もう季節が終わったから葉っぱだけだけど、ウチの梨はこの辺でもけっこういい値段がつくんだぜ」

そのうち食べさせてやる、と言われた。ミキヤスの家は梨農家で、父親は単身赴任で北海道の農園に仕事を教えに行っているらしい。母屋には母と姉と年老いた祖母が暮らしているという。ミキヤスは全ての生活を蔵と庭で過ごし、向こうの母屋には食事を取りに行くときくらいしか行っていないとのことだった。

「いつかこの家を出て行って一人で暮らすんだ。そして二度と帰らない」

「どうして帰らないの？」

「家族が嫌いだからだよ。姉と、いちばんは母親かな。僕を生んだからね。生んでくれなんて頼んでないのに」

「生まないでくれって頼めば良かったのに」

何気なく言うと、ミキヤスは髪を洗う手を止めて振り向いた。

「たしかにそうだな。そのときはそんなこと思いつきもしなかった。思いつける状況だったのかも知らないけど」

それから独り言のように続ける。

「うん。大事なことは、だいたいあとから言葉になるんだな。言うべきときには思いつかなくて、後になって後悔するんだ」

わかるかもしれない。俺も、ツギオの機嫌を損ねたときはいつもしまったと思う。

「ミキヤスは、そういうときどうするの？」

「布団の中でわーってしてたら解決するから大丈夫」

「……解決なのそれ？」

風呂から上がると、俺たちは相変わらずテレビゲームをして過ごし、またいつの間にか眠りに落ちていた。ツギオに叩き起こされる心配がないのはなんて幸せなんだろうと思った。

そして先生の夢を見た気がする。睫毛がバッキバキで、星形のメガネで、アフロで、そんなの笑うなと言う方が無理だ。自分の笑い声で目覚めた後、今度は夢うつつの中、車で先生と話した記憶が思い起こされた。

車の中で、森遠先生はまだ腫れの引かない俺の頬に触れ、ある格闘家の話をした。知らない名前だったけれど、なんでも若くして病気で亡くなったらしい。

「その選手は人気があったけれど、大会ではなかなか優勝できずにいた。彼の代名詞と言える必殺技は踵落としだったんだが、それがまあ、試合で決まらないんだ」

「決まらなかったら必殺技じゃないじゃん」

「でも彼は、毎試合必ずどこかのタイミングで踵落としを放った。ここぞというときとか、思いがけぬときとか。でも外して隙ができて、劣勢になってそのまま負けたことも少なくない」

「駄目じゃん」俺は呆れて溜め息をつく。しかし先生は指を立てて誇らしげに続けた。

「いいのさ。彼はずっと、踵落としさえ決まれば勝ちだと確信していたんだから」

「そりゃ、決まればその試合は勝ちかもしれないけれど。それ以外にも試合はあるわけじゃん？負け続けるのはいいわけ？」

「試合の勝ち負けじゃない。これは人生の話だ。喝采、希望、夢を求める彼の決意が、踵落としには込められている。彼は試合に挑んでいたんじゃない。自分の人生に挑んでいたんだ。人生のどこかで一度でも踵落としを決めることができさえすれば、その後の人生に大きな希望が拓(ひら)ける。そのための挑戦だったんだ。敵は対戦相手ではなく、己の信念だった」

「……でも勝たなくちゃ意味ないんじゃない？　負けてもいいなんてダサいよ」その選手も、それを大真面目に語っている先生にも、両方に向けての言葉だった。先生は俺の様子に諦めたのか、苦笑してこう締めくくった。

「何が言いたいかというとな。挽回のチャンスは必ず存在する。だから常に気を引き締めていなければいけない。でないと、チャンスがやって来たことに寝ぼけて気づかないなんてことになる。現状を変えるために、いつでも必殺技を出せるようにしておくのが人生なんだ」

「ふうん。先生にも必殺技とかあるわけ？」

「もちろん」

「へえ、何？」

すると先生は少しの間を置いて、微笑みを浮かべて答えた。

「娘だな」

ふと目が覚めると夜中だった。物音がして、ツギオが帰ってきたんだと焦って目覚め、まわりを見わたして自分がいる場所を思い出す。ここはミキヤスの蔵だ。

ミキヤスは炬燵に潜ったままパソコンに向かっていた。物音は、キーボードを叩く音だ。俺の寝ている隙に別のゲームをしているのだろうか？　そう思ったけれど、だんだん目が慣れてくると、そうではないことに気づく。画面には文字が大量に並んでいた。ミキヤスは俺が起きていることに気づいていない。なんとなく、秘密めいた予感がする。息を殺して、でっかい画面に並ぶ文字を見つめた。

六助なんてもう死んでるよ（1分前）

キラキラネームはやっぱ早死にするな（1分前）

熊の餌食か。南無（10秒前）

それ、ワイドショーでも言ってたな。不謹慎すぎだろ（2秒前）

俺の名前が書かれている。死んだ？　どういうことだ？

ミキヤスがかたかたとキーボードを打つ。それに合わせて、画面下の白い枠の中が変化する。

いy

いや、あn

いや、あんがいd

タン、とミキヤスが強くキーを叩いたのに合わせて、白枠内の文字が消えて、代わりに画面の上の方に文章が浮かんだ。

いや、あんがい誰かに匿われてるかもよ。俺の隣とか（0秒前）

今のはミキヤスが打ったのか？　これは多分SNSとかいうやつだ。ミキヤスは、ここで誰かと会話している。誰と？

アホ発見。嘘下手すぎ（55秒前）

あのへん知ってるけど人いないし。デカい家に隠れてるんじゃないの？（30秒前）

それってつまり誘拐からの誘拐コンボ？（15秒前）

さあね？　ふふふ……（0秒前）

これは二人とも死んでるオチ（0秒前）

見てはいけないものを見ているというのは充分にわかっていたけれど、どうしても耐えられなくて、無意識に声を出していた。

「それ、誰？」

ミキヤスがうおっと声をあげ、固まった。ゆっくり首を動かして、俺を見る。

「……起きてたの？　ロク」

「今起きた。誰と話してるの」

俺は、ミキヤスのパソコンに映っているたくさんの言葉を指して訊ねた。ミキヤスは視線をあちこちに飛ばし、たぶん色々な言い訳を考えたのだろう。そして結局、肩をすくめ、苦笑いしてこう答えた。

「誰って、みんなだよ」

「みんなって誰だよ。知り合い？」

「知らない人」

「知らない人と話してるの？」

「変じゃないさ。ロクだって、学校の全員を知っているわけじゃないだろ？　でも同じ学校に通っている。それと同じようなもんだよ」

「引きこもってネットばっかやってると、現実とネットの区別がつかなくなるって聞いた」

俺が言うとミキヤスは呆れたように答えた。

「ネットだって現実だよ。現実と妄想の区別がつかなくなるのはそいつの性質の問題だ。サッカー漫画を読んで『こういうサッカー選手になりたい』と思うか『こういう漫画を描きたい』と思うかの違いさ。僕は後者だから大丈夫」

俺は炬燵から起き上がる。

「ミキヤスは、返事に困るとすぐそういう話をする。知ってるぞ。抽象的ってやつだ。それで誤魔化す。今俺が知りたいのは、そこに書いてあるのは何だってことだ。俺のことをネットに書いたの？」

「僕はそんなバカじゃない。情報収集の一環だよ。釣り餌を撒くと世間の反応が見える。見ろよ。半分くらいは僕のヒントを真に受けているし、半分くらいは馬鹿にしている。でも、ここにロクがいることに気づける奴は一人もいない」

「なんでそんなことするの？　俺がここにいるってバレたらどうするんだよ？」

「ロクが親のもとに戻される。それだけさ」

「俺はツギオの家に帰りたくない」

「知ってるよ。安心しろ。見つかりっこない」

だったら、どうして？　なんでミキヤスは俺のことをわざわざネットに書くんだ？　自分だけが知っていることを自慢したくなったのだろうか。そんなの、まるでツギオと同じような考え方だ。パソコンの画面が動いたのが見えて、無意識に目で追う。そして、更にわけのわからない文章が目に入った。

ていうか、あの先生なんで死んでるの？　無駄死にじゃね？（8秒前）

あの先生？

死んだ？

「……ミキヤス？」問うが、当のミキヤスも青ざめた表情をしている。さっきまでとは違う、本気でしまったと思っている表情だ。

「これ何？　ミキヤスは、先生を知ってるって言ったよな。連絡して、ここにいる許可をもらったっても言っていた。それは？　本当なの？」

「……あ、ああ」

「本当に？」

「もちろん」

ミキヤスは俺を見てはいるけど、それは単に目を逸らしたら不味いと思っているだけのように見えた。ミキヤスの口の動きと、実際に聞こえてくる言葉がちぐはぐに感じられる。心がこもっていなくて、俺の身を案じて泣いた姿とはまるで違う。

嘘だと直感した。でも、それを聞いたらダメな気がする。いつもの感情だ。でもそれじゃ尚のことダメだ。腹をくくらなくちゃいけない。今聞かないと、このあとは二度と聞けなくなる。今更ツギオの暴力から逃れられないように。

「本当のことを言ってくれよ。嘘をついているようにしか見えないって」

これはゲームじゃない。ゲームだったら負けてもいいって学んだけれど、だからこそ、ここで負けてはいけないと感じた。やがてミキヤスは、何か喋ろうとして咳き込んだ後、唾を何度か飲み込んで、それから宥めるような声で呟いた。

「ロクがビックリすると思ってさ。いきなり先生が死んだとか言ったら」

頭が真っ白になって、急に目の前に透明な壁ができたような気がした。耳がキーンとして、頬の中が痺れ始める。

「……意味わかんねえ」

「だろ？　だから言わなかった」

「どういう意味だよ」

「言ってもわかんないだろ」

こんがらがってくる。画面に浮かぶ文字列も、ミキヤスの言葉も夢の中みたいにぐちゃぐちゃでとりとめがない。もしかしてこれは夢か？　違う。パソコンの画面の光は眩しくて、眠ってなんていられない。

質問を変える。

「森遠先生が死んだってこと？」

ミキヤスは目を瞑り、長い長い溜め息をはいた。「死んだよ。車で事故って。キミがここに来る前の話だ」

「なんで知ってたの？　ここ、テレビがないのに」

「ネットで話題になってたからね。テレビも見ようと思えば見られるよ。ネット経由で、いくらでも」

「それ、言わなかった」

「言ったら見るだろう。そしたらバレるだろう」

「見せて」

ミキヤスが渋々ながらもインターネットを操作し、動画サイトを表示した。関連するニュースの情報をいくつか見せられる。俺の名前がネットに載ってる。それに先生の名前と、死亡って文字と、山の中の道路に先生の車が転がっているのが映っていた。

何かがおかしい。辻褄が合わない。違う、逆だ。辻褄が合ったのだ。先生が来ない、その理由。ニュースの途中で、ツギオがカメラに向かって喋っているのが映った。見たことのない、疲れ切った顔だった。『息子の無事を心より信じています』なんて、まるで俺がいないことでエネルギーを吸い取られているような感じだった。生まれて初めて、ツギオをちょっと可哀相だと思った。

半ば無意識に言葉が漏れた。

「……帰る」

「どこに？　先生の家は空き家だ。もう誰も住んでいない」

「じゃあ、元の家に」

「ツギオのところ？　でも、キミは虐待されていたんだろう？　それでも戻るの？」

それもニュースになっているのだろうか。いや、なっていなくても、俺の話を聞いたら誰だってわかることだ。『虐待』だなんて、言葉にするとすごくみっともない。そんなみっともないものを自分が受けているなんて、この上なく情けない。しかも、嘘つきのミキヤスに指摘された。自分がちっぽけで、世界中からサッカーボールをぶつけられているような気がした。

頭がくらくらして、殴られてもいないのに視界が黒くなった。足がふらついて、よろめきながら炬燵に潜る。

わーっと叫んでみたけれど、少しも何も解決しなかった。

一一月八日（イオ　六日目）

いつの頃からか、父とわたしの間ではあることが習慣化されていた。

「父さん、じっとしててね」

わたしは父をリビングのロッキング・チェアに座らせると、その正面に立つ。父はわたしを見上げて言う。

「何度やっても怖いな。挟むなよ」

「それはごめんてば」

わたしの手には銀色の小さなハサミ状の……もとい、睫毛カーラーが握られている。父のメガネを頭の上にずらし、わたしは父の右目に向けて手を伸ばす。上瞼（うわまぶた）の縁に沿ってカーラーを合わせ、ゆっくりと挟み込む。うまく挟めたらぐっと指先に力を込める。

「おっけー。じゃ次は左ね」

この瞬間の父の顔が好きだ。右目だけ妙にぱっちりとして左目はいつもどおり翳（かげ）りがあって、アンバランスでかわいい。

「またやってるの？」料理しながら母が呆れた声を出す。それを心地よく聞いて、次は左の瞼に取りかかる。父は睫毛が長くて、それはメガネのレンズの裏を擦ってしまうほど。レンズが汚れて困ると嘆いていたから、試しにやってあげたのだ。

以来、父はその行為を「テッセキ」と呼んでいる。家族三人しか知らないこのくだらない習慣を父は気に入ったらしく、月イチ程度の「テッセキ」が日常化していた。一度「テッセキ」の最中に、どうしてそう呼ぶのか聞いてみたことがある。

「善く行くものは轍迹なし、というだろう」

「あ、漢文の授業でやったかも」善行や功績は人にひけらかさず、痕跡を残さずやるべき、といった意味だったか。「なんだっけ、孔子？　孟子？　老子？」

「学生なら自分で調べろ」父は苦笑した。

「でも、これが『轍迹』なら、わたしが父さんに親切の痕跡を残してやろうとしてるみたいに聞こえるよ。一応、密かな善行のつもりなんだけど」

「いや、逆なんだ。この時間は俺にとっての『轍迹』だ。この世に生きる喜びだとか、悲しみだとか、そういう話をするのにちょうどいい」

「なんかグリーングリーンの歌詞みたい」

「そこまで大袈裟なものじゃないが……要は伊緒の中になるべく多く居座ってやろうっていう傲慢な魂胆だ。子供の頃に絵本を読んだろ。ああいうものの延長で、うっとうしいと思われるくらい俺を記憶に残してやる」

「父さん、結構『自分が自分が』って性格だよね」

「お前に似てな——いてっ」

父は急に間抜けな声をあげた。むかつくことを言われたものだから、手元が狂ってうっかり瞼を挟んでしまったようだ。

「あっ、ごめん」

心配するわたしを手で制し、父は言った。「いや、いいんだ。これもまた轍迹だろう」

いい話っぽく言ったつもりみたいだったけれど、涙目だし睫毛がパッチリしすぎてて少しも様にはならなかった。

自分は父の轍迹を探しているのかもしれない。でも一人では力不足だ。ヒデローくんは頼りになるけれど、彼以外に世界や世間、わたしの知らないところと繋がっている大人の手を借りたい。

そう思ったとき、心に浮かんだ人物は悲しいことに一人だけだった。その人物とは水口参子だ。

三一歳、長野県出身で、大学進学を機に上京。学生時代からアルバイトで編集プロダクションに出入りし、卒業後は中堅出版社に入社、雑誌連載したコラムが好評を博す。ところが、人気タレントを名指しで批判したことで問題となり連載は打ち切り。やりたいことがやれないという理由から退職し、フリーに。学生時代のつてでラジオにゲスト出演し、今度は歯に衣着せぬ物言いで脚光を浴びる。後に深夜帯に自分の冠番組を持つが、やはり問題発言で活動自粛。最近は様々な雑誌にフリーライターとして寄稿しながら、たまにエッセイ集や新書を刊行している。

ネットには読んでるだけで小一時間が経過するほどの情報があった。最近は、早期リタイアして東南アジアで気ままに暮らすシニア・カップルの暮らしを取材しているそうだ。

「なんかよくわかんない人だな」

しかしより調べていくと、彼女のこれまでの問題発言はセクハラ議員やパワハラ企業の社長など、常に力を持った「悪」への批判だった。実際に彼女の問題提起によりコンプライアンスの改善された企業もあるし、泣き寝入りせずに済んだという女性の声も多い。ネットでは強い者にも怯まず突き進む意思があると評価されている。真に受けるつもりはないが、彼女の立ち位置はいつも社会悪に対するやや捻くれた正義の使者だ。

ヒデローくんと出かけた翌日。この日も早起きしたわたしは、朝から彼女について調べていた。考えはこうだ。昨日、鶴木刑事に伝えた『恩田継夫が嘘をついている』という主張は相手にされなかった。やはり警察に向けて他人の悪行を告発するには根拠がなくてはいけない。では根拠を手に入れるには何が必要か。或いは、根拠がなくても動いてくれそうなのは誰か。二つの問いの答えが彼女だった。水口参子はわたしを悪の側であるかのように罵ってきたが、もし彼女がいつか玄関でわたしに言ったように善の側だというなら、あのツギオが「悪」であることを暴くために力を貸してくれるのではないか。

ヒデローくんは彼女がハイプで信じるに値しないと言ったけど、自分の名前でこれだけ仕事をしているのだから、相応の才覚があるのだろう。ヒデローくんの仕事が終わるまでに彼女について知り、上手く手を貸してもらえるための方法を探すつもりだ。

わたしは祖母の作ってくれたおにぎりをアルミホイルのままリュックに入れ、自転車を駆って図書館まで出かけた。今日は雨の予報はない。身体は軽く、風を切ってまたたく間に図書館に辿り着いた。

図書館は平日昼前だからか人が少なかった。パソコンで目当ての本の位置を確認する。いつもにらめっこする小説のコーナーを通り過ぎて新書コーナーを彷徨う。重厚な木枠の書架には本がぎっしりと詰まり、経済や哲学に紛れて、水口参子の軽薄な書名を見つけた。近刊を一冊だけ借りて、図書館を後にする。隣接する公園のベンチに腰掛ける。昨日より暖かくて、パーカーじゃ少し汗ばむほどだ。

持参した水筒のお茶を一口飲んで、水口参子の本を取り出す。折り返しのプロフィールには名刺にあったものに加えてワインソムリエとかヨガインストラクターとかアルファブロガーとかさらにカタカナが並んでおり、目次には挑発的な見出しが連なっている。彼女によれば、世の中の馬鹿な一般人の人生は賽(さい)の河原で石を重ねているようなものなのだそうだ。こんな、三〇代女性の生き方についてあれこれこねくり回している人が、どうしてわたしの父を調べているのだろう。彼女のことがますますわからなくなった。

財布から一枚の紙切れを取り出す。先日、自宅の前で押しつけられた彼女の名刺だ。一度は屑籠にねじ込んだけれど、やっぱり拾い上げた。そのせいでだいぶクシャクシャだが、電話番号が記載されている。

何も考えずにその番号をスマートフォンに打ち込み、すぐさまコールする。電話をかけるときにタイミングを待っては駄目だということを、ヒデローくんのときに学んだのだ。何度めかのコール音の後で、落ち着いた女性の声がした。

「あの」背後が騒音で、移動中なのだろうか。「わたし、森遠伊緒ですけど」

しばしの後、ああ、と軽い返事が聞こえる。

『どうも。先日は失礼しました。水口です。どういったご用件でしょうか？』

簡潔に事情を説明する。あのツギオが嘘をついている疑念。警察には取り合ってもらえなかったこと。水口参子なら興味があるのではないかと思い、連絡したこと。彼女は逡巡(しゅんじゅん)の沈黙を見せたあとに言った。

『その、嘘の証拠を私に調べて欲しいってこと？』

「調べて欲しいっていうか、協力して欲しいんです。もちろんわたしもやりますので」

『継夫氏の嘘って、具体的に何？　彼の何が信用できないの？』

「何もかもです。行動も、言動も」

『大雑把すぎるでしょう。さておき……あなたは何ができるの？　ほとんどは、私が足を運んだりするのよね？』

「あの、著作を読ん……拝読しまして、いろんなことに興味をお持ちだと感心したもので」

『そりゃ仕事だもん。だったら聞くけど、報酬は？』

報酬……考えていなかった。この間のことを思い出す。

「先日、わたしに何か聞きに来ましたけど、そのときはどんな報酬を下さるつもりだったんですか？」

『ああ、多少の謝礼は出すつもりだったわ。もちろん』

「じゃあ、あなたの質問に対してお答えしますので、それで相殺にしてください」

電話の向こうで、騒音の中でもはっきり聞こえるほどの大きな溜め息があった。

『もう事情が変わったの。あなたの話は不要です。当然、あなたの思い込みについても、裏を取りたくなるほどの興味はない』

ばっさりと切り捨てた。

「じゃ、じゃあ……せめてラジオとかで冤罪の可能性だけでも触れてくれたら――」

『そんなことしたら私、また炎上するんですけど』

言うや、当てつけるようにきつい口調になった。

『今、東京なのね。これから別件でインタビューに行かなくちゃいけないし、そのあと夜も人と会う予定があるの。それでなくても何かにつけて新幹線で片道四〇〇〇円もかけてそっちに行くほど裕福でもないのよ。だから、あなたの申し出は受けかねます。悪しからず』

「そんな、お願いします」

『年長者としてアドバイスするけど、赤の他人にお願いする習慣は早々に捨てた方がいいわ。身につけるべきは交渉力よ』

それからわたしが何か言う前に、電話はプツリと切れてしまった。作戦不足、無謀、失礼、いろんなことが頭を過ぎったが、ただ一つわたしは直感した。

この女は天敵だ。

残りのおにぎりをやけ食いすると、スマートフォンでロクの続報を調べた。


〈六助くん、依然見つからず〉

有志による山間部の捜索は今朝をもって打ち切られた。

容疑者の実家に対して家宅捜索が行われた。

学校関係者によれば、今回の事件は森遠容疑者による独断的な行動によるものであり、学校が事前に把握することは困難だったとの見方だ。

日に日にニュースの情報量は減っている。単文投稿型のＳＮＳ内で検索をかけると、相変わらず適当なことを言う人たちの言葉が連なっている。さも自分が訳知りの関係者であるようなことを言って、そのくせ見当違いのことばかり。犯人の娘が行方不明になっている、という書き込みを見つけて呆れる。

「ここにいるっての」

落ち着け。お茶を飲む。一つ作戦が失敗したに過ぎない。失敗するかどうかはやってみないとわからないのだから、この行いは無駄ではなかった。そう言い聞かせ、それからわたしは再び自転車を走らせた。時間はいつの間にか三時近くになっており、日は傾いてきた。この時期の灰色の空は人を孤独な気持ちにさせるから嫌いだ。さっきから妙に息苦しい。春になれば幸せで、秋になれば寂しくなる。全て空のせいだ。そんなことを思った。

彩月ちゃんとは、彼女の通う塾の前で待ち合わせしていた。三時半からの授業の前にちょっとだけ時間をもらったのだ。大通りに面した五階建てのビルの四階と五階がその学習塾で、彩月ちゃんは苦手な算数と英語を習っている。窓に映る雲の流れで、意外と風が強いことに気づく。エントランスには警備員の男性が二人立っていて、彼らに挨拶しながらぞろぞろと小学生の子供たちがビルに吸い込まれていく。電柱にもたれながらその様子を眺めていると、背後から声がした。

「イオちゃん、ここだよ」

振り向くと、いつの間にいたのか、濃紺のブラウス姿の彩月ちゃんが立っていた。家でもよく見るお気に入りの服だ。彼女はぎこちなくはにかむ。

「イオちゃん、制服じゃないのを見るの久しぶりだから、ちょっとわかんなかった」

わたしは適当すぎるパーカーとジーンズを着てきたことを恥じながら彩月ちゃんと挨拶を交わした。ガードレールの傍に二人並んで立ち話をする。彩月ちゃんはわたしに何度も「ごめんね」と言い、前に持ってきてくれたシュークリーム美味しかったよ、とか、また来てね、とか、きっとわたしが知恵子さんを嫌いになってしまったのではないかと不安なのだ。だからわたしは、かつてわたしによく懐いていた頃の彩月ちゃんに向けていたのよりも更に目一杯の笑顔を向けて、彼女に「大丈夫だよ、また遊ぼうね」と答えた。五分くらい経った頃、すぐ傍にグレーのセダンが駐まって、彩月ちゃんが声をあげる。

「あ、来たよ」

シートベルトを外して、助手席から女の子が降りてきた。彩月ちゃんよりはやや小柄で、でも目鼻立ちのすっきりした、かわいらしい女の子だ。振り向いて、運転席の女性にか細い声で言った。

「いってきます、お母さん。送ってくれてありがとうございます」

サングラスを掛けていたので顔はよく見えなかったけれど、痩せていて気の強そうな女性だった。彩月ちゃんと一緒に高校生のわたしが待っていたことを気にするふうもなく、彼女は「終わったら迎えに来るから」とだけ言い残して車を発進させた。母親の車が見えなくなるまで見送ったあと、女の子は彩月ちゃんに「おまたせ」とはにかんだ。

彩月ちゃんがわたしと彼女の間に立って紹介する。

「イオちゃん、この子が小出雪奈ちゃん。雪奈ちゃん、この人がイオちゃん。親戚のお姉ちゃん」

「初めまして」

雪奈ちゃんと呼ばれた子は、おずおずと、やけに深いお辞儀をした。つられてわたしもくの字になる。

「あの、恩田六助くんのクラスメイトなんだって？」

「そう、です。家もすぐ近くなんで」雪奈ちゃんは緊張しているようだ。威圧しないように屈んで視線を合わせる。

「今日はありがとう。もし良ければ、近くのお店でジュースでも飲む？」

「いいえ、もう教室に行かなくちゃいけないので。ただ」

雪奈ちゃんはカバンから一冊のノートを取り出した。恭しく受け取って開くと、それは日記のようなものだった。

「私、ロク……六助くんのことを、記録していたんです。疑っていて、証拠になるかなって思ったので」

辿々（たどたど）しい物言いの中に、穏便でない単語を聞いた。

「証拠？」

「わかんないですけど。いっつも、怪我してるから。それより、もう一つ……」

雪奈ちゃんは躊躇い気味に言った。

「私、あの夜学校に電話したんです。森遠先生が出て……」

咄嗟に浮かんだのは、あの太った女の先生の言葉だった。

「公衆電話から掛けたの？　自分で？」

「お母さんに頼もうと思ったけど、最近夜は出かけてていないから。それに……」彼女は目を伏せて続けた。「ロクが変だったから。あの日、急に漫画をくれて」

言いながら雪奈ちゃんは今度は漫画本を取り出した。分厚くて銀色の表紙の単行本だった。わたしは漫画に明るくないので、タイトルも作者名にも見覚えはない。それは以前から六助くんが大切にしていたというお気に入りの漫画で、雪奈ちゃんが貸して欲しいと言ったときに「死んでも嫌だ」と断られた物だという。

「それを急に『くれる』なんて言うから、夜になって怖くなって。だいたいあの日も、ロクは唇のところが切れてた。ロクは生意気だから強がってたけど、きっとお父さんか誰かは知らないけど、暴力振るわれてるんじゃないかって思ってて」

瞬間、胸の中の水面に波紋が広がった。暴力。テレビに映る姿とは違う、昨日わたしの手首を摑んだツギオが想起される。

「じゃあさ。ロクのお父さんってどんな人か知ってる？」

子供の間で使われている名前を共有するとなついてくれる。彩月ちゃんや詩乃ちゃんによく使ったテクニックだ。例に漏れず、雪奈ちゃんも敬語をやめて答えた。

「わかんない。参観日とかでも見たことないし、運動会でもロクは学校休むし、だから見たことない。ただ、一昨年転校してきたときにはもう今のお父さんだったって」

「今の？」

「あ、ロクのお父さんは本当のお父さんじゃないから。死んじゃって……」

曰く、恩田家の両親は再婚で、ロクは母親の連れ子だという。たしかテレビのインタビューで、ツギオの妻は亡くなっていると聞いた。つまりツギオとロクは親子ではあるが、血の繋がりだけで見れば他人だ。

恩田家の人間関係は、思ったよりも複雑だ。

「他に、ロクと一緒に住んでいる人は？」

「いないと思うけど、最近お父さんに新しい恋人ができたとかってロクが言ってた。たまに家に来るって」

恋人。ちょっと生々しくて、言葉が出なくなる。配偶者と死に別れた以上、別に恋愛は自由だろう。でもまだ小学生のロクにとっては複雑な心境ではないだろうか。同様に小学生の雪奈ちゃんにも、これ以上深く訊ねることではない。

「じゃあ、普段はロクとお父さんの二人暮らしなんだ」

「そう。でも、ロクはしょっちゅうおじいちゃんの話してた」

「その人はどこに住んでるのかな？」

「わかんない。まだ生きてるみたいだけど、前に聞いたら『遠く』って。ロクも詳しく知らないんじゃないかな。すごく会いたがってた」

義父や亡くなった父母よりも、遠くに住んでいる祖父に信頼を寄せている。手がかりになるかはわからないけれど、また一つロクの人物像に肉付けがされた。

「そろそろ授業だから、行くね」という二人を見送り、わたしは自転車で駅の反対側に向かった。途中でハンバーガー・ショップに入り、コーラを飲みながら雪奈ちゃんのノートを開く。丸っこい字が続く。

一〇月二四日　顔が少しはれている。しゃべりかけたらそっぽを向かれた。
一〇月二五日　ときどき右足の太もものあたりを押さえている。そのことを聞こうとすると逃げられる。
一〇月二八日　欠席。
一〇月二九日　欠席。
一〇月三〇日　来たけどすぐ帰った。ぜんぜんしゃべれなかった。たぶん口の中が切れていたのだ。
一〇月三一日　欠席。
一一月一日　漫画をくれた。なんでだろう。とりあえずお礼を言ったけど、あんまり元気なさそうだった。

いちばん最後のページだけでも、ロクがだいぶ欠席していることがわかった。他のページもおおよそ似たような内容だ。ロクはツギオに日常的に虐待を受けており、その負傷で学校を休みがちなのではないか。そういえばヒデローくんも言っていた。恩田家はまともに機能していない。下手すると食事も満足に与えられていないのではないか？

これを見せたら、さすがに鶴木も考えをあらためるのではないだろうか。

雪奈ちゃんは賢い子だ。いつかロクを助けることになるかもしれないと考えて、一人で戦っていたのだ。なんて善良な子だろう。今だって、ロクの身を案じているに違いない。萎れた顔で、消え入りそうな佇まいだ。愛おしくて、次会ったら抱きしめたい。なんて一人で身もだえしていると、スマートフォンが振動し、アラームを知らせた。そろそろヒデローくんの仕事が終わる頃だ。コーラを一気に流し込み、お店を後にする。ほぼ日の沈みかけた街を、自転車のライトを灯し、ダイナモを唸らせて駆け抜けていく。

ヒデローくんが働いている街の小さななんでも屋さんは、もともとは新聞の集配所だったらしい。四角いマッチ箱みたいなビルの一階が事務所で、入口前の駐輪場にはスーパーカブが何台も駐まっていた。壁の掲示板には近所の子供たちからの感謝の手紙が貼られていた。クレヨンの笑顔つきで、どぶさらいのときのお礼のようだ。他にも包丁研(と)ぎとか、エアコンの掃除とか、ビルの外壁清掃とか、変わり種だとお墓参り代行なんかにも行くらしい。

入口から中を覗くと、わたしに気づいた事務員の女性と目が合った。会釈して中に入ると、朗らかな声で訊ねられた。

「もしかして、友部さんの？」

頷くわたしにソファを勧め、「ちょっと戻りが遅くなるみたいだから、そこで待っててくださいな」と微笑んだ。年の頃は二〇代半ばといった感じか。色白で、やや肉付きのよい女性だった。人なつっこそうな笑顔でわたしにお茶を出してくれた。胸には名札がついていて、武田さんというらしい。昨日ヒデローくんが電話していた相手だ。彼女は受付のカウンターに戻って訊ねる。

「イオちゃんって言ったっけ？　高校生なんでしょ？　高校は？」

学校名を告げると感心したように呟かれた。「へえ、頭いいんだ」

ちょっと意地悪っぽい言い方だった。自分で頭がいいと思っているわけじゃないのに、勝手に自慢しているみたいに思われた気がした。

「景気はどうですか？」今度はわたしが問う。大人はみんなこの質問をするのだと、前に父に習った。

「有難いことにお客さんはたくさんいるけど、人手不足が深刻ね。あんまりやりたがる若い人がいないのよ。底辺だとか言ってさ。給料はいいし、休みも取りやすいし、いい仕事だと思うんだけどね」

他にもぽつぽつと会話をしていると、ラジオからニュースが流れてきた。

『警察による懸命の捜査は続いていますが、恩田六助くんの行方は未だに不明です。足跡や指紋から、六助くんが森遠容疑者の実家に一時滞在していたことは確認されましたが、それ以降の足取りが摑めておりません。現在警察は、六助くんが容疑者実家付近のどこかに身を隠している、もしくは誰かに匿われている可能性も考慮し、聞き込みを進めています――』

足跡から検出された土の一部が恩田家の裏庭のものと合致したため、六助くんが父の実家にいたことは断定されたらしい。そこから出た後の行方――どこかに隠れている可能性はヒデローくんとも考えたけれど、誰かに匿われている可能性は見落としていた。もしかして父には仲間がいたのではないか。そんなことを思ったけれど、首を振る。だったらその人はどうして今も隠れているのだ。

　ニュースが終わり横を見ると、武田さんはパソコンに向かって仕事をしているようだった。時間を持て余し、わたしは雪奈ちゃんから借りたロクの漫画を取り出す。線が細いけど雑な絵柄で、シュールなギャグ漫画のように見えた。ひたすら暴力的で猥雑(わいざつ)で、ロクがどういう経緯でこれを手にして、どうしてそんなに愛着を持っているのかは全然わからない。でも、ロクはわたしが思うよりもずっと大人びた内面を備えているのではないか、と感じた。少なくとも、わたし自身の小学五年生の頃のイメージをロクに重ねるのは無駄だ。今現在の、誰にも似ていない少年像を想像する必要がある。なんて思いながら漫画を読んでいたら、苦手なタイプのはずだったのにいつの間にか没頭していた。だから、五時をだいぶ過ぎていたことにもドアが開くまで気づかなかった。

「おう、イオ。来てたか」

　相変わらずのぶっきらぼうな物言いで、ヒデローくんは手ぬぐいで顔の汗を拭きながら立っている。その姿がやけにサマになっていて、どうやったらあんな立ち方ができるのだろうとちょっと不思議に思うほどだった。

「予定より数が多くて手間取っちまってよ。武田さん、こいつ静かにしてた？」

「とてもいい子だったよ。友部さんの親戚の割には、育ちの良いお嬢さんね」

「俺だって育ちはいいんだよ」

「あ、そうか。性格が悪いだけか」

「気のいい奴ってのがウリなんだけどな」

向かい側にヒデローくんがドカリと腰を下ろした。作業着は薄汚れていて、軍手を脱いでガラステーブルに置く。武田さんが出してくれたお茶を、躊躇いもなく一気に飲み干す。

「ああ、終わった終わった。清々しいね」ライターと黄緑の箱を取り出したが、開けないで机上に置いた。わたしに気を遣ったのだろう。今日の仕事は公民館の廃品の搬出で、空っぽのロッカーを二〇個ほどトラックに載せて市の外れの処理場まで運んだそうだ。

「お疲れさま」労いも早々に、わたしは雪奈ちゃんから預かったノートをヒデローくんに渡した。彼はざっと流し見て返す。

「ロクスケが漫画をくれたのは、生きることを諦めたから……、雪奈って子は、そう受け取ったんだ」

「六助くんは無意識に助けを求めたのかも。ツギオの暴力で殺されるかもって」

「それを知った謙介さんは慌ててロクを助けに行った、か。可能性を否定はしないが、このノートだけを頼りに推論を重ねるのは危険だ。切り札に取っておく。ロクスケ本人や他の子の証言と併せて、その裏付けとして使うことになるだろう」

「そっか……」すぐに効果があるものではないと言われ、些かながら落胆を覚えた。その表情に何を思ったか、ヒデローくんはわたしを覗き込んで訊ねた。

「ところでイオは、ロクスケを見つけた後でどうするんだ？」

実のところ、それはわからない。先のことを考える余裕なんてなかったし、考え出したら無限にある選択肢を前に身動きが取れなくなる。ただ、これだけは言える。

「まずは見つけること。見つけた後のことが思いつかないから探すのを躊躇うっていうのは、違うと思うから」

「言うようになったな」ヒデローくんはニヤリと笑い、ノートを指さした。「大事に持ってて、誰にも見せるな」

わたしは頷いて、漫画と一緒にカバンの奥にしっかりしまった。

「しかし、ロクスケは血縁関係のない父親と暮らしていたってことか」

「テレビでも言ってないよね、これ」

「俺たちでさえ知り得た情報だ。テレビや雑誌も知っているだろう」

「マスコミの人たちは、それを言わない方がいいって判断したのかな」

煙草の箱を手の中で回していたヒデローくんは、その動きをピタリと止めた。

「お前、面白いこと考えるな」

ツギオがロクの本当の父親じゃないなら、世間からの同情を集めるための情報としてマイナスになる。そんな気がしたのだ。ロクのことを思い描いてみる。家族じゃないけれど、家族を演じている。お互いにどんな気持ちなのだろう。想像すると、妙に居心地が悪くなった。

「ただ、それ自体は大した問題じゃないと思うぜ。血縁とか、本当の親とかはよ。他には？」

午前中に水口参子に電話したことを言うと、ヒデローくんは声をあげて笑った。

「やっぱりあの女はハイプだな」

受付の席にいた武田さんが訊ねる。「ハイプって何？」

「誇大広告です」わたしはヒデローくんの受け売りを返す。

「ふうん。美容とか健康にいい何とか水みたいなのは？　ハイプ？」

「そうだな」ヒデローくんが答える。

「社長が使ってる南極産の育毛剤は？」

「それもハイプ」

「わたしの飲んでる南米産のサプリも？」

「そうそう。世の中のたいていのものはハイプだ」

そのやりとりがおかしくって、わたしは机上のライターを取り上げて呟く。

「新しい自分を見つけるバー・グレイトカーブだって。変な名前。これもハイプ？」

するとヒデローくんは動きを止めてわたしを見た。

「……違う。それはハイプじゃない」表情は驚いていて、わたしからライターをつまみ上げる。

「ヒントだ」

視線はライターの表面に定められている。「お前よくこの字、読めたな。たしかにそう書かれている……気がする」

「目が悪いから、日頃からしっかり見ようと意識してるの」掠れて消えかけた文字列だけど、全然読めないって程じゃない。「お前が持ってろ」と言われてポケットにしまう。店名を武田さんがパソコンで調べると、お店はロクの家からだいぶ近くて、今日も一八時から営業中だという。もしかするとツギオの行きつけだったのでは、とヒデローくんは言った。

「行き先が決まったな。ここからなら、歩いた方が早い。イオ、着替えてくるから外で待ってろ」

武田さんに挨拶し、言われたとおりに外で待つ。すぐに真っ暗になった空の下、ヒデローくんのマネをしてちょっと斜めになってカッコつけて立っていたら、昨日と同じスカジャンに身を包んだヒデローくんがやって来て言った。

「お前何アホみたいな立ち方してんだ？」

なかなか上手くいかないものだ。

わたしたちの住む街は大きな川が駅の近くからずっと流れていて、それに沿って歩いて行くと日本中でも有名な大社がある。近くにはそれと同じくらいの広さのスーパーがあって、買い物客で賑（にぎ）わっている。東京までは新幹線で一時間くらいだから、千紗などはときどき原宿や渋谷で遊んでいるそうだ。わたしは交通費にお小遣いを消費するのが嫌だから、近所のカフェなどでお洒落ぶるのが関の山だ。

観光地や温泉も近いから、東京から人が来ることも多い。北西の空にはいつも大きな山が浮かんでいるし、何年か前にテレビドラマの舞台になって以降は地元のゆるキャラがよく街中を練り歩いている。

半端だけれど何でもあるので、不自由や都会への憧憬（しょうけい）はあまりない。我ながら良い場所に生を授かったと思う。

人通りの多い駅前の大通りに出て、やたら鋭角に切り込んだ斜めの道に入る。車が強引な運転で通り過ぎて、わたしは端っこに縮こまる。ヒデローくんはずんずん前に進んで、おいていかれないか気が気でない。その背中を見失わないように一生懸命ついていくと、急に立ち止まったヒデローくんに思いっきりぶつかる。

「あ、悪い」

そこは陸橋のたもとの小さな喫煙所だった。ヒデローくんはポケットから煙草の箱を取り出して言う。

「昨日、恩田家で言ったこと覚えているか？」

「ゴミが多かった……あとは、煙草のポイ捨てと、健全じゃないとかって言ってたね」

「そう。煙草の吸い殻の数も然ることながら、口紅つきのもあってさ」

あの家に出入りしている女性がいるということか。雪奈ちゃんの証言と合致する。

「ま、他所様をあれこれ詮索する俺らも充分不健全だがな」言いながらヒデローくんはポケットを漁る。ライターを探しているようだ。

「さっきわたしが預かったよ」返そうとすると「いや、いい」とヒデローくんは手で制した。煙草の包みの銀紙を破り、細長い短冊みたいな形を作った。それからポケットから単三のマンガン乾電池を取り出し、銀紙を両極に触れるように押し当てて、電池と銀紙で輪のような形にする。

すると、二秒、いや五秒ほどで、銀紙の中央部分が焦げ付き煙が上がった。

「うわっ、燃えた？」驚くわたしの目の前で、煙は炎を導き出した。ヒデローくんは何でもなさそうにその火で煙草に着火して、銀紙を灰皿の上に放る。隙間の孔から水に落ち、炎は消える。

「何今の？」

「ん？　理科で習ってねえの？　この世でもっともシンプルな発火装置の一つだ」

乾電池でアルミホイルが発熱し、銀紙を燃焼させる。理屈では知っていたけれど、見たのは初めてだった。理科の実験でやるようなことを日常に持ち込んでいる人も初めて見たかもしれない。

「電池は仕事柄、よく余るからな」

数口だけ吸って、煙草を灰皿に押しつけた。どうして煙草を吸うのかヒデローくんに訊ねると、彼は苦笑して言った。

「モラルがないからだよ」

モラルがないから、健康に害があるとわかっていても吸ってしまう。モラルがないということは、自分がどうなってもいいと考えているということなのだそうだ。

「あくまで傾向だけどな。人生に執着がないのさ」

確かに、ヘビースモーカーらしきツギオは自堕落な生活を送っている。ヒデローくんの言うには、自分を大切にしていない人間は同様に他人の事も大切にせず、ぞんざいに扱うという。

極論だとは思うけれど、少し寒気を覚えたのは事実だ。昨日のことを思い出す。人捜しのはずだったのに、限りなく暴力に近い脅迫に晒された。今後もっと火種が増えたらと考えると恐ろしくなる。わたしが巻き込まれるのは嫌だけれど、ヒデローくんがそうなるのはもっと嫌だ。そんなことを思って、再び歩き出した彼の背中を見つめた。

喫煙所から数分して、更に路地に入ると見覚えのある場所に出た。

「あれ？　ここって……」

「なんだ？　気づいてなかったのか？　昨日車で通ったろ」

道はいつの間にか繁華街で、やけに電飾の多い看板や、案内板のパネルが全部スナックの名前で埋まっているビルなど、ひたすら猥雑で直視が憚（はばか）られるような雰囲気だった。仕事帰りのサラリーマンらしき人たちは、金髪のホスト風の男たちが近寄って声をかけてくるのをマタドールみたいにひらりと避けていく。気のせいか、大人の男の人たちがわたしのことを凝視しているような気がして、ヒデローくんのあとを離れないように必死についていく。街のきらびやかな色彩に、脳の処理が追いつかない。と、またしても急に立ち止まったヒデローくんの背中にぶつかった。

「さっきから大丈夫か？　コンタクト忘れたの？」

「つけてるけど、色が派手すぎて目がチカチカしちゃって」

鼻を押さえるわたしを横目に、ヒデローくんはある建物の前で立ち止まった。

「あったぞ。ここだ」

猥雑な通りの中のちょっと暗くなった一角。そこがバー・グレイトカーブの入口だった。

タイルが灰色と黒の市松模様に貼られ、木枠のドアはごてごてした装飾で彩られている。そのドアをヒデローくんが開けて、中をのぞき込む。わたしは彼の陰に隠れるようについていく。激しく大きな音で音楽が流れていて、奥から「いらっしゃい」と声が聞こえた。その次に、カウンターの中にいる男性が、わたしを見て眉をひそめた。

「うち、お酒出すんで。未成年はお断りだよ」

「いや、待ち合わせでここを指定されたんです。ツギオさんって人なんすけど、よくここに来るからって。今日も来るって言ってなかった？」ヒデローくんが答えた。

店内には、カウンターの中に立つマスターと思しき長身の男性と、カウンターの隅っこに常連みたいなおじいさんが一人座っているだけだった。マスターは意外そうに言った。

「ツギオちゃんの客なの？」

「親戚なんすよ。あの人、今大変じゃないですか。何か手助けできればって。俺、若い頃にお世話になったんで」

その嘘、いつ考えていたの？　バレないかとひやひやして、わたしは無意識にこくこくと頷く。

「ふうん。そういうことなら、そっちのソファ席使ってくださいな。言っとくけど、お嬢さんにお酒飲ませちゃ駄目だからね」

マスターはカウンターから出てきて、ビニール袋に入ったおしぼりとコースターをテーブルにおいた。ヒデローくんはドカリと座ってメニューも見ずに、自分にビール、わたしにジンジャーエールを注文した。

わたしはヒデローくんの向かい側のソファに座ったけれど、身を預けるには場に飲まれすぎていた。浅く腰掛けて、おそるおそるヒデローくんに問う。

「ツギオが来なかったらどうするの？」

「しばらく待って駄目なら、マスターや客から評判を聞き出す」

そのうちに小瓶が二本運ばれてきて、ヒデローくんは瓶のまま飲み始める。わたしもジンジャーエールを一口飲んでみる。炭酸が濃い感じがして、脳がビックリした。うるさいのにも慣れないし、薄暗くて落ち着かない。するとヒデローくんは言った。

「薄暗くて落ち着くな」

ヒデローくんは大学を中退した後、二年ほどこういうお店で働いていたことがあるらしい。もっと詳しく聞きたいけれど、ソファがやけにふかっとしていて体が沈み込む。後ろに倒れそうになって、猫背になって体勢を維持する。そのうちに、入ってきたときからずっとこっちを見ていた老人が立ち上がり、近づいてきた。わたしのすぐ傍に立ち、腰を屈めてのぞきこむ。想像していたよりおじいさんだ。七〇代か、それ以上。赤色のニットと帽子と金縁のメガネがミスマッチなのに似合っている、不思議な人だった。目は焦点が合っていなくて、酔っ払っているのだとすぐにわかった。まだ七時前なのに。おじいさんは手に持ったピンク色の液体が入ったグラスを掲げてわたしに笑いかけた。

「お嬢さん、こんなところで落ち着かないでしょ」

「は、はあ……」

「何か疲れてる？　あたしはね、そういうのわかるんだよ。面倒な事に巻き込まれて、気が滅入っている」

答えたくなくて曖昧(あいまい)に首を振る。

「じゃあ当事者だ。面倒だけど、やらなくちゃいけない。その使命感に疲れているんだ。気楽に生きなよ。どうしてもやらなくちゃいけないことなんて、この世には一つもないんだから」

どう返事したらいいかわからないでいると、ヒデローくんが助け船を出してくれた。

「ご忠告どうも。でもほっといてくれないかな。ちょっと込み入った話があるんで」

「こんなところで込み入った話もないだろうよ。ああ、わかった。ニイチャンが巻き込まれているほうだな？　子守りも大変だな」

「だーかーら。ジイサンには関係ないだろ」

「まあまあ。ツギオちゃんの客なんだろ？」

「あんた、知り合いなの？」

「奴はほとんど毎日来るからね。でも、アンタらみたいな若い身内がいるなんて聞いたことねえな。親父は死んで、お袋さんは山梨の実家に引っ込んだって言うし。本当に親戚？」

「ツギオさんの人間関係を全部網羅しているほど、ジイサンは仲がいいのかい？」

　するとおじいさんは肩をすくめた。

「冗談だよ。かわいらしいお嬢さんだから、からかっただけだって。気を悪くしなさんな」

　カウンターの向こうからマスターが呆れたように声を投げてくる。

「ほら、アキさん。お客さんにからまないの。こっち戻ってきて」

「ああ、呼ばれちまった。そうだ、あんたたちツギオちゃんの身内なら、仕事に穴空けるなと言ってくれよ。俺が言ってもきかねえんだ」

　アキさんと呼ばれたおじいさんはそれで戻っていった。わたしはまだ心臓がバクバクして、身動きが取れないでいる。店内の音楽が激しいロックに変わった。ベース音の振動がお腹まで響いてくる。身を乗り出してヒデローくんに言う。

「ここ、音楽すごいね。こんな大きな音で聞いたの初めてかも」

「ライブとか行かねえの？」

「母さんが厳しいから。でも、こんなに大きくなくてもいいんじゃない？」

「音ってのは力の誇示なんだよ。音の聞こえる範囲までは自分たちの縄張りだって表明だ。こういう店はこのくらい大きな音を出した方が、コミュニティ意識が生まれて常連がつきやすい」

「そういうものなの？」

「想像してみろよ。無音の飯屋をよ。ＢＧＭもテレビもラジオもない、全員黙っている店。落ち着かないぞ」

たしかにそうかもしれないけれど、物事には限度というものがあるだろう。お店をぐるりと見回すと、黒く塗られたカウンターに、ヒョウ柄の座面の丸椅子がいくつか並んでいる。床は白と黒の格子模様で、壁はペンキで適当に塗りたくったみたいだ。冷蔵庫や棚の上にはいろんな映画のフィギュアが並んでいて、上を見上げたら鹿の頭の剝製が飾ってあった。猥雑という言葉がぴったりだ。

ヒデローくんはビールを追加注文した。少しお酒が入ってきたのか、それともわたしの緊張を解くためか、次第に饒舌になっていく。最初は謝罪だった。

「姉ちゃんのことは悪く思わないでくれ。あの人は、まわりのせいで自分の評判が下がることに神経質なんだ。それは俺のせいでもある」

曰く、近所でも神童と言われて、現役で東大に入った自分の弟がドロップアウトして高給取りとは言えない仕事をしている現状が、知恵子さんにとって恥なのだという。

「でも、働いてるんだから立派じゃん」

「お前の親父もそう言ってくれたよ。姉ちゃんには別の理屈があるから、響かなかったみたいだけど」

「……ヒデローくんはどうして大学辞めたの？」

「いろいろあったのさ」

ヒデローくんは当時、仲間とバンドを組んでギターを弾いてたそうだ。わたしは彼が楽器を弾いているところを見たことはないけれど、腕は良かったという。バンド名はザ・パートナーといって、今かかっているようなうるさい曲を演奏していたのだとか。

「結構人気があったんだぜ。メジャーデビューも内定していた。でも、ある日いきなりボーカルの奴が裏切ってよ」

ヒデローくんの仲間はある日突然抜け駆けし、一人だけデビューした。その人の名前を聞いたけど聞き覚えはなかった。今は自分で歌うことは辞めて、自分より下手な歌手の曲に歌詞をつける仕事をしながら、東京で飲食店を経営しているらしい。

「そいつを恨んでるってことはねえけどよ。ただ、俺はもう二八だ。これから先は余生なんだよ」

そういえば、有名なロッカーは全員二七歳で死ぬのが決まりなのだとか。

「どうせ余生なら、人の役に立ちたいだろ」

ヒデローくんは項垂れた。大柄で、リーゼント姿のチンピラ風な容姿。周囲からは悪く言われているけど、全部嘘なのは知っているし、いい人だと思う。そんな彼が「俺が目指しているのは、謙介さんなんだよ」と言って、わたしの胸は熱くなる。

「俺は、謙介さんに救われたんだ。俺はあの人だけは信用してた。親よりも、姉ちゃんよりも」

と、ヒデローくんは突然顔を上げてスピーカーを指さした。

「これ、この曲。このバンドだよ」

曲が変わったことにも気づかなかったけれど、ヒデローくんは熱く語り出す。

「トーキング・ヘッズだ。もしやと思ったんだが、この店の名前はこのバンドの曲のタイトルからとったんだろうな」

「そうなんだ」カッコイイかもしれないけれど、ガチャガチャしてて落ち着かない。

「俺と謙介さんはどっちもこのバンドが好きでさ。いつか一緒にカバーバンドやろうぜって、昔よく話してたっけな」

「父さん、楽器できたの？」

「ドラム叩けるぜ。知らなかった？」

全然知らなかった。知った今も、そんなイメージは全く思い描けない。でも確かに車では古いロックをかけていた気もする。わたしの好みではなかったので大して興味を持ったことはなかった。そう言うとヒデローくんは「もったいねえ」と苦笑した。

そんなヒデローくんが、デビューが決まったと思ったら仲間に裏切られて途方に暮れていた頃、ただ一人ヒデローくんの味方についてくれたのがわたしの父だったそうだ。

「あの頃はダチが信用できなくて一人になりたいって思っててさ。目的もなくとりあえずアメリカに行こうとしたんだが、そんな俺にあの人は言ったね。自分探しの旅に出るやつはバカだって。お前はそこにいるだろうって」

それはわたしも言われたことがある。

「若いうちからアメリカと北海道とインドには頼るなってわたしにも言ってた」

ヒデローくんは膝を打って笑う。「言いそうだ」

「そんなところに行く暇があったら、金持ちで気立てのいい男の玉（たま）の輿（こし）に乗ることを考えろとか。高校生の一人娘にそんなこと言う親、いる？」

思わず二人で笑い合う。父の思い出話は続き、やがてヒデローくんが小さく零した。

「きっと、ロクスケも謙介さんだから信用してついていったんだ」

全くの同意見だった。

そのとき背後でカランとドアが鳴り、誰かが入ってきた。マスターが「いらっしゃい」の後にこう続ける。

「あ、ツギオちゃん。お客さん待ってるよ」

すっかり緩んでいた身体に緊張が走る。ヒデローくんは全然そんなことはないようで、リラックスした表情を崩さずに、ドアの方を見た。わたしは怖くて向こうを見られなかったので、そっちを見ているヒデローくんを見ていた。

足音が近づいてきて、「客？」と怪訝な声がする。覚えがある。昨日話した、あの低くて冷たい声だ。それから、ヒデローくんの声。

「ああ、どうも」

「あんた――」

恩田継夫の声がヒデローくんに何か問いかけようとしたが、そこに更に別の女性の声がした。

「あれ、伊緒ちゃんじゃない？」

わたしの名前？　反射で顔を上げる。するとツギオに伴われ、水口参子が立っていた。思わず身を乗り出す。

「なんであなたが？　忙しいって」

「夜は人と会うって言ったでしょ」

不思議そうな顔のツギオに、水口参子が説明した。

「この子、昼に私に電話してきたのよ。どう？　せっかくだから一緒に話しましょう。蟠（わだかま）りは解かれるべきものよ」

ヒデローくんは立ち上がり、向かいの席からわたしの横に移動する。それを合図にしたように水口参子がツギオをさっきまでヒデローくんのいた席に座らせ、その隣に座り込んだ。

「私はカシスソーダをいただくわ。恩田さんは？」

「ああ？　俺はいつものを——いや、俺が持ってこようじゃないか。そっちの二人は？　瓶が空だが、同じのでいいか？」

声が大きく、既にお酒が入っているらしい。ツギオは立ち上がり、カウンターに消えていった。手慣れた様子だ。ヒデローくんがわたしに耳打ちする。

「絶対に、奥の手は出すなよ」

雪奈ちゃんのノートのことだ。わたしはカバンを抱え込んだ。

ツギオがドリンクを持ってきてわたしたちの前に置いた。次いで「灰皿は……いらないんだよな」と参子を見て、更にヒデローくんに視線をずらす。「そっちの兄ちゃんは？」

ヒデローくんが首を横に振ったのを見て、ツギオは自分の前に灰皿とウイスキーのボトルを置き、席に着いた。ツギオはボトルを撫でながら言う。

「俺はOMCが好きでね。特にこいつは若い割にパワーのある酒で気に入っている」

ボトルの表面を眺めていると、参子がわたしに向けて言った。

「オールド・モルト・カスクっていうウイスキーの種類のこと」

別に知りたかったわけじゃないので無視した。参子は肩をすくめながらも、そういう決まりだとでも言うようにグラスを掲げ、つられて四人で乾杯みたいな動きをした。

わたしはツギオに昨日脅された。あのときの恐怖はまだ覚えている。そして彼の隣には、わたしの天敵・水口参子。本当は今すぐにでも帰りたい。でも、わたしの隣にだってヒデローくんが一緒にいる。怖くない。胸の中で言い聞かせて、ジンジャーエールの瓶を手に取る。口をつけようとしたところで、ふと変な香りが鼻孔をくすぐった。さっきもこんな匂いだったっけ。と、ヒデローくんの手が隣から伸びてきた。わたしの手から瓶をひったくると、ぐいっと一口飲み込んで口元を歪める。

「これ、酒混ざってるぞ」

正面のツギオに瓶の口を向ける。ツギオは瓶の先を見つめて苦笑した。

「ああ、悪い。うっかりミスったのかもしれないな。新しいのを持ってくるよ」

「いや、いい。俺が持ってくるよ」

ヒデローくんが立ち上がった。マスターに話しかけ、すぐ新しい瓶を持ってくる。渡されて飲むと、今度は最初と同じ香りと味だった。上手く言葉に出来ないけれど、わたしは今ツギオにからかわれたのだろう。それだけはわかった。気持ちに重い靄(もや)がかかる。

三人の大人たちは、いきなり本題に入ることはしなかった。まずはそれぞれの自己紹介があった。口火を切ったのはヒデローくんで、自分がなんでも屋で、毎日のようにいろいろな場所で掃除や修理や運搬をやっていることを話した。

「ちょっと意外。音楽とかやってそうな雰囲気だけど」

参子の口調は嫌味っぽかったけれど、ヒデローくんは特に表情を変えるでもなく「ま、昔はね。その後はＰＡ——ライブの音響管理——の仕事をしている時代もあったけど、いつまでも音楽にすがりつくのも潔くないし、今は全然」と苦笑した。最後に「日常の隙間を埋める今の仕事はシンプルで心地いい」と締めくくり、水口参子の方を見る。

「というわけで、あなたみたいに華々しい生活は送ってないけどね」

ちょうど店内の曲が途切れた瞬間で、ぴりりと空気が緊張したのがわたしにもわかった。ヒデローくんは今、宣戦布告したのだ。

「私のことをご存じなんですね。光栄です」水口参子は感情を出さずに答えた。そのまま彼女もまた、自分の話を始める。自己紹介し慣れているようで、まるで台本のような口ぶりだった。一体この時間は何なのだろう。食事の前に祈りを捧げるとか、結婚式で賛美歌を歌うとか、そんな宗教的な儀式のようにさえ感じる。

参子が「もっと世間の人にはっとするような気づきを与えたい」というようなことを言って、ヒデローくんを見た。感想を求める口ぶりだったけれど、それは恐らく挑発だった。ヒデローくんは、ビールをぐいっと飲むと彼女に笑いかけた。

「重要な仕事だと思いますよ」

「本当に？　あなたみたいなタイプからは、結構嫌われるんですけど」

「好きか嫌いかで言ったら、そりゃ嫌いだけど」

「正直ですね。まあ、慣れっこですし、あなたが何かをしたところで私には影響がないから、別にいいけど」

　ケンカになる――直感して身構えたけれど、ヒデローくんは軽く笑ってビール瓶をテーブルに置いた。彼らが言葉の裏でどういうことを考えているのか全然わからないけれど、ヒデローくんが今度はツギオを指した。

「あなたは？」

「ん？　俺ですか？」ツギオは茶色く澄んだ水を嘗めるようにして、グラスを置いた。

「近所で歯医者をやっているんだ。早稲田の医学部を出て、半年ほど石垣島で修業をして――」

「いや、早稲田に医学部はないでしょ」

「ああ、間違えた。慶応だった」

　しいんとする周囲を見て、ツギオは鼻で嗤った。「冗談冗談。石垣島にも行ったことはないし、大した仕事もしていない。運送とか、廃棄物処理とか、イベント会場の設営とか単発仕事ばかりでね。あとは飲食店の手伝いをしているのが多いかな。この店も、時々週末働いているよ。もっとも、最近は忙しくて出られてない――理由は知っての通りでしょうがね」

　もう一度グラスを嘗めて、溜め息をつく。ポケットから煙草の箱を取り出して、手遊びしながら言う。

「あのさあ、何の用なわけ？　回りくどいのは苦手なんだよね。どうやってこの店を知ったのか、どうしてわざわざ待っていたのか、とっとと話してくんねえかな」

　どうやらツギオは、参子やヒデローくんよりはわたしに近い気持ちでここにいたようだ。自分が彼と同じ側なのは気に喰わなかったが、さておき、参子がわたしを指す。

「用があるのはこの子でしょ？　こっちのお兄さんはどう見ても付き添いよ。親戚の方？　大変ね。振り回されて」

「大丈夫です。でもそうだ、用件ね。ツギオさんさあ、息子さんとは仲がよかったの？」

「当たり前でしょ。親子なんだから」

「でも、私生活はだいぶ乱れてた？　帰りが遅かったり、家の中はひょっとしてゴミ屋敷？」

「そんなことはお前には関係ないだろうに。ケンカ売ってんのか？」

「売ってないから落ち着いてよ。本当に思ってるだけだよ。ロクスケっていうのは亡くなった奥さんの連れ子なわけだろ？　向こうだってなかなか慣れないんじゃないの？　ついうっかりケンカになったり、怒鳴って手をあげちゃうこととかあるんじゃないかってさ」

「なんだそれ？　つうか誰から聞いたわけ？　連れ子の件は出さないようにマスコミには言っているはずなんだけど」ツギオは周囲を見回す。マスターとあの老人以外にも、ちらほらと客の姿があった。ヒデローくんが言う。「店の人からは何も聞いてないよ。ちょっと調べればすぐ出てくることだ。隠してるわけじゃないんだろ？　それとも何かやましかった？」

「ははあ、なんでも屋ってのは、探偵じみたこともするわけか？」

ヒデローくんは挑発には乗らず、肩をすくめて立ち上がった。「ちょっとトイレ」

ツギオは明らかに苛立った表情をしている。立ち去ったヒデローくんの背中を憎々しげに見つめながら、グラスを大きく傾けてお酒の残りを一気に流し込んだ。その様子に苦笑しながら、水口参子がわたしを見る。

「ねえ、親戚のお兄さんはあんなこと言っているけど、あなたも同じ？」

「わたしは……そうですね。ちょっと引っかかっています。わたしが子供だったら、赤の他人を急に親だと言われても、やっぱりちょっと身構えちゃうし。ましてや小学生ともなれば、想像がつかなくて恐怖が勝っちゃいそうだなって」

「そうじゃなくて、あなたもお父さんと不仲だったのかって聞いているんだけど」

「は？　何ですかそれ？　父とは仲よかったですよ。ケンカだって全然しなかったですし」

急に見当違いの質問をされた気がして、微かに目眩がした。「どうしてそんなことを聞くんですか？」

すると参子はくすくすと笑う。

「あなたって、自分のこと何も知らないんだ。おかしな話」

「どういう意味ですか？」思わず、瓶を持つ手に力が入る。心なしか、耳に響く自分の声が大きく聞こえる。音楽のボリュームは、さっきまでと変わってないはずなのに。

参子はテーブルに人さし指を走らせながら言った。

「伊緒ちゃんさあ。自分の名前の由来、知ってる？」

「はあ、まあ」それなら小学校のときに知った。自分の名の由来を親に聞いてくるという授業があって、そのときに父から教えられている。イオはローマ字にするとIとO。数字の1と0に読み替えることもできて、それが由来だという。

「十全という言葉があるように、10という数字は満たされた状態を表す。それに、二進法なら1と0で全てを表せる。イオという名前は、全てを兼ねて、何にでもなれる——そういう意味を込めてつけたものだって聞いています」

「そう。上手い言い訳ねえ」

「言い訳って何ですか？」無意識に、参子に向けて身を乗り出していた。

「さっきからつっかかってきますね。違う。さっきからじゃない。ずっとです。ずっとあなた、わたしに意地悪」

対して参子はソファに身をゆったりと沈めたまま答えた。

「意地悪じゃないよ。子供だからそう聞こえるのかな？　それより教えてあげる。ちょっと面白い偶然が続いているし」

「何の話ですか？」

「なんでも屋のお兄さんがやってたPAっていうのは『パブリック・アドレス』の略語なのね。それと、継夫さんのウイスキーも略語。略語繋がりで面白い話を一つしてあげましょう。なんでも屋じゃないけど、私も調べるのは得意なの。あなたのお父さんを調べるとき、当然家族のことも調べた。何がとっかかりになるかわからないからね。あなたのことも、学校では美術部とか、親しい男の子はいないとか、色々知ったわ」

「聞いてないし」

「何の話かって聞いたでしょ。伊緒ちゃんの名前の由来の話よ。ローマ字に直すまでは本当。でもその先」

突然、参子の指先が複雑な形に動いた。嫌な予感がして「うるさいな、聞いてないって」と撥（は）ね付ける。けれど、目は彼女の唇に固定されているし、耳は彼女の言葉を聞き漏らすまいとしている。参子はわたしにはっきり見えるように、宙に指先で大きく文字を書いた。

「英語で〝I/O〟って略語があるんだけど。あんまり使われないけれど、〝instead of〟の略で辞書にも載ってる。このイディオム自体はもう習った？　よく試験で出てくるよね」

「は？　代わりとか、代替とか、そういう意味でしょ」馬鹿にするな。そのくらいわかる。と、指先は停止。

「そう。代わり」

参子は言葉も止めた。停止した指先が、念を押すようにわたしに向けられる。代わり。何が？　嘘。そのくらいの文脈は読める。そしてもう一つ、さっきのツギオと同様、この女もわたしをからかっているのだ。嘆息して答えた。

「くだらない話。わたしが『本当の子』の代わりだなんて、そんなわけないでしょ。それに、だとしたってそんな名前を子供につける親なんているわけない」

「バレたか」参子は肩をすくめる。「でも今のは、せめてもの優しさのつもりだったのよ。だってもっとキツいことを言うとなると、わたしだって同情しちゃうし」

にいっと微笑み、口紅が奇妙に歪んだ。自分の頬が引きつるのを感じる。何を言ってんだこの女。

「伊緒ちゃん、生まれた直後の写真ってある？　病室で、出産で疲れ切ったお母さんと一緒に写ってるやつとか。それと、まわりの人たちの反応で不思議に思ったことってない？　血筋の話をすると親戚が妙に話を逸らしたりとか」

写真はない。わたしの最初のアルバムは紛失してしまったと聞かされている。でもそれが？　と思った途端に、さっき事務所でヒデローくんの言った言葉が思い起こされた。

——大した問題じゃないと思うぜ。血縁とか、本当の親とかはよ。

さらに、知恵子さんに言われたこと。

——あなたのお母さんを気遣ってあげてね。ちゃんと、本当に、家族として。

本当の親。本当の家族。

ほんの一瞬泳いだわたしの目をしかと捕らえて、水口参子は勝ち誇った表情でたっぷり笑った。

「何も知らなかったのね、可哀相」

そこから先はよく覚えていないのだけれど、トイレから戻ったヒデローくんに止められるまで、わたしは暴れ回って店の中をメチャクチャにしていたらしい。参子に向けてグラスを投げつけたけれどそれらは全部空振りで、気づいたらわたしは息を切らし、散乱するグラスの破片を見下ろしながら鹿の頭の剝製を抱えていたのだった。


制服を着た警官が来て、わたしとヒデローくんは最寄りの交番に連れて行かれた。わたしはお説教だけで済んだけれど、ヒデローくんは保護責任者がどうとかいう話で、一人残された。母がわたしを引き取りに来てくれて、タクシーで祖母の家まで戻る。

冷静になれば、自分でも浅はかだったと思う。でもそれはこの頭痛のせいだ。さっきからずっと頭が痛くて、たぶんお酒を飲む場所の雰囲気に飲まれて、自分まで酔っ払ったと錯覚してしまったのだ。

タクシーの中で母は完全に無言で、窓の外を眺めるばかりだった。だからわたしもどうしていいのかわからなくて、反対側の窓から流れる景色だけを見ていた。この辺の街並みはあまり馴染みがなくて、商店街に並ぶ看板も、あまり品の良くないネオンも、記憶の隙間に入り込んで将来何でもない瞬間にデジャビュを引き起こすまで思い出すことはないだろう。そんな、他人事のような感傷を抱いて帰宅した。

「あんた、何考えてるの。警察の厄介になるなんて」

怒りは爆発するではなく、半ば冷笑のような響きで発露された。口の中に土くれを押し込められたような気持ちがして、こちらの言い訳を聞くつもりがないのは明らかだった。時計は零時を回っていた。祖母はまだ起きていて、お茶を出してくれた。それを遮るように母は続ける。

「どういうつもり？　そんな時期じゃないって分かってるでしょ？」

「だって、やりたいなら一人でやれって母さんが言ったんじゃん」

「一人でできてないじゃない。日出郎くんにも迷惑かけて」

「そんなつもりじゃなかったもん……」

「自分の力だけでなんとかできると思うような人はね、たいがい無意識に誰かの力をアテにしているのよ。まったく、ただでさえ世間様の目が冷たいのに、そこにさらにことを荒立てるようなことをして恥ずかしくないの？」

恥ずかしいなんて感情は今の今までなかった。当然だ。

「わたしは、父さんの名誉を取り戻すために動いているの！　世間なんて関係ないでしょ。父さんのためで、わたしのためで、母さんのためでもあるんだよ」

そう反論したけれど、母はテーブルをパンと叩いて封殺した。

「どうして、あんたはいつも人の話を聞かないの。昔からそう。子供の頃から、お父さんと変な絵本を考えていた頃から変わってない。思い込みと妄想で突っ走ってばかり」

祖母が手を伸ばして間に入る。

「それでも、伊緒ちゃんがそんなことをするなんて、よっぽどのことがあったんだろう。あんまり怒るもんじゃないよ」

けれども母は祖母を睨みつけた。「お母さんは黙ってて」

その様に、わたしはかちりときて言ってしまった。

「母さんだって、理由も聞かずに力でねじ伏せようとしているじゃない。わたしのことはとやかく言えないよ」

「何言ってるの。私のは正当な理由があってのことです。あんたとは違う」

「どうしてわたしに正当な理由がないなんて言えるの？　話を聞いてたの？　そんなわけないよね？」

「聞かなくてもわかります」

「なんで？」

「屁理屈を言わないの」

「言ってるのはそっちでしょ。ねえ母さん。わたしは悪くない。誰だって、言っていいことと悪いことがある」

「何を言われても、それが暴れる理由にはならないわ」

「それはそうだけど。でも」

このときまで、わたしはそれを言うつもりはなかった。あの、水口参子による、わたしたち家族に対する最低最悪の侮辱を。でもあんまりにも母が話を聞いてくれなくて、ふいに諦めの気持ちがこみ上げてきて、とうとうわたしは、思い出すだけで腹の底がズキズキ痛むような言葉を、口にした。

「……あの女、言ったんだよ？　わたしはこの家の子じゃないって。本物の子供の代わりだって。そんな馬鹿なことってある？　許せる？」

後悔の襲来までは一瞬だった。なぜなら、母の視線が、ずっとわたしを睨みつけて離さなかった母の視線が、突然、はずされたのだ。

瞬きするほどの間だったけれど、すぐに母の目はわたしに戻ったけれど、そんな無駄な取り繕い、わたしが見逃すはずはなかった。

「……何？　今の？」

眉をひそめるわたしに母は「何でもない」と口にしたが、明らかに声がうわずっている。頬が紅潮して、それが怒りではなくて焦りなのは、普段の母の態度から考えて明らかだ。

わたしがそれを口にしたのは、そんなわけがないってわたし自身が確信していたからだ。ところがたった今、目の前で、母はその確信を土台から揺さぶる素振りをとった。にわかに、水口参子の勝ち誇ったような顔が浮かぶ。またあのときと同じ衝動に駆られて、脳内に浮かぶ彼女に飛びかかりたくなる。でもそんなことはできないので、心の中の全体重をかけて抑えた。そして代わりに母に向けて、半分は自分か、もしかしたら神様に向けて、訊ねた。

「……ほんとなの？」

結論から言うと、ほんとうだった。

一一月九日〜一〇日（ロク　七日目〜八日目）

警察は容疑者の車の走行ルートを防犯カメラから分析していますが、難航しているとのことです。今のところ判明しているのは、容疑者は実家に寄った後、カメラのないエリアに迂回し、午後一時頃に事故現場へと続く国道を走っていたということです。事故発生の時間を考えると、国道から県道に入り事故に至るまでの間に寄り道はしていないため、容疑者の実家か、実家から車で半径三〇分程度のエリアに置き去りにされたかのいずれかと考えられています。警察は現在、容疑者の実家付近から山間に向かう方面を中心に聞き込みを続けています――。

「道理で今朝は警察が減ったワケだ。途中まではいい線いってるのに、何で山側に行っちゃうかな」

インターネットラジオのニュースにミキヤスが言って、でも俺は何も答えなかった。

膠着（こうちゃく）状態は丸一日以上続いていた。ミキヤスの蔵の二階、六畳間が二つ連なっている部屋は、襖の取り外された敷居のラインが境になっている。その半分が俺、半分がミキヤスの陣地になっていた。俺たちは無視しあったり、陣地の中で寝起きして、気づいたらお互い自分の陣地の真ん中らへんに立っている。階段に近い方の部屋、炬燵やゲームは向こうのエリアだが、キッチンや冷蔵庫はこっちにある。ミキヤスが演技じみた口調で言った。

「僕とキミは似たもの同士だ。仲間割れする意味はないだろ？」

俺に取り入ろうとしているのが丸わかりで、それが余計に腹立たしい。

じいちゃんに昔聞いたところでは、仲間意識とは共通点の有無だ。俺が最初にミキヤスに心を開いたのは、お互いにはみだし者だったから。でも、今はそれを打ち消すに充分なほどの明確な違いがある。

「同じじゃない。嘘つきと、嘘をつかれた側だ。お前は敵だ。虚言癖のある人間は排他的な傾向にあるっていうぞ。そのうち俺を攻撃するようになる」

「それ、何かの受け売りで意味なんかわかってないだろ。僕たちはアベンジャーズだ。たとえ一人じゃパッとしなくても、仲間と力を合わせれば大ヒット作にだってなる。手を取り合うべきだ」

「映画の話はいい。勝手に仲間にするな。引き籠もってばっかりで友達いないいくせに。友達いない奴は他人を見下しがちなんだ。お前も俺を見下してんだろ」

「友達がいないのはキミもだろ。なあ、お互い、生存戦略を立てる必要があるだろう？　僕が中学生の頃にやってたアニメで――」

「アニメの話もいらない。今は現実の話をしているんだ。お前はいつもそうやってややこしい話をふっかけて周りをバカにしているんだ」

この佐藤幹泰という男は、そもそも最初から信用に値する奴じゃなかったのだ。俺はまんまと、テレビゲームにつられて騙（だま）されたのだ。大人はずるい。こんな弱っちそうな奴でも、平気で人を騙そうとする。良い奴だと思っていたのに、とんだ見込み違いだ。ミキヤスは森遠先生のことを知らないし、ここにいれば先生が迎えに来てくれるなんていう話も一ミリだって本当じゃない。だって先生は死んじゃったから。

しかもミキヤスは俺にそのことを隠していただけじゃなく、インターネットに書き込んでいた。知ってるぞ。ネットは犯罪者だらけなんだ。じゃあミキヤスも犯罪者に違いない。何の犯罪？　わからないけど、嘘をついた。嘘つきは犯罪だ。詐欺とか、そういう奴だ。これもじいちゃんに聞いた。詐欺は一〇年以下の懲役で、執行猶予だってほとんどつかない。

「人を玩具にしやがって」

「ただちょっと面白かっただけだよ。だって考えてもみろ。世界中で僕しか知らない。こんな珍しいことがあるか」

「俺だって知ってるよ」

「キミは当事者だろ。数の内に入らない」

「トージシャ？　ああ本人のことか。本人は何でも知ってるだって？」俺はなんでこんな目に遭っているのか、全然わかっていないのに。「ミキヤスはどうして自分がニートなのかわかってるっていうのか？」

ミキヤスの顔が微かに引きつった。言葉に詰まったか、のど仏が上下している。そのうち、溜め息まじりに吐き出した。

「そういうの抉るなよ。そりゃ、ニートだけどさあ……」

力なくその場に屈む。「ロク、喉が渇いた。水をくれよ」

俺は冷蔵庫を開ける。ここ数日、だいぶ飲み食いしているから中身は意外とすっからかんだ。そこから三五〇ミリのペットボトルを一本取り出して、ミキヤスの胸のあたりを目掛けてぶん投げる。

「いてっ」運動音痴のミキヤスはそれを眉間で受け止めた。「やめろよロク」

「嘘つきの罰だろ」

「嘘をついたわけじゃない」

「嘘つけ。ミキヤスのことを、俺が全部ぶちまけてやる。そこのパソコンに俺がここにいるって書いたら世界中に伝わるんだろ？　そしたらミキヤスが嘘つきって明らかになる」

「落ち着けよ。キミ、自分がドコにいるのかわかってるのか？　決定的な情報が入らなきゃ、警察なんて動かないぞ。見ろ、その画面の中にも、『俺はここでーす』とか『助けてよ、みんな』なんてのがいっぱいあるだろ」

たしかにそれはそうだ。前ほどじゃないにせよ、パソコンの画面にはくだらない書き込みが相変わらず続いている。でも関係ない。

「ここがどこかなら知ってるぞ。先生の実家から右に歩いて行って、蛍を保護してるっていう看板の立っている橋を渡って、犬のいる屋敷の前を抜けて、小道に入ってルービロポッサのポスターのあるボロ家の角を曲がったところだ」

「だからそれ逆から読むんだって」

俺たちの会話は、感情的なのに、お互い独り言みたいにブツブツと小さな声で行われている。みんなにバラすぞって話をしているのに他の誰にも聞かれないように気をつけているなんて、バカみたいだ。

「どうでもいいだろ。でも、それでここに辿り着ける。それでも警察は来ないって言える？」

「ていうか、よく覚えてるな」

「一回歩いた道なんて普通に覚えているだろ。方向音痴じゃあるまいし」

「僕は方向音痴なんだよ。悪かったな。すごいよ、ロクは」

「褒めてないよ。それに」

「褒めても無駄だ。本当にやるぞ」

ミキヤスは屈んだ膝に肘を乗せ、項垂れた。

「やりたいなら、やっていいぞ」

思わぬ一言に、次に何を言えばいいか思いつかなかった。今、バラしていいと言われたのか？

「俺の場所が世界に知られたら、ミキヤスは逮捕されるぞ？」

逮捕されたくないと思っていたはずのミキヤスが、それを受け入れた。俺が言い出したことなのに、自分のほうが追い込まれているような気がする。

ミキヤスが項垂れたまま答える。

「仕方ないだろ。そういう終わり方なら、受け入れるしかない。キミを連れ込んだ瞬間から覚悟はしていたよ」

「嘘つけ」

「嘘じゃないってば」

「それでいいの？」睨みつけたけれど、さっきまでの爆発しそうな感情は嘘みたいに収縮していた。

「嫌か嫌じゃないかで言うなら、嫌だけどさ。覚悟していたのは本当だ」

ミキヤスは独り言みたいに話し出した。

「最初は、庭に子供がいて変だと思った。梨泥棒だと面倒だし、しょうがないから庭に出て話を聞いた。名前を聞いて、その場でスマホで調べて、キミが何者か知った」

曰く、最初は本当に、俺が森遠先生に誘拐された子供なんだと思ったそうだ。それが上手く逃げてきて、ミキヤスの家に迷い込んだのだと。

「あれこれ聞いて変なトラウマでも呼び起こして騒がれたら面倒だと思ったから、とりあえずゲームでもやらせて落ち着かせようとしたんだ。休ませてから色々聞いて対策を考えようと思ってたんだけど、そのうちになんていうか……」

ミキヤスは一度言葉を切って、頭を掻いた。

「友達ができたみたいで、楽しくなってさ。キミ、友達ってわからないって言ってたろ？　昔僕も同じことを考えたことがあって、小学生の頃の自分を見るような気持ちもあったかもしれない。それでさ……」

言葉が途切れたので訊ねる。「それで、何だよ？」

「何か、ロクの助けになる情報を集めるつもりでネットを見てたんだけど、だんだん流れに飲まれてさ。気づいたら考えることを先伸ばしにしてた。それで、今更警察に言う度胸がなくて、いっそ誰かに通報してもらったらと思ってネットに書き込んだんだ」

そして、同じ姿勢のまま顔だけ上げた。

「だから、キミが自分で通報するならそれでもいいよ」

さっきまでずっと嘘つきに見えていたのに、今のミキヤスが嘘をついているようにはまるで見えなかった。どうしていいのかわからなくて、ただ言葉の続きを待つ。すると、差し向けられたのは質問だった。

「僕が逮捕されるのは、最悪それでもいいけどさ。キミはそのあとどうなる？」

「それは……」俺のその後なんて、ミキヤスが逮捕されて、そしてここで……。

どうなるんだ？

「キミはここから無事に連れ出されて、家に帰って、父親に引き取られて、元の生活に戻るだろう」

そもそも俺がここにいるのは、ミキヤスが誘ってきたからだ。誘ったミキヤスが捕まっていなくなったら、俺は追い出される。当然だ。急に不安がこみ上げるが、無理やり強がる。

「戻れるさ、別に」

「虐待されているのに？」

「されてねーし。俺のは、ただ……だからあれだ。罰なんだ。俺が悪いことをしたから仕方ないんだ」

するとミキヤスはまたいつかの悲しそうな表情で言った。

「ロク。虐待っていうのは、行きすぎた教育が暴力に発展することを言うんだ。風呂で見たとき、キミの身体は痣だらけだった。キミがどういう理由で罰を受けるのかは知らないけど、たとえ罰でも暴力を振るわれていい理由なんてない。目を背けるなよ、ロク」

目を背けている？　俺が？　何から？

いや、本当はわかっている。ミキヤスの言うとおり、俺が受けているのは虐待なのだ。俺は家に戻ったら、またツギオから虐待を受けるのだ。

頭の回転が急に鈍くなった気がして、こんな言葉が不意に口をついた。

「……もうめんどくせえ。こんなことなら、生まれなきゃ良かった」

「母親にそう言っときゃ良かったのにな」ミキヤスがいつかの当てつけみたいに即応した。普段なら苛ついただろうけど、あまりにくだらなすぎて俺は笑ってしまった。それを見てミキヤスも苦笑する。

「何笑ってんの？」

「そっちこそ。俺はただ、ツギオのところは嫌だって思っただけだ」

「だろうね。この間、アイツが母屋にビラ配りに来ただろう。あのときものすごく青ざめてたよ。戻れるの？　あの家に」

俺は――。何か答えようとしたけれど、そのとき目の端に光が瞬(またた)いた。オレンジ色で、そういえばさっきから点滅していた気がする。目を細めた俺を見てミキヤスが気づいた。

「やべっ、センサーだ」

声と同時に、階下でゆっくりとドアの開く音がした。

「ミキヤス？　いるの？」

女の声だ。次いでもう一つ。

「なんか音がうるさいけど、何事よ。テレビ？　人の声みたいな」

「母さんだ」ミキヤスが慌てて俺を見る。何か言いたげだったが、何も言わず階段を駆け下りていった。

「なんだよ、ゲームでいいとこだったのに！」

俺のいる場所の下、蔵の入口で、ガチャガチャとした物音と話し声が重なる。言い合いながらお互いに押し合っていて、その拍子にどこかにぶつかっているのだ。

「本当に、あんた関係ないんでしょうね？」

「急に何の話だよ？」

「ニュース見てないの？　この辺に誘拐された子供が潜伏しているかもって話。犯人の実家が近いから」

「はぁ？　それが僕とどう関係するんだよ」

「だって、もうずっとあんたの部屋の中を誰も見てないからね。誰かいても、気づかない」

胸の中がざわざわした。虫みたいのが駆け上がってくるような錯覚を得た。これは確実だ。あの声は、俺がここにいることを疑っているのだ。まずい。けれど、この狭い蔵の二階で一体どうすればいいんだ。耳を階段の方へ向け、そのまま目だけで室内を見回した。

「とにかく僕は何も知らないよ。疑われることにびっくりだ」ミキヤスの、柄にもなく荒々しい声が聞こえてくる。

「だったらちゃんと説明しなさいよ」応じるのはさっきよりも若い女の声だ。ミキヤスは姉がいると言っていたから、たぶんその人だ。いくぶんヒステリックな感じで、ミキヤスの声をかき消さんばかりに声を張り上げている。

「説明って何だよ。知るかよ」

「誰かに匿われているかもしれないって」

「僕なわけないだろ。何で疑うんだよ」

「最近騒がしいもん。おかしいよ」

「何がだよ。僕がおかしいのは昔からだ。そうだろう？　姉さんだって言っていたじゃんか。僕自身は、おかしいのは世界の方だと思ってるけどね。僕が適切な距離を取ろうと思ってると必ず強引に近づいてくるし」

「そういうの、今はいらないから！」

その声はやけに響いた。姉が蔵の中に踏み込んだのだ。女二人がかりの力は、ミキヤスのそれより上だったらしい。

「あんた、いっつも大してご飯食べないくせに、最近全部きれいになくなってる」

「腹が減る時期はあるだろう。最近、筋トレを始めたからお腹が空くんだ」

「食事だけならまだ分かるけど、夜中にこっそりこっち来て、菓子パン持ってってるよね？」

「だから、足りなかったから」

「じゃあ、水の量は？　あんた、普段二日に一度くらいしかお風呂入らないじゃん。それもだいたいがシャワーで済ませてる。でも、ここ何日か水道のメーターの進みが早い」

「そんなの、そっちで多く使ってるんだろ？」

「違うの。水道メーターが母屋とこっちで別々なのも知らなかった？　この蔵の方の水道で、使用量が増えてるもん」

「梨園に水をやるとき、こっちのホースに繋いだんだ。でなきゃ、どっかで水漏れしてんじゃないの？」

「なんですぐバレる嘘をつくの？　言い訳はいいから、本当のことを言って」

「そうだ、最近運動して汗かくから……」

「運動？　その成果を見せてみなさいよ。ここで見ててあげるから。腹筋も腕立て伏せもろくにできなかったよね。それで？　多少はできるようになったわけ？」

「始めたばっかりだから」

「ほら怪しい。なんで？　見せてくれればいいだけじゃん」

「これまで僕を放っておいたくせに、そういうネガティブなことで疑われて部屋に押し入られるのは気に喰わない」

「はあ？　可哀相がられたいわけ？　今更馬鹿言わないで。もう何年も、どんだけ私たちが気にかけてきたのかわかんない？　自分がどんだけ恵まれているのかちょっとは考えたことあるの？食事も水も使い放題で、電気もゲームも揃ってて、どこにも行かずに好きなときに寝起きして。その代償として、疑われるくらい些細なことだわ。ほら、どきな」

　ミキヤスの慌てる声と、何かを突き飛ばす音がして、どたどたと足音が響いた。ミキヤスの姉が登ってくる。ここで見つかったらどうなってしまうのだろうか？　ミキヤスが警察に突き出される？　そしたら俺がツギオの元に返される。何でこうなった？　違う。そんなのはどうでもいいんだ。俺はどうしたいんだ？

　がらりと引き戸が引かれて、次いで訝しむ声がした。

「……思ったほど散らかってない」

階下で聞こえたのと同じ女性の声だ。「待ってよ、姉ちゃん」とミキヤスが上がってくるので、やはり姉のようだ。彼女はミキヤスを無視して室内に入り込み、溜め息交じりに呟いた。

「誰もいないじゃん」

……危なかった。

「姉ちゃん！」ミキヤスが追いついた。「勝手に入るなって」

「うるさいな。ていうか、本当にいないわけ？　ならそれでいいんだけど、まさか隠してないよね。ミキヤス、ちょっとどきなさい」

「だからいないって言ってるだろ」

「うるさい」

姉の声は忙しなく室内を移動し、合わせて物音があちこちで鳴る。

「お母さんも私も、あんたがあの子供を匿っているんじゃないかって思ったの。そんなわけないってのはわかってるけど、全然あの子見つからないし、そしたらだんだん不安になるじゃん」

「知らないって」

「本当なのね？　あのお父さん、すごい疲れてたんだから。可哀相に」

姉の声は目の前に迫っている。身体をギュッと抱きかかえて、置物になったようにうずくまる。ツギオとは違う。殴られたりするはずはない。だから怖くなんてないはずなのに、震えが止まらない。ちょっとでも音を立てたらアウトだ。本能的にそう感じて、我が身を抱きしめる。

「……本当にいないみたい」

タンスの抽斗を開ける音が続く。押し入れの奥に手を伸ばし、積み上がった布団をめくる振動が伝わってくる。

その一方で、ずし、ずし、と、ゆっくりした足音が登ってくるのが響いてくる。

「ねえ、どうだったの？」

おそるおそるといった口調だ。ミキヤスの母だろう。「いない」という姉の言葉に、意外そうな、しかしホッとしたような溜め息をついた。

「何もおかしなものはないのかい？」

「うん。ゲームと漫画とフィギュアばっかりあってムカつくけど、それ以外は特に」

「当たり前だろ。何で僕が子供を匿ったりするんだよ」

「あのお父さん」姉は言った。「あのお父さんがここに来たとき、すごく困った目をしていた。そんな目で見られたら、うちは絶対に無関係だってはっきりさせる責任があるって思ったの」

「あの父親が来たのは偶然だろ？　この辺の家の一軒一軒を回っているんだよ」

「でもお隣にはあんたみたいな引き籠もりはいないでしょ」

「僕が引き籠もってるのは関係ないだろ。姉ちゃんはすぐそうやってネチネチ言う」

「うるさい！」

ガン、と大きな音が立った。ミキヤスが蹴られたようだ。次いで何か——たぶん棚のフィギュアだ——の落ちる音がして、ミキヤスの悲鳴と母親の「やめなさい」という声が響く。

それで我に返ったのか、姉の声は少しトーンを落としたものに変わった。

「ふん。まあいいけど」それは宥めるようにも聞こえた。「ねえミキヤス。たまにはこっちにも顔出しなさいよ。不健康そうな面しやがって、何が筋トレだ、バカ」

ミキヤスはフィギュアが倒れてどうこうと言っているが、それを無視して姉と母はさっきよりは随分と柔らかい足どりで階段を降りていった。蔵の扉が閉まり、庭の芝生を二つの足音が遠ざかっていく。ほどなく静寂が戻る。

どうやら女二人はミキヤスは潔白だと結論づけたらしい。

室内には、残されたミキヤスの歩き回る足音が聞こえる。たぶん姉の散らかしたタンスや押し入れの中身を片付けているのだろう。それが終わると、俺のすぐ近くに立ち止まって言った。

「寒くないの？」

返事はしなかった。が、ドアはすぐに開かれた。

「知らないの？　こういう古い型の冷蔵庫は中から開かないんだぜ」

俺は這い出るように両手から床に降りた。

「ここしかなかったんだから仕方ないだろ」

「僕が気づかなかったらどうする気だったんだ」ミキヤスの視線は、キッチン回りに並べられたペットボトルに定まっている。

「中身が全部出てたら、気づくだろ。それに、冷蔵庫の中身なんて知ってるのはミキヤスだけだ」

もしも姉が外に立てかけられた内板やペットボトルの結露に気づいていたらアウトだったけれど、どうにか大丈夫だった。

「それよりなんで冷蔵庫って中から開かないの？」

「シール効果っていうんだよ。ドアの内側にゴムパッキンがついているだろ？　冷気の漏れを防ぐためのやつなんだけど、それが圧着してくっつくんだ。外からだとドアの蝶番（ちょうつがい）を支点にして開けられるけど、内側からだと力点が分散しちゃって、子供程度の力じゃ開けられない。昔は閉じ込められてそのまま死ぬ子供とかいたらしいぜ」

中に入ろうなんて思ったことがなかったから知らなかった。

「開けるには？」

「蓋が閉まる前に何か挟んで隙間を作っておくしかないな」

ゲームやアニメ以外の知識で負けたのが悔しくて溜め息をつく。ミキヤスはそんな俺を一瞥すると、じっくりと部屋を見回した。俺もそうだ。そして、たぶん同時に同じことを思ったはずだ。

陣地は取り払われた。

よれたシャツを直しながら俺は言った。

「俺、家に帰りたくない」

「だろうね。隠れたんだから」

俺はようやくここで、自分にはもう帰る家がないのだと自覚していることに気づいた。先生に連れ出されてすぐなら帰れたかもしれない。でも、ミキヤスに誘われた時点でその道は消えたのだ。ツギオから逃げて、隠れて、その先はどうなるのか。俺もまた、その先を想像することをずっと先延ばしにしていた。

鼻で嗤い、ミキヤスは愉快そうに呟いた。

「これで共犯だ」

日差しとか、匂いとか、そういうものを形容する言葉を俺はあまり知らない。でもこのとき、そういう心地よいものに包まれたような、なんとなく懐かしい気分だった。じいちゃんが俺に新しいことを教えてくれたとき、よくこんな気持ちになったっけな。

「ミキヤスの姉ちゃんって怖そう」

「昔から何かにつけて張り合ってくるのさ。男の僕の方が女みたいな顔で、ムカつくんだと。いい気なもんだよ。こっちだって、こんな顔で得したことなんてほとんどないのに」

たしかに俺も、ミキヤスを初めて見たとき女だと思った。

「子供の頃は女物の服とか着せられて、それが嫌でしょうがなかったよ」

なんでも姉に「女らしく笑ってみてよ」と言われて笑うと「女に生まれたら良かったのにね、ザマミロ」とからかわれ、成長して女の服を着なくなったら今度は「男のくせに女みたいになよなよすんなよ」と暴力を振るわれていたらしい。姉に作られた自分を姉に否定された気がして、まるで自分が飽きて捨てられた人形みたいに思えた……そうだ。

「女っぽいって言われるのが嫌なら髪切ればいいじゃん」

俺が言うとミキヤスは伸び放題の前髪を大きくかきあげて答える。

「でも外に出たくないもん。床屋とか、美容院だってもう何年も行ってない。伸びたらたまに自分で切るけど、短くすると変になるから大体いつもこの長さだ」

「俺が切ろうか？」

「は？　何でだよ」

「切れるぜ」俺が昔住んでいたじいちゃんの家は理容室だった。じいちゃんからは髪の切り方についても色々教わった。ハサミや櫛の使い方。虎刈りにならないバリカンの方法。頭の形をよく見せる坊主のテクニック。

「俺、筋がいいって褒められてたぜ。だからじいちゃんを喜ばせたくてたくさん練習した。それを見て母さんも喜んでたから、母さんを喜ばせるためにもっと練習した」

もう少し上手くなったら私の髪も任せようかな、なんて言われたけど、結局一度も叶わなかった。ともかくそういうわけで、髪を切ることは得意なのだ。ミキヤスは半信半疑の様子で首を傾げ、でも俺が急かすと何も言わずに部屋を片付け始めた。

炬燵じゃない方の部屋で、ビニールシートを敷いて椅子を置き、ミキヤスが座る。首回りにシーツをかけて、目の前に姿見を置く。俺はミキヤスの背後に何かの木箱を置いて足場にし、そこに立った。鏡越しに、ミキヤスと目が合う。

「虎刈りは勘弁な」

「そんな下手くそじゃねえよ」

「そう願いたいね。キミ、じいちゃんはどこに住んでるの？」

「さあ。遠く。気が散るから黙ってて」

「そういや二つのことを同時にできないよな、ロクは」

「うるさいな、手元が狂うぞ」俺は炬燵に戻り、タブレットＰＣを持ってきてミキヤスに渡す。

「これでも見て遊んでろよ」

ミキヤスは「はいはい」と苦笑してそれを受け取った。

夕方の日差しの入る室内で、長い髪の房がビニールシートに落ちる。静かに、ハサミの音だけがしばらく響く。日差しの向きが刻々と変わって、そのたびに気をつけながら調整していく。

ミキヤスがふいに声をあげた。

「あ、この子」

無視しようかと思ったが、作業が終盤に差し掛かって俺の気持ちにもだいぶゆとりができている。ミキヤスがさしだしたタブレットPCを覗き込むと、何かの写真が表示されていた。白黒でピンぼけしているけれど、斜め前から見た誰かの顔のようだ。

「週刊誌に載った写真だな。キミを誘拐した容疑者の娘じゃないかってさ。でもこれじゃ全然わかんないよな」

「けっこう美人だと思うよ」俺が言うと、ミキヤスは驚いた顔で振り向いた。

「あぶねっ、動くなよ」

ヒヤリとさせられたが、ミキヤスはお構いなしにPCを俺の眼前に突きつける。

「ロク、この子に会ったことあるの？」

「絵で見た」油絵の中の娘は、さらさらの短めな黒髪と、切れ長で涼しげな目元が印象的だった。

タブレットPCを操作しながら、ミキヤスが感嘆の声をあげる。「お、名前はイオっていうみたいだ。ネットに書き込まれてる」

「そういうのって、書き込んじゃダメなんだろ。授業で教わったぞ」

「まあね。でも、この子は今頃大変だろうな。父親が犯罪者扱いされて、死んじゃって。この子は何も悪くないのに。悲劇のヒロインってやつだ」

「ヒロインねえ。俺が先生の子供だったら、不幸ぶってられないと思うな。先生の本当の目的が知りたくて、いっぱい調べると思う」

ミキヤスはそれには返事をせず「こんなご時世なんだから、クラスメイトか誰かが色々書いてるはず……」なんてブツブツ言っている。

「おお、学校はずっと休んでるみたいだな。友達と最近ケンカしたみたいだ。写真は……さすがに見当たらないな。誰か馬鹿な奴がアップロードしてても良さそうなのに」

そういうやつがいるからネットの世界は今ひとつ信用が置かれないのだ。ともあれ、その隙に髪を仕上げる。数分後、ミキヤスの髪の毛は男らしい短髪になった。

「どうだ?」

「……へえ、ふうん。ほう」ミキヤスは姿見に映る自分をまじまじと見る。感心しているようだ。「ええと、ニット帽はどこだったかな」

「おい」

「冗談だよ。悪くない」襟足(えりあし)を撫でながら感触を楽しんでいる。「ちょっと左右非対称なのが、いかにも自分で切りましたって感じで尚いい」

「わざとだよ。親と姉ちゃんにバレないようにしてやったのさ」

鏡越しに目が合って、お互いに笑い合った。さっきまでケンカしていたのが嘘のようで、昔の友達と久しぶりに会ったときのような気持ちになっていた。最初、俺はミキヤスが全然知らないやつだから何でも話せると思った。でも今は、知っているやつだからこそ何でも話せる。そんな気分だ。だからミキヤスが次に言った言葉は本心なのだとすぐに信じることができた。

「ネットに書き込んでいたのは謝るよ。悪かった」

「いいよ、もう」

「聞けよ。今思ったんだ。髪を短くするのがこんなに簡単で清々しいなんて知らなかった。きっと、いろんなことは僕が考えているよりもっと簡単にやり過ごせるのかも」

「たぶんそうだぜ。ポイントは、自分で自分をひっかけて騙すことだ。俺なんかツギオに殴られているとき、これは人ごとなんだって自分を騙してるもん。知らない誰かが殴られて、その痛みがたまたま俺の所に飛んできているんだ、みたいな」

「それすごいな」

怖いものを怖いと思ったり、痛いことを痛いと思ったり、嫌なことにいちいち感想を持っていると、だんだん疲れてしまう。そして俺もミキヤスも、楽しいことよりそうでないことの方がずっと多くて、嫌なことについてばかり考えていたから疲れてしまった。俺たちはどっちも疲れていたのだ。

「姉ちゃんのこともさ。品がないし、くだらないことで笑うし、侮蔑するし、ムカついてた。でも、たぶん僕が勝手に深刻にしていたんだ。それを見過ごす母親もクソだと思っていたけど、何てことはない。他愛ないことだから見過ごしていただけだ。きっと僕は存在しない邪悪を勝手に作り上げてた」

「ミキヤスってときどきそういうカッコつけたこと言うよね」

「うるさいな。僕は、ずっと馬鹿が嫌いなんだと思っていたんだけど、連中は馬鹿なんじゃなくて、大らかでいいやつなんだよ。細かいことを気にしない。僕はいいやつのことが嫌いだったんだ」

「じゃあ俺のことも嫌い？」

「嫌いなのはいいやつだけだって」

ミキヤスは嫌みったらしく言いながら首のシーツを剝ぎ取った。

「あ、髪の毛散らばる」

「いいよ、掃除機かけるし」シーツを洗い場ではたきながら続ける。

「さてと、ロク。目標を決めよう」

夕日の逆光で、ミキヤスの顔はよく見えなかった。

「いつまでもここに隠れているわけにはいかない。たかが数日で家族に疑われてあのザマだ。一年くらいはいけると思ったのに」

一年は無茶だろう。先のことを考えていなかったのは本当だけど、一年後にもずっとここにいるわけがないって、そのくらいは俺だってわかっていた。

久しぶりに、時間は続いているのだということを思い出す。俺がここにいて何日過ぎたのかはわからないけれど、過去と今は繫がっているし、今と未来も繫がっている。過去と未来の違いは、過去のことは知っているけど未来はわからないってことだろう。ただ、何が起きるかはわからないけど、何をしたいかについては考えなくちゃいけない。それがミキヤスの言う「目標」だということは、何となくわかった。

「目標って、どうするの？」

「就職するよ。どのみち、いつかやらなきゃいけない。きっかけを探していただけだ」

「じゃあ、結局漫画は諦めるの？」

「働きながらでも描ける。ロク。キミがさっき言った話で思ったんだ。ロクはじいちゃんや母さんを喜ばせたくて髪を切る練習をした。それと同じだ。僕は、僕自身を喜ばせたい。そのための行動をしたい。僕を喜ばせられるのは僕だけだ。そのための行動なら、どんな回り道だってしてやるさ」

「ふうん。いいんじゃない？　ミキヤスが喜ぶことは、俺も喜ぶと思うぜ」

「よくぞ言ってくれた。漫画家になった暁には、ロクも手伝ってくれよ」

「いつなるんだよ」

「すぐになってみせるさ」

「それまでは？」

訊ねる俺に、ミキヤスは逆光のまま答えた。

「キミは一度、日常に戻れ」

「家に帰れってこと？」不安が過ぎるが、カーテンを閉めて振り向いたミキヤスの顔には笑みが浮かんでいる。

「違う。僕はさっき、髪を切られながら考えていたんだ。キミの先生のことを」

「森遠先生？」

「どうしてキミを連れ出したのかわかんないって言ってたよな。でも、あの先生はきっといいやつなんだろう。いいやつなら、目的はキミを助けることだったはずだ。父親の暴力からね」

「ツギオから？　だって親だし、誰が何を言っても無駄じゃないのか？」

「無駄じゃないんだよ。ロクはツギオにそう思い込まされているだけだ。たとえば先生は、ロクを児童相談所に連れて行くつもりだったのかもしれない」

児童相談所。聞いたことはある。というか母親が死んだとき、一度行くかどうかという話になった。ツギオが断ったけれど。

「そこへ行って、うまく事が運べば離れて暮らすことができる。児童養護施設とか、誰かの養子になるとか」

ツギオと離れて暮らす。たしかにそれが可能なら、夢のようだ。「でもそんなことができるのかな？」

「だいぶ要件は厳しいって聞くけど、ツギオの虐待が証明できればね。先生は独自にその証拠集めをしていたんじゃないのかな。それで、できると思ったから行動に踏み切った」

「行動って、どうしてすぐに児童相談所に行かないで一旦実家に連れて行ったんだ？」

「そこまではわからないけれど。でも連絡しても予約がいっぱいでなかなか面談してもらえないって、ドキュメンタリー番組で見たことがある。それか、生半可な証拠だけで行っても門前払いされるだけだから慎重を期した。ま、理由なんていくらでもあり得るさ。ともかく僕が、先生のあとを継いでキミをツギオから救ってやる」

「どうやって？」

「口裏を合わせよう」ミキヤスは屈んで、俺と同じ目線になった。

「キミはここの一階に勝手に隠れていた。僕は全然気づかなかった。水も食い物も僕の目を盗んでロクが勝手に持って行ったんだ」

「違うだろ」

「そういうことにするんだって。そして、さっきの姉ちゃんと母さんの騒ぎで、ここにいたらまずいと思って慌てて出てくる。それを僕が発見して、児相に連絡する。これでどうだ？」

「上手くいくかな？　何日も俺は隠れていたのに、突然あっさり出てくるかな。もっとちゃんと隠れようと思う気がする」

「だったらこうしよう。僕が就職を決意し、一念発起して蔵の大掃除を始めた。一階の荷物を全部運び出して、そのときに隠れているロクを見つけた」

「そっちの方が良さそうだ。それで児相に連絡したら、その後はどうなる？　俺はツギオから逃げられるのかな」

「そうだな。ツギオの虐待の明らかな証拠がないと、結局家に戻されてしまうかもしれないな」

「証拠ならある」俺は即答した。「同じクラスの、小出ってやつが俺のことを日記につけている。いつ休んだとか、いつどこを怪我していたとか」

もしツギオにバレたらどうなるかわからないが、小出は他の人にバラしたりしない人間だ。

「そんな子がいるんだ。じゃあそのノートを手に入れよう。あと問題なのは、先生の方だ。先生が本当にロクを助けようとしていて、誘拐する意思はなかった。そういう証拠が欲しいけれど、何かあるかな」

俺はしばらく考え込むが、思い当たるものはなかった。けれど、ここを出て行ったときにツギオの家に戻されないようにするためには、絶対に必要なものだ。「考えてみるよ」

「よし。キミは証拠集めだ。思いついたら教えてくれ」

まだ見通しは甘いけれど、でも誰かと何かの計画を立てることがこんなに楽しいなんて知らなかった。二人で目的を分かち合っている。ミキヤスが俺の力になろうとしてくれている。俺たちは友人で何の蟠りもない。

「僕は就活だな。さて、何から始めよう」

俺もまた、ミキヤスの力になりたいと思っていた。だからこうアドバイスした。

「まずミキヤスはスーツを買えよ。いつも寝巻きのスウェットじゃん」

母さんとツギオの出会いを俺は知らない。母さんは俺を保育園に預けて、どこかに働きに行っていた。夕方五時になると迎えに来て、家で一緒にご飯を食べた。それが、いつの間にか母さんが迎えに来るのが午後三時になり、いつの間にか仕事の日数を減らし、週の半分は保育園に行かなくなった。入れ替わりでツギオが俺の前に現れ、今の家に引っ越した。ツギオは定職に就いていなかったけれど、持ち家で家賃がかからないから稼ぎが少なくても何とかなっていたのだろう。俺の話に、ミキヤスはそう分析していた。

髪を切った後、ミキヤスは母屋に行って母と姉に就職の意思を伝えた。「決意を新たにするために髪を切った」と言って二人を驚かせ、「ついては、スーツを買う金をくれ」という次の言葉は母親を号泣させたらしい。姉には無言でガンガンぶたれたとか。ともあれ久しぶりに家族で飯を食ったのだそうだ。

一度蔵に戻ってきたミキヤスは少々酔っ払っていて、上機嫌で箪笥からパーカーを引っ張り出した。

「明日外に着ていく服がない……ロク、これ臭うかな？　洗ってあるはずだけど」

鼻をすんすんとする。「プラスチックみたいなニオイがする」たぶん衣裳ケースの臭いが染みついている。

「消臭剤は……と」どうやら着ることは決定事項らしい。「他に服ないし」と肩をすくめてミキヤスは、今夜は母屋で寝ると告げた。全く問題ない。そう答え、俺は蔵で一人、ゲームをしていた。一人での蔵の夜は静かだった。夜に一人でいることは、ツギオとの生活でもよくあったことなので怖いとは思わない。そして頭の中には、ミキヤスの明るい未来や、俺の見つけるべき証拠のことや、いろんな物事が飛び交っていた。だから例のセンサーが光っていることには全く気づいていなかった。

最初に感じたのは匂いだった。しばらく嗅いだことのない、花と薬の混ざったような匂いがした。突然いい匂いがすると思い、それがよく女の服から漂ってくる洗剤か柔軟剤の匂いだと気づいた直後、背後から羽交い締めにされた。

「……やっぱりいた」

声に聞き覚えがあった。ミキヤスの姉だ。咄嗟のことで声が出ず、振りほどこうにも力負けして動けない。姉は少しも力を緩めず、俺の耳元に突き放したような口調で言葉を吹きかける。

「あんた、さっき冷蔵庫の中に隠れてたでしょ。中のものが全部出てたから、変だと思ったんだ」

曰く、あの場で見つけてしまって母親を絶望させることは避けたかったのだという。俺は心臓がドクドク脈打つのを感じながら、ようやく声を絞り出して訊ねる。

「……どうする気？」

「私はどうもしない」声の調子は変わらず尖っている。耳元で空気が生ぬるく揺れる。「何かするのは、あんたの方だから。いい？　今から私の言うとおりにして。あんたは今から誰にも言わずにこっそりここを出て、誰にも見つからずにあの先生の実家に戻るの。そして、そこから自分で警察に電話をかけるの。ずっとこの辺の空き家を点々としていたけど、もう疲れたって、そういうふうに話すの」

「そしたらどうなるの？」

「知らないけど、少なくともここにいるよりは正しい状態になるわ」

「でも、計画があるんだ」

俺はミキヤスとさっき立てた計画を話した。ミキヤスが俺を発見し、ツギオの虐待の証拠と先生の無実の証拠を突きつけ、ツギオから離れて暮らすこと。すると姉は呆れたように言った。

「それ、別にうちの弟いなくてもよくない？　それに先生の無実？　死んじゃってる人なんだからどうでもいいじゃん。他の人のことは巻き込まないで、親子ゲンカは親子で済ませなさいよ。ミキヤスとか、ここのことは絶対に言っちゃ駄目。いい？」

「……断ったら？」

俺の首に回された姉の腕に力がこもる。「断るとか、そんなのないから。行くったら行くの。それしかないの。絶対にミキヤスを誘拐犯になんかさせないから」

姉の理解では、ミキヤスの部屋に俺がいるということは、ミキヤスが俺を誘拐したのと同じらしかった。考えてみれば確かにそうかもしれない。そして、続く姉の言葉には何も言い返せなかった。

「ミキヤスの未来のために、あんたがここにいちゃだめなの。私は私の家族を守るの。それが私の権利だから」

そういうわけで、深夜零時を回った頃、俺はそっと蔵を出た。ミキヤスと会ってから初めてのことで、どのくらいぶりに外に出たのかはわからない。外が懐かしいとか久しぶりだとかは思わなかった。ただ、音を立てては駄目だ。そのことばかり考えていた。

よく晴れて月が出ている。すぐ近くで虫が鳴いている。窓が開いているのか、隣の家からテレビの音が、笑い声が、映画の爆発音が、小さく聞こえてくる。この辺りはだいたいテレビを観るくらいしか娯楽がないらしい。ミキヤスがそう言っていた。

ポケットから宝箱を取り出して開ける。ミキヤスからもらったハルクのライトをつけたけれど、思いの外明るかったのですぐに消した。おおよその方向はわかるので、ゆっくりと歩き出す。転ばぬよう、そっと爪先(つまさき)を上げて進む。足をゆっくり動かして、踵から土を踏む。雑草のさらさらとした感触がスニーカーを通して伝わり、土の湿った柔らかさも感じる。ゆっくり、焦らず、音もなく、俺は佐藤家の梨の木の生い茂る庭を抜けた。

そこから先は舗装されているから問題はなかった。逆から読むポスターの角を曲がる。遠くに街灯が点々としている。目も慣れてきた。突き当たりを曲がって、あとはまっすぐ行って、小さな川を渡るだけだ。真夜中の人気のない舗装路を歩いて行く。道はまっすぐになって、だいぶ先の方から車のライトが光った。即座に草むらへ隠れると、少し手前で車は止まり、助手席側の窓が開いて誰かが顔を覗かせた。髪を明るい金髪に染めた、若い男のようだ。酔っ払っているようで、草むらに向けて空き缶を投げ捨てた。年はミキヤスくらいだろう。車の中には他にも男女が乗っていて、自分たちの縄張りを主張するかのようにずんずんと響く音楽が鳴っている。車はすぐにまた発進し、俺の横を通り過ぎていった。久しぶりに外の人を見た気がする。山ごもりから帰ったみたいだ。そういや犬は来ないかな。この時間は寝てる。大丈夫。自分に言い聞かせる。

一〇分も歩かないうちに、目的地——森遠先生の実家が見えた。その何軒か手前の路肩に車が一台駐まっていて、もしかして警察かと疑ったけれど、先生の家自体は真っ暗だ。

俺はさっきのうるさい車を思い出し、周囲を見回した。ああいう連中はいつも同じことをやっているに違いない。案の定、ススキの草むらの中にひしゃげたコーラのペットボトルを見つけた。俺はそれを拾い、先生の実家の手前に駐まる車にそっと近づいた。三メートルくらいのところで電柱の陰からペットボトルを放り投げる。それは車の後ろのガラスに当たってポコンと軽い音を立て、どこかへ跳ねた。それと同時に草むらの中に逃げ込み、息をひそめる。

すぐに予想通り、車のエンジン音が聞こえた。そして低い音を立ててゆっくりとどこかへ走り去った。運転手はこう思ったに違いない。近所の誰かが、見慣れない車に対して嫌がらせをした。日中の街中なら怒って運転手が出てくることもあるだろうが、こんな人里離れた田舎なら警戒心の方が勝ってその場から逃げ出す。ツギオがよく使う手だ。あいつはよくこうやって、路上駐車している車をどかしていた。もちろん正義感ではなく、個人的に目障り(めざわ)だからという理由だ。

俺はギリギリまでススキの中をかいくぐる。風のおかげで多少の物音は消えるから安心だ。そして先生の家の前で慎重に道に戻り、道路を渡って森遠家の門をくぐった。裏に回って鉢植えを持ち上げると、俺の隠した鍵があった。

微かに音が鳴り、鍵が開いた。扉が妙に重く感じる。息をひそめて、闇に紛れる。何も気配はない。ドアを開け、小さな隙間から身体を中に滑り込ませる。暗闇に目が慣れているので、屋内でもそんなには困らなかった。

俺がここに戻って自分で警察に電話をかける。それがたぶん、いちばんの方法なのだ。ミキヤスを巻き込んではいけない。もしツギオの元に戻されそうになっても、虐待の証拠は小出雪奈のノートに書かれている。先生が俺を助けようとしてくれた証拠は思いつかないけれど、もう死んでしまったんだから無実を証明する必要なんてない。ミキヤスの姉の言葉は、もっともなのかもしれない。

死んでしまった人のことを考えたせいか、俺はふと母さんを思い出した。先生に没収されたライターはどこだろうか。電子レンジの傍に置かれたはずだ。

俺の宝箱の中にはじいちゃんの煙草、ミキヤスのハルク、先生のお守りがある。母さんのライターを取り戻そうと思い、俺は電話を探すより先にキッチンに向かった。

真っ暗なキッチンは、数日前とは様相が一変していた。静かで、きれいに片付いていたはずの森遠家は、タンスの抽斗は全部引き出され、テーブルの上にはモノが並べられ、荒らされているようだった。

「なんだこれ？　泥棒？」思わず呟く。心臓がどくりと鳴って、どこかへ身を隠さなくちゃと思ったけれど、すぐにミキヤスの言っていたことを思い出す。家宅捜索があって、警察がここに入ったのだ。あいつら片付けたりしないのか、なんて訝りつつ、レンジの元へ。ライターはここにあるはずだ。

「ない」

また声を出してしまった。何でないんだ？　家宅捜索した警察が持って行った？　それは泥棒じゃないのか？

急に頭が混乱して、ハルクのライトをつけて周囲を照らす。レンジの上には確実にない。先生が移動させたのかもしれないと思って他も見渡す。テーブルの上も、並べられた抽斗も、見える部分は大体探した。すっかり夢中になっていて、壁に立てかけられていた絵を一枚倒した音でようやく我に返る。静かにしなくちゃ駄目なのに。

そのとき、チャイムが鳴った。

全身が総毛立った気がした。

慌ててライトを消してポケットにねじ込んだけれど、遅いと直感した。きっとあの外の車だ。あれはこの家に人が来るのをずっと見張っていたのだ。この家の中が灯りなしでもそれなりに見渡せたのは、遮光カーテンじゃないからだ。月明かりのおかげで、電気をつけなくてもさほど困らない。それなのに俺がライトの光を走らせてしまったから、戻ってきたそいつに気づかれたのだ。

どうする？　胸が苦しい。呼吸が、息を飲む音すら響きそうで怖い。

もう一度チャイムが鳴った。おそるおそる玄関に近づくと、待ち構えたように声がした。

「すみません。どなたかいますかね？」

ただでさえ弾けそうな心臓がギュッと縮まり、押しつぶされそうになった。すっと気が遠くなって、全身の血がどこかに吸い込まれたような気がした。最悪だ。心臓が鼓動を速め、絶望的な気持ちを連れてきた。

「灯り、つきましたよね。誰か帰ってきたんでしょ？」

明らかにツギオだった。

野太くて、低くて、冷たくて、重い。どうしてツギオが？　硬直していると、ドアノブがガチャガチャと回される。悲鳴をあげそうになったのを何とかこらえる。音はすぐに消えて、庭の方で足音と葉っぱのこすれる音が聞こえた。まずい。早く逃げなくちゃ。今なら玄関から出ればいけるか？　いや、前にミキヤスの家に来たとき、たしかもう一人女がいたと聞いた。敵が二人いたら、一人は玄関で待っているかもしれない。玄関のドアスコープから外を覗く。見えるところに人影はないが、薄暗くてわからない。ここに隠れてやり過ごすのが安全か？　いや、駄目だ。また心臓が、今度は何かに摑まれたくらいギチッと萎(しぼ)んだ。最悪も最悪、勝手口の鍵は開けっ放しだ。入ってこられたらお終いだ。急いで回れ右をし、大股でキッチンへ駆ける。一秒でも惜しくて、目一杯腕を伸ばして勝手口のドアの鍵を閉めた。コトリと施錠音が鳴ったのと、ドアノブがグッと回されたのは、殆ど同時だった。息を吸ったまま吐くのを忘れる。

ツギオの溜め息が聞こえた。

「……んだよ。やっぱ人いるじゃん」

息ができない。汗が止まらない。震えが足から全身に広がる。歯がガチガチと鳴る。ツギオに聞こえたら終わりだと思うけれど、止められない。

このドアの向こうにツギオがいる。しかも中に人がいると気づかれた。俺だとはバレていないと思うけれど、どうする？　どう誤魔化す？　しかし考える間もなく、ツギオの声が続く。

「デコの広い刑事がさ、俺に言うわけよ。警察は懸命に捜索しているけど、あと数日したら捜索範囲を狭めざるを得ないとかさ。事件は他でも起きてるから、人員を割くにも限界があるんだとよ。酷い話だと思わないか？　だったら捜索費用だけ出してくれたら俺が仲間連れて探すって言ったんだけどよ。そんなことはできねえんだってさ。訳わかんねえよな」

何でそんな話をするんだ？　脳みそに水滴を掛けられたみたいに、考えがまとまらない。

「ところでさあ。違ってたら悪いけど」

何だ？　何を言う気だ？

「梨畑のある家で聞いたんだ。でっかいお屋敷があって、蔵がある家だ。で、そこのお姉ちゃんが教えてくれたよ。今夜ここに行くはずだって」

梨？　蔵？　何だ？　何を言っている？

胸の内に得も言われぬ怖気と、理由の知れない敗北感がこみ上げてきて、さっき食べた菓子パンを吐きそうになる。喉の奥がせり上がってくるのを強引に押さえ込もうとして、代わりに涙が出てくる。そんな俺に、声は確かにこう訊ねた。

「そこにいるの、ロクだろ？」

一一月九日〜一〇日（イオ　七日目〜八日目）

土曜日は早美が仕事で早くから出かけるというので、やむなく一人で病院に行った。駅から無料のシャトルバスにのり、一〇分ほど走ったところにある総合病院だ。受付を済ませて泌尿器科の待合室に行くと、年老いた男たちがぼんやりと腰掛けてテレビを眺めていた。番組は何だったかな。女性が三人で井戸端会議みたいなのをして、時々流行のケーキについて語るような、そんなやつだ。なんとなく眺めていると、割合すぐに名前を呼ばれる。予約しているのだから当然だ。カーテンの向こうに行くと、どことなく犬みたいな風貌の医師が迎えてくれた。うさんくさい、と身構えるが、同時に気の置けない温かみもあって、どちらかといえば好意的に思った。少しの世間話の後、検査結果を伝えられた。自分に子供を作る能力がないと知ったときは想像よりも落ち込みはしなかった。ただ、自分の未来が急激に狭くなったと感じた。自分に子供が生まれたらなるべく柔軟な考え方を持った子に育てたい……なんて思っていたのは叶わない。いい天気だったので、帰りはバスに乗らずに歩いて駅まで戻った。

帰宅すると、早美が言った。

「もともと、子供はいてもいなくてもどっちでもいいと思っていたし。いないならいないで、いないなりの人生を楽しむだけ」

本心かどうかはわからない。けれど、いないなりの人生、という妻の言葉は僕にとって救いだった。これは間違いない。僕らは明るいうちからビールを飲み始め、やがて話は膨らんで、どうせなら思いがけないことをしてみようという結論になった。そしてインターネットで検索し、翌日には特別養子縁組を仲介するNPOに電話を掛けた。電話をしたときは少々酒が残っていたのかもしれない。なぜなら、いざ相手の事務局に足を運ぼうという日、僕は酷く憂鬱だったからだ。

大きな決断というのは、自殺に似ていると思う。どれくらい長いのかわからないロープを首に巻き、どれくらい高いのかわからないビルの屋上からジャンプした気分だった。飛び降りたが最後、いつ死ぬか、どうやって死ぬかはわからない。ただ一つわかっているのは、後戻りはできないということだ。

――父の日記だ。わたしは両親の子ではない。

土曜日だった。お昼前の駅前で、時計の付いたモチーフが不明なオブジェの前でわたしは千紗と待ち合わせた。やたらと人の多い道を抜け、駅前のお昼時の混雑したハンバーガー・ショップに入る。

「イオは席で待ってて。適当に買っていくから」

千紗に言われたけれど、混んでいるから席なんてない。二階の窓際に食事を終えて駄弁(だべ)っているおじさんのグループを見つけたので近くで所在なくしていたら、気を利かせてどいてくれた。五分くらい待つと、期間限定のハンバーガーや山盛りのポテト、コーラを携え、千紗が戻ってきた。

彼女は襟ぐりの深いニットとデニムのスカートで、相変わらず垢抜けた恰好だった。片側だけ髪を耳にかけ、その耳にはエメラルドグリーンの小さなピアスが光っている。最近できた恋人に買ってもらったらしい。彼女はしなっとしたポテトを一本一本、数珠つなぎのように食べ始めた。

「イオもどんどん食べなよ。今日くらいはご馳走するから」

いつも通りの緩い笑顔を見せる。ささくれだった心の表面がワックスをかけた後みたいにつるつるになっていく。昨夜母に本当の親子じゃないことを知らされ、今朝は最悪の気分で目覚めた。いっそ一週間くらい眠りたいと思った。でも全然眠れなくて、布団に潜ってダラダラとしている間にふと思いついた。この重みに耐えきれないのなら、忘れてしまえばいい。傷穴が塞がりたがっているものなら、強引に塞ごうとしてくれる人をわたしは知っている。案の定、千紗は二つ返事で会ってくれた。

「イオ、やっぱ疲れてる？　少し痩せたよね？」千紗がコーラをすすりながら言った。

「ちょっと母さんとケンカしちゃってさ」

出かけるとき、わたしは誰にも何も言わなかった。母も何も言わなくなったし、出がけにわたしがくそばばあと呟いてもぴくりともしなかった。

「そんなの、適当に相手に合わせりゃいいじゃん。何を言ったところでどうせ家族は離れられないんだから、表向きだけでも仲良くしてないと疲れるし時間の無駄でしょ」

簡単に言うけれど、わたしはそんな割り切り方ができるほど大人ではない。

「嘘をつくと胸が痛むのよね」

「気管支炎なんじゃないの？　ははは っ」

冗談の質が低いのは相変わらずだ。わたしは返事代わりに肩をすくめ、これまでのことを改めて説明した。父の実家に行ったこと、女性記者にムカついたこと。それは多分に、自分の心の整理の意味もあった。勿論ロクを探していることや、自分の出生のことは言わなかった。

「あの男の子はねえ……見つかるといいけど、少なくともイオが気に病むことじゃないよ」

千紗は訳知り顔で言った。

「ネットのニュースサイトもチェックしてたけど、盛り上がりも沈静化してきたわ。このまま風化していくんだよ」

写真週刊誌やテレビで散々言われていることを、自分の意見と錯覚しているようだった。

「風化なんて、個々人の意識の持ち方次第だと思うけどな」

「日常の正体は無常なのよ。移りゆく全てを覚えておくなんて無理。それよりイオ。全然食べてなくない？」

千紗は言うけれど、生憎ハンバーガーは頻繁に食べているし、期間限定にも興味はない。申し訳程度にコーラに口をつけて呟いた。

「わたしは忘れたくない」

「いい心がけね。忘れたくないなら、忘れないって決意すればいいんだよ」

嚙み合わない。わたしが忘れたくないのは別に『忘れたくないと思った』という事実じゃない。でも喋っても伝わる気がしないので黙る。その様子に何を思ったか、千紗は申し訳なさそうに補足した。

「イオは頭がいいから、考えずにはいられないんだよ。だからいろんな物事にいつも追い立てられている気がして、疲れちゃうんだわ。そうだ、いい気分転換の方法があるの」

彼女は得意そうにわたしの目を見た。期待値は限りなくゼロに近かったが、一応礼儀としてわたしも見つめ返す。彼女はポテトをペンか何かのように抓んで、わたしの眉間に向けてグルグルと回して見せた。

「思考っていうのは、つまるところ脳みその中を信号が走り回る現象なわけね。考えすぎると神経が渋滞を起こして疲れるの。ぐっすり寝ると渋滞が緩んでスッキリするんだけれど、そうもいかないときはこうするの」

千紗はポテトを口の中に放ると、膝に手を置き目を瞑った。

「深呼吸して、頭に、何でもいいからきれいで光る物を想像する。鏡でも、ガラスでも。そして、息を吸うときは光らせる。息を吐くときは光らない。呼吸に合わせて、脳の中で光を点滅させる。そうすると、だんだん余計な思考が消え去って、リラックスできる」

「ふうん」期待値は横ばいのままだ。と、千紗が付け加える。

「水口参子って人が前に言っていたの。やってみて」

「水口？　参子？」

思いっきりしかめっ面をしたわたしに、千紗は軽く目を細めた。

「知ってる？　あれ？　もしかして嫌い？」

「嫌いというか、天敵だと思ってる」

件(くだん)の話、家の前で待ち伏せされた相手こそ参子だと告げると、千紗は今度は面白いくらいに目を丸く開いた。

「会ったんだ？　羨ましい！」

知らなかったけれど、千紗は水口参子のファンらしい。

「実は、こないだ彼女の公開ラジオ収録に行ったんだよね」こちらにぐいっと身を乗り出してくる。「参子さんによればね、今後は東南アジアでまったり余生を過ごすのがトレンドになるんだってさ。老いゆく日本より活気があって人も優しいって。いいよねー。私も憧れる」

「……はあ、そう」天敵だと言ったわたしの言葉は耳に入っていないようだった。

「それで彼女、取材した老夫婦に人捜しを頼まれてさ。半年くらい七転び八起きの取材行脚をしているっていうね。その件はもう終わったのかな。それともまだ――」

心の底からどうでもよかった。口元に退屈を浮かべていると、千紗は身を乗り出したままわたしの顔を覗き込んで訊ねた。

「イオさあ、取材されたならひょっとして名刺とかもらったんじゃないの？　連絡先知ってたりする？」

名刺は持っているし電話も一度掛けたことがあるが、さすがのわたしでも勝手に第三者に連絡先を教えない程度の分別はある。曖昧な返事で答えると、千紗は膨れっ面になった。

「教えてくれたっていいじゃん。つまんない」腕を組んでふんぞり返る。「じゃあ、代わりに何か面白い話をしようよ。事件のことはナシね。気分転換なんだから」

頭の中に、琺瑯製のやかんが浮かんだ。真っ白で、美しくつややかな表面。呼吸を繰り返す。吸うときは光りが走って、吐くときは光が止んで――。

なるほど。いくらか気持ちが鎮まった気がする。そして確かに、今日の目的は気分転換だ。気を取り直して千紗に訊ねた。

「最近、部活はどう？」

「どうもこうも、全然顔出してない。美術部なんて私には向いてないのよ。イオだってそうでしょ？　なんなら私以上に向いてない。覚えてる？　赤色だけ使って絵を描いてみようってとき、あんた茶色とか灰色みたいな色ばっか使って周りを困らせてたじゃん」

返事しないでいると、千紗は姿勢を戻してポテトを抓んだ。

「そういや、イオって中学のとき陸上部だったよね。何で辞めたんだっけ？」

「言ってなかったっけ？　膝を痛めたの」

「何それ？　走ると痛いの？」

「準備運動しないと、ちょっと危ないときがある」

これも点滅するやかんの効果か、怪我について驚くほど他人事のように話している自分に気づいた。中学生のわたしは短距離の選手としてはそこそこのタイムを叩き出していたから、陸上を辞めたときはこの世の終わりだと思った。何でもない練習の日に、ちょっと足が縺れそうになったのを踏ん張ったら膝に激痛が走って、捻り方が悪かったのかその後も痛みは完治しなかった。絶望的な気持ちだった。今でもうっとうしいくらい胸に居座っている。でも、そんなことなどお構いなしに時間は流れている。一度も途切れることなく。

あの時期に父さんに言われた。今のお前は今しかないが、もっと先のお前にとってこの今は過去になる。今が辛いのなら、それが過去になったときのことを想像しろ。お前の想像していた未来とさよならをしたときだ。そのときのお前は、怪我をする前までと同じ、日々平和で健やかなお前のはずだから。

何気なく、呟きが漏れた。

「もしかすると、こうやってそのうち父さんのことも——」

いつか父のいた未来にさよならを言えるのかも。と、手のひらが目の前に突き出される。

「ストップ、イオ。事件の話はナシだって」

「え？　いや、事件じゃなくて、父さんの……」

「イオのお父さんは事件の一部だよ。残念ながらそういう現実なの」

点滅——ダメだ。

心のやかんが砕け散った。

まただ。また、わたしが父を思い出そうとすると邪魔が入る。ガスライティングを疑うほどに、同じことの繰り返し。千紗がわたしを思ってくれているのは本当だろう。少し周囲の気持ちを慮(おもんぱか)る能力に欠けているのは前からのことだ。それにわたしだって今、陸上部のことと同じように父のことも過去の話になるかもしれないと思った。でも、もしこれが傷穴が塞がりたがっているということなら、どうにも急ぎすぎな気がする。心に薄く張った膜を突き破られるような、下品な感覚を覚えた。

バレないように深呼吸し、千紗に頭を下げた。

「ごめん。まだやっぱりちょっと気分が乗らないわ。今日は帰るね」

千紗は「はあ？」と頓狂な声をあげ手を伸ばす。「いやいや、まだ来たばっかかじゃん——」

わたしはコーラを飲み干し、彼女の言葉を遮るように立ち上がる。財布から五〇〇円玉を取り出してテーブルにめり込ます気持ちで置いた。背を向けたわたしに千紗はまだ言葉を続ける。

「待ってよ。この後ケーキ奢ろうと思ってたのに。あんた、あそこの苺ショート好きじゃん
——」

それを遮って、わたしは振り向かずに答えた。

「大っ嫌いだよ！　バイバイ」

外は明るくて、相変わらず人だらけだ。その流れを割って、目の前の信号を走って渡った。振り返らなかった。胸がバクバク鳴って、もし千紗が怒ってすごい速さで追いかけてきたらどうしようと思った。賑やかな街路を行き、いちゃついてるカップルの間を走り抜けて、あちらこちらを彷徨った後で振り返ってみたら誰もいなかった。

ポケットからスマートフォンを取り出してみたが、千紗からの着信もメッセージもなかった。自分で言うのもおこがましいけれど、会ったらきっと慰めの言葉をかけられると思っていた。そういうのが照れくさかったり、罪悪感を感じたりすると思って、だから今日まで会わずにいた。それなのに、いざ顔を合わせてみれば千紗が熱を入れて話したのは参子のことくらい。わたしの身に降りかかっていることは、全然大したことじゃないみたいだ。

「そうなの？」

道ばたに落ちていた大きめの石を拾い上げ、側溝に向けて力一杯投げ捨てた。そのまま祖母の家までとぼとぼと歩いて帰った。

新生児または乳幼児との特別養子縁組を実現させるには、そのＮＰＯの主催する講座に最低七回は通う必要があった。僕たちはそのたびに埼玉まで半日掛けて足を伸ばした。予定が合わずに苦労もしたが、学校に事情を話すと意外とすんなり対応してくれた。単にクラスの担任から外してもらっただけ、とも言えるが。おかげで早美よりも時間の融通が利くようになり、僕だけが講座に参加したことも二回ほどあった。

金銭的な問題はさほどなかった。ＮＰＯに養子縁組を仲介してもらうために支払ったのは、手数料くらいだった。弁護士か行政書士に書類をいくつか作成してもらう必要があると言われたが、役所へ行って書式を調べ、夫婦二人で作成した。公的な書類を作成する業務は職業柄さほど苦ではないのだ。おかげで五〇万円は浮いたので、来たるべき我が子の学資として積み立てることにした。

講座の受講が完了すると、定期的にＮＰＯから便りが届くようになり、しばらくはそれきりだった。あまりにも放置されていて、ひょっとして時間だけを無駄にしているのかもしれないと不安になった頃、昼休みに早美から電話がかかってきた。ＮＰＯから、生後二ヵ月の女児との縁組みの話が来たという。

その週末、久しぶりに埼玉まで夫婦で出かけた。

初めてその子を見たとき、我が娘になる特別な存在であるという感じはしなかった。なるほど、赤子だ。そんなあっさりした気持ちだった。おそらくは、養子縁組のマッチングにこちらの意思が介在しないことの影響だろう。仲介役の職員が状況を見て機械的に子供を割り振っているようだった。

「子供は選べないし、選んだとしても期待通りには育たないから」

それが、担当してくれた職員の弁だった。普通の夫婦が普通に子供をもうけるとき、どんな子供が生まれてくるかは選べない。それと同じだという話だ。早美は完全には納得していなかったようだったが、僕はわりとすんなりとその理屈を受け入れられた。小学校で、親と性質の異なる子供たちを数多く見てきたからだろう。

子供の実の両親の詳細は教えてもらえなかった。ただ子供を手放さざるを得なかったとのことだった。

この日僕らはこの子を娘にすることに決めた。

すぐに養親審査の書類をしたため、裁判所に申立を行った。八ヵ月後に認可が下りて、晴れて伊緒は娘となった。

自分の選択は本当に誤りではないのか。この子を幸せにできるのか。首に掛かった縄が、少しだけきつくなったように感じた。

「お父さんは、飄々(ひょうひょう)としているように見えて臆病者だったのよ」

母は父の日記を読むわたしに言った。あの、バーの日の夜の出来事だ。日記はわたしが二十歳になったら見せようと思っていたそうだ。母は父が死んだ夜、家を出るときにこの一冊も荷物に詰めていたらしい。

「職員のおばさんはいい人で、私たちの家にも定期的に来てくれたわ。私たちも、最初の頃は養親同士の交流会にもよく顔を出してた。でもそのうち行かなくなっちゃったわね。もう、疑うまでもなくあんたは私たちの子供だって、二人とも思ってたから」

子供の頃、よくわからない集まりに行った記憶はある。何かの事務所みたいなところでやけに馴れ馴れしいおばさんと話をした。親戚だと母は言っていたけれど、あの人がＮＰＯの職員だったのだろう。他にも何かのパーティみたいな集まりが何度かあった。学校の友達は一人もいないけれど、同じくらいの年頃の子たちがいっぱいいて、絨毯敷きの部屋に椅子を並べてフルーツバスケットなんかをやった。何の会合だったのか全然思い出せなかったけれど、わたしみたいな子たちの交流会だったのだ。

「……信じられない」言ったところでどうしようもない言葉が漏れた。「わたしが父さんと母さんの子供じゃないなんて嘘。性格とか、髪質とか、それ以外だって思いっきり二人の遺伝だって、子供の頃から言ってたじゃん」

「そうやって自分たちを騙していけば、本当の家族になれると信じていた。同じもの食べて同じサイクルで生活してれば、同じような体になるわけだし」

「何それ。死んだおじいちゃんはわたしのことを『間違いなく俺の遺伝子継いでるな』って言ってたじゃん。それに父さんも、わたしと同じ世界を見ているって……」

顔を伏せて責めるわたしに、テーブル越しに母が続けた。

「私たちは相談員と何度も面接をして、あなたに会う前から、あなたが生まれる前から、私たちは子供を育てることができるってさんざんアピールした。その責任をずっと背負っていく覚悟をしたし、今もしている。こんなに早く私だけになったのは予想外だったけど、でも気持ちは変わらないわ」

母を責めるのは無意味だとわかっていたけれど、わたしは母の顔を見ることができなかった。胸の中にあったのは、言葉にならない塊だった。心の中が見渡す限りどん詰まりで、今後の人生で砂漠で立ち往生することがあったら、きっと今日のことを思い出すだろうと思った。本能的にハンドクリームを探していたけれど、手の届く範囲にはなくて、だから何も塗っていない手をただ無意識に揉みしだいていた。

その夜から、わたしは母と寝室を分けた。

余っている物置部屋に布団を引っ張り込んで、そこで過ごしている。千紗と会って帰ってきたわたしは何も言わずに部屋に閉じこもった。襖につっかい棒を噛ませ、もう一日近く、布団の中でうずくまったり畳の上をゴロゴロしたりしている。

襖がノックされ、わざとらしく重たげな母の声がした。

「あのさ。まだ子供を探すっていうなら止めないけど。助けが必要なら言ってね」

無視。

「私はお父さんから、何かあっても見て見ぬ振りするって思われてるから、お父さんは私には何も言わなかったんだと思う。でも蚊帳(かや)の外はいや」

無視。

「快眠セラピーの会合に、お父さんのクラスの父兄がいたはず。必要なら話を聞いてあげようか？」

無視。いや。反射的に、枕元にあったリップクリームを摑んで襖に投げつけた。やめて！　と声に出したかはわからないけれど、それきり静かになったのでいずれにせよわたしの意思は伝わっただろう。

灯りを消して再度布団に潜る。これまでずっと、わたしの親には親がいて、そのまた親にも親がいて、人類が進化してからずっと脈々と続いている途中にわたしがいて、次に繋げていくのだろう——漠然とそう思っていて、考えたらすごいことだよなあと感心していたのに、そうではなかった。

わたしは森遠家を名乗る血筋の途中を繋ぐ一部ではなく、どこかから突然現れてぽこっとはめ込まれた、なんだか曖昧な存在だった。もちろん、わたし以外にも世の中にはそういう人がいるだろう。だから、それ自体はいい。時間軸の中では誰かわからないけれど、横の空間軸の中では、親に選ばれて、人と人との繋がりの中にいる。それだけで充分幸せで、気にする必要はないのかもしれない。でも、心構えというものがあるだろう。せめて何か匂わせておいてからの、やっぱりね、だったら良かった。父さんも母さんも優しいし、わたしはこの家の子になれて良かった。そう思いたかった。でも父は死んじゃったし、母はその重みに潰されかかっている。そんな中でどうやってわたしはこの家の子で良かったなんて言えるのだろう。不満とか現状を嘆いているとかじゃなくて、どうしたらいいのかわからない。おばあちゃんもわたしのおばあちゃんじゃないのだ。心臓がドキドキする。

無意味にスマートフォンを取り出す。イヤフォンを嵌め、何か音楽を聴きたいと思ったけれど聴きたい音楽が何もなくて、無音のままディスプレイを眺める。そういえば、ヒデローくんにも謝っていない。あの後電話をしたけれど繋がらなかった。わたしが暴れた夜、バーのテーブルにジンジャーエールまみれのヒデローくんのスマホを見た気がするから、たぶん壊れてしまったのだ。それも弁償するべきだろう。でも、どの面下げて？　時間が経てば、ほとぼりは冷める？　そしたら謝れるかしら？　時間ってどのくらい？　しかもバーにはカバンも忘れてきた。あそこには、雪奈ちゃんから預かったノートも入っている。あれがないと、ロクを助けた後でツギオの虐待を示す証拠がなくなる。

ん？　わたしはまだ、ロクを助けたいと思っている？

もちろんだ。

わたしがぼんやりしている間にも、ロクは一人でどこかにいるのだろう。千紗が言っていた。事件は風化し始めている。わたしが探すのをやめたら、ロクは誰にも見つけてもらえないかもしれない。

自分はこれまで、ロクのことを父の真実を知るための手がかりとしか見ていなかった気がする。だから、平気でこうやって時間を無駄にしてしまえているのだ。

サイアクだ。わたしは。

父と絵本を考えていた頃を思い出せ。この人、どんな人？　人が何を考えているか、何を必要としているか。どうすればみんなが幸せになれるのか、父はいつもわたしにそれを想像させたではないか。

想像しろ。

ロクは、わたしと同じだ。本当の両親はいなくて、全く血のつながりのない男を父親として生きてきた。

ひょっとして父は、そんなロクを自分の養子として迎え入れるつもりだったのではないだろうか。いや、それならさすがに家族には相談するだろう。では何が目的だったのか。児童相談所に連絡するとか？　だったらどうして自分の実家になど連れて行ったのだろう。

情報は今もまだ足りていない。

無性に父に会いたくなった。父に全部聞けたらいいのにと思った。

「……父さんの顔が見たいな」

父の顔。

その瞬間、うとうとしていた頭が急に冴え始めた。

父の顔。

時計を見ると、まだ夕方の四時前だ。立ち上がり、洗面所に向かう。冷たい水で顔を洗う。新しいハンドクリームの封を切る。

精神的ハンドクリームとはつまり、心と体を潤いで繋ぐ媒介なのだ。両手の甲に塗りながら、わたしは心の潤いが肉体に伝わっていくのを感じた。顔にも塗ったれ。

篠山優一（ゆういち）とは、三島広小路（ひろこうじ）駅近くの喫茶店で会った。彼は祖母の家からそう遠くない場所に住んでいた。バスで一〇分ほどの新興住宅地の中だという。

レモンティーを頼んで待っていると、約束の時間より一五分ほど遅れて篠山は現れた。あの日の喪服姿とは打って変わったラフな恰好で、深い色のネルシャツにすすけたジーンズだ。わたしと大して変わりない。

「やあ、どうもどうも」
気さくな態度で挨拶すると、向かい側に座り、派手目の黄色いリュックを脇に置いた。服装に合わないなと見ていると、「職場の文給品なんだけど、頑丈だから普段使いしてるんだ」と言い訳された。篠山はすぐに呼び出しボタンを押し、やって来た給仕係の目も見ずに「ブレンド」と頼んだ。給仕係は見られてもいないのに恭しく頭を下げたけれど、そのお辞儀の価値と意味はどこか亜空間に吸い込まれてしまって、ここでは何一つ用を成さなかった。

篠山は緊張気味に周囲を見回した。「今日はアイツはいないの?」

ヒデローくんのことだろう。ここにいてくれたらどんなに心強かったかと思うけれど、彼がここにいないことはひとえにわたしのせいである。わたしの醜態のせいで、ヒデローくんは警察から厳重注意を受け、仕事も謹慎状態だという。彼がいないことを告げると篠山は急に柔和に猫なで声を出した。

「ああいうタイプ、苦手なんだよね。いや、世の中苦手なタイプだらけだけどさ」それから重ねる。「キミのことは覚えていた。今にも消えそうで、いちばん俺に罪悪感を感じさせた」

そういうことはたとえ事実でも面と向かって言われたくはない。

「あの日のことは、謝ろうと思ってたんだ。俺も言い過ぎた。事故のせいで仕事どころじゃなくなってさ。色々と怒られたもんだから。本当は、あの日あの軽トラを運転するのは俺じゃなかったのに」

軽トラックは社用車で、廃車になったという。会社の指導で彼は講習を受ける羽目になり、今朝も自動車学校に出かけていたそうだ。今後新しい社用車が配備されてもしばらくは乗れないらしい。

「それで苛々してたんだ。でも、どんな理由であれ、亡くなった人に対する発言としては不用意だった。申し訳ない」

篠山が頭を下げたことに、わたしは少なからず驚いた。きっと、不躾な態度で取り合ってもらえないと思っていたからだ。不安を期待に変え、少しだけ身構えていたのを解いて言う。いつかヒデローくんに言われたハンバーガーの球体の話のように、求めすぎないように気をつけて。

「篠山さん。今日お呼びたてしたのは、父のことを教えて欲しいんです」

「俺は何も知らないよ。ただの行きずりだ」

「父の最後の姿を見たのは、あなただけです。葬儀の日、仰いましたよね。父の顔が目に焼き付いて離れないって。その、焼き付いた顔を聞きたくて」

報道では、父は強引に篠山の車の前に割り込んできたと言っていた。なぜそんなことをしたのか。もしかして、篠山は何か知っているのではないか。知らなくても、見たかもしれない。見ていなくても、今話すことで何か気づくかもしれない。

篠山は困ったような表情を浮かべた。「はあ。そんなことでよけりゃ、いくらでも話すけれど。でも、その、キミは大丈夫なの？　まだ日も浅いし……」

首を横に振る。「父の話を聞きたいんです」

「でも」と口を開きかけた篠山だが、給仕係がコーヒーを運んできたことで有耶無耶になった。コーヒーの湯気とわたしの視線を交互に見ながら、篠山は「そう言うなら」と肩をすくめた。コーヒーフレッシュを落としたカップを揺らしながら、篠山の話は始まった。

あの日、父の車は路肩に駐まっていたという。

「まあ、あの辺は迷いやすいし、地図でも確認しているんだろうって思って気にも留めなかったよ。それで通り過ぎたんだけど、少し後に急にクラクションを鳴らされて」

父は篠山の車を呼んだということか。

「でも車には全然見覚えがなかったから、知り合いじゃないと思って。だったらよくあるのは、俺の車のライトがつきっぱなしとか、そうでなければ道の先で警察が検問を張っているのを教えてくれたのかな、と。でも車の進行方向は俺と同じだったから、検問はない。ライトもウインカーも、確認したけどついてない。じゃあ、たまたま俺が通り過ぎたタイミングでクラクションに触っちゃっただけだと思って、気にしないことにした」

ところがしばらくすると、急に背後から猛スピードで迫ってくる父の車がバックミラーに見えたという。

「ビックリしたよ。俺、そんなことされたの久しぶりだったから。若い頃、無茶な運転する車を追い越したら急に煽られたことがあったんだけど、あれを思い出した。山道だから、そういうスピード狂いみたいなのがいてもおかしくないし。それで、追いつかれないようにとこっちもスピードを上げた」

しかし相手も負けじと加速し、そして急に目の前に割り込んできたという。

「俺の方が制限速度をちょっとオーバーしている程度だった。でも向こうはそれとは比べものにならないスピードでさ。そのまま俺の車の前に立ち塞がって、強引にスピードを落とさせようとしている感じだったな」

しかし、ちょうどカーブに差し掛かるところで、父はハンドルをさばき切れなかったようだったという。

「俺の車の真ん前に割り込むように入ってきてさ。運転席の男がこっちを見ていたけど、全く知らない顔だった」

篠山はブレーキを踏んだが間に合わなかった。

「鈍い音が聞こえてさ。同時に、何かバフッとした感触が顔面に来て。最初はこのリュックかと思ったんだ。助手席の窓側のフックに引っ掛けていたからね」

実際にはそれはエアバッグで、篠山はそこに顔面を突っ込み、急停車した車の運転席で項垂れた。

「自分が生きていることはすぐわかった。そしたら『やっちまったな』っていう気持ちが湧いてきてさ。警察と会社と保険屋、どこに最初に電話しようか悩みながら気絶した」

目を覚ましたのは救急隊員に運び出されたときだった。相手の車の状況を見る余裕はなく、後のニュースで事の重大さを知ったという。

「以上だ。キミのお父さんというよりは、ほとんど俺の話になってしまって申し訳ないけど」

それは仕方のないことだろう。ただ、何かを得られたという手応えはなかった。露骨に落胆するわたしに、篠山は訊ねた。

「父親の行動の真意を紐解きたいんだ？」

「最初はそうだったけど、今は違います。父がやり残したことをわたしが引き継ぎたいんです」

篠山と話していて、自分が何をしたいのか初めて言葉になった気がした。父の代わりにロクを見つけて、父のやり残したことをする。

　喫茶店に客は多くない。お喋りに没頭するマダムたちと、老人、勉強する大学生が少し。そんな中、篠山は腕を組み宙に視線を彷徨わせた。それから何度か躊躇いを見せた後、テーブルに両手をついて観念したように言った。

「……実は、家に帰ればわかるかもしれない。スマホで撮っていたから」

　曰く、篠山はあの道を通るときにスマートフォンのドライブレコーダーアプリを使用していたとのことだった。

「俺、建設会社に勤めているんだけど、あの日は現場のゴミを処理場まで瓦礫を廃棄しにいったんだ。あの道のしばらく先にでっかい公園があるんだけど、その近く。本当は前から何度か頼んでいるバイトに任せるはずだったんだけど、前の晩に飲み過ぎてアルコールが抜けてないから無理だとか言いだして。本当に迷惑だったよ」

　事故でスマートフォン自体は壊れたが、ＳＤカードは無事だったので記録は残っているはずだという。

「警察には？」

「言われなかったから出してない」

「それ、見せてください！」わたしは身を乗り出した。「何でもします。お金は――出世払いになってしまうけど」

　わたしの大声に、マダムの一人がこちらを見た。篠山が気まずさを振り払うように手を振り、わたしを座らせる。

「未成年から金を取るつもりはないよ。それに、何でもするって言うなら自分の目的を果たすことだ。その力になれるなら光栄だよ」

篠山の家まではタクシーで行った。七階建てのマンションの四階で、キッチンの他に小さな部屋が三つある。二年ほど一人暮らしだという。離婚して、子供はいないそうだ。

「散らかってるけど、どうぞ」

リビングに通されて、物の少ない室内を見回す。そういえば親戚以外の男性の家に入るのは初めてだ。篠山は棚の抽斗を開け、新しく買ったというスマートフォンにマイクロSDカードを差し込みながら言った。

「先に言っとくけど、その、歌ってたんだよね。俺、ミュージカルが好きでさ。主役の台詞を熱烈に歌い上げてた。それを警察なんかに知られたくなかったんだ。だから絶対笑うなよ」

「わかりました」そんなことで、と思ったけれど、重大さはひとそれぞれだ。それに警察に言うことはわたしがロクに近づくことの邪魔になる。

スマートフォンを受け取り動画を再生すると、車の走る風景が始まった。右下に日付と時間が表示されているので、わたしは事故の時間——二〇一九年一一月二日、一四時一八分の少し前までゲージを移動させる。見覚えのある山道。そして、なるほど。スマホからは篠山の歌声がいっぱいに響いていた。

こりゃ、他人に聞かれたくないわ。わたしは苦笑を嚙み殺す。と、直後、映像の中で路肩に一台の車が駐まっているのが見えた。

「あっ」

父の車だ。最後に乗ったのはいつだったろう。物心ついてからはほとんど母の運転だった気がする。篠山の車は父の車の横を通り過ぎた。ほどなく、変わらず歌い続ける篠山の声に紛れて三回ほどクラクションが鳴らされた。異変に気づいたのか篠山の歌が止まる。『ん？』とか『なんだ今の？』とか、混乱している様子だ。それから大きな溜め息と、苛立つような声が響いた。

『何だよあの車。はあ？　俺が何かしたか？』

バックミラーに父の車が映ったのだろう。『怖えな。わかったよ、急ぎゃいいんだろ』と、スピードを上げる。が、次の瞬間、篠山の『うおっ』という焦り声と同時に、画面の右側から唐突に父の車が割り込んできた。篠山はまた悲鳴をあげる。父の車が車線に身を捻り込むようにして割って入る。運転席では急に画面が大きく跳ねて、一瞬真っ白になり、黄色くなって最後には真っ暗になった。衝突し、エアバッグが飛び出て、吹っ飛んだスマートフォンがリュックに潰されて壊れたのだ。

わたしはゲージを少し戻し、再生速度を四分の一に落とす。もう一度、父の車が映る。右から現れて斜めに切り込んできた。運転席が映る。

ここだ。停止。

カメラの性能はかなりよくて、はっきりと父の姿が映っていた。

停止した画面に映る父の表情は篠山の言うとおり焦っていて、目はこちらを向いており、口は大きく開かれている。メガネはかけておらず、長い睫毛もはっきり見えた。父は何か言っていたが、もちろん声は聞こえなかった。

そして明らかに、びっくりしていた。

これが父の最後の表情だったのか。目が離せなくて、わたしはしばらく静止画を見つめていた。

「ほら、涙拭きな」

別室に行っていた篠山が戻ってきて、きれいに折りたたまれたハンカチを差しだした。

「君のお父さんは何かを俺に話しかけていたみたいだけど、全然聞こえなかった。今思ったけど、もしかしたら誰かと勘違いしたのかもしれない」

間違いなくそうだろう。父がロクを残して出かけていった理由がずっと謎だったが、誰かと会うためだったのだ。そして父は、篠山をその『誰か』と勘違いした。だからこんな、虚を突かれたような顔をしているのだ。

零れた涙を拭いながら、わたしは画面に映る父の顔に訊ねる。

「……誰と間違えたの？」

父との再会は、わたしに新たな謎をもたらした。


夕方六時を回った頃、わたしはタクシーでバー・グレイトカーブに乗り付けた。お金は篠山が持たせてくれた。お店は開いたばかりで客がおらず、カウンターの男性が呆れ顔で言った。

「キミは出禁だよ。警察にいろいろ聞かれて迷惑したんだから。掃除も大変でさあ」

「ごめんなさい。でも、忘れ物を取りに来たんです。リュックを……」

「は？」マスターは訝しそうに首を傾げる。「それなら、一緒だった女の人が持ってったよ。渡しとくって言ってたけど」

　絶句した。あの女……水口参子がわたしのカバンを持ち去った？　何を考えているんだ。いや、それ以前に。

「信じらんない。人の荷物を勝手に他人に預けるなんて」

「あんたら知り合いなんでしょ？　自分たちでそう言ってただろうに」

　それを言われるとぐうの音も出ない。どうすべきか思案していると、カウンターの端に座った老人が笑った。「まあ、まあ。俺が話すよ」と立ち上がり、こっちにゆっくり向かってくる。店の前のベンチに腰掛け、おじいさんは、ドアを後ろ手に閉めた。

「あいつは雇われのくせにちょっと偉そうなところがあるからな」

「やだ、わたし勘違いしてた」この店のマスターは、このおじいさんの方だったらしい。

「アキさんって呼んでくれたらいい」

　アキさんは色々教えてくれた。水口参子が自分から「あの子に渡す」と荷物を持ち帰ったこと。それ以降姿を見せていないこと。ツギオのことも。ツギオはこの店で、以前から不定期でアキさんに雇われているそうだ。「客を連れてきたらバックをやるってね。客寄せだ。口が上手いし顔が広いから重宝していた。おかげで客筋が若干悪くなったがね」

　苦笑して、肩をすぼめる。アキさんは昔人材派遣関係の仕事をしていたらしく、今も色々な形で仕事の斡旋を行っているらしい。「あの事件の晩もここにいたが、まさか息子さんが誘拐されたとは気づかなかった。隣に座った女とずっと小声で話し込んでたのさ。明け方近くまで飲んで帰ったから、念のため午前中に電話を入れたんだ。そしたら車に乗る気満々だったからバカ言うなって説教したよ。慣れているから平気だとか言いだしたが、まったく、そういう問題じゃないだろうに。斡旋した俺がエラいことになるわ」

眉をしかめてみせると、咳を一つ挟んで続ける。

「で、お嬢ちゃんは何がしたいのかな？」

「わたしは父の人生を肯定したいだけです」これまでの事情を簡単に話す。「このまま何もわからないんじゃ、父に呪いをかけられたようなものだわ」

自分の出生のことも、なぜだかこの人には知られてもいい気がして話した。アキさんはわたしがあの日暴れた理由も理解してくれたようで、深く頷いた。

「呪いかどうかは知らんがね。あんたみたいな娘がいたら、お父さんはさぞ希望をもって死んだことだろうよ。幸福なことだ」

「死ぬときに幸福も何もないでしょう」

「バカ言うな」アキさんは珍しく焦点の定まった目をした。「幸福ってのは、自分が消えた後もこの世界が変わらず続いていくという事実に希望を抱けることだ」

「それが幸福なんですか？」

「もちろんさ。お父さんの行動は全てそのためで、今わからないことがあったとしても、決してお嬢ちゃんをこんなふうにさまよわせるためにやったことじゃないだろうよ」

こんな酔っ払ったおじいさんなのに、思わずときめきめいたものを感じた。アキさんはゆっくりと立ち上がってドアに手をかけた。

「雨が降るそうだから、ビニール傘を持っていくといい。酒が飲める年齢になったら返しにおいで」

バーを出てすぐにわたしは、歩きながら電話をかけた。留守電だったのでメッセージを吹き込む。

「電話をよこして。さもないと盗難届出すから」

水口参子から、電話はすぐに折り返された。

『何の用？』その声には苛立ちが聴いて取れる。何の用も何もない。

「リュックを返して。中身見た？」

『ああ、あれね。正直もう関わりたくないんだけど……でも気にはなってたの。あれは何？』

「教えない。知りたければ取材費払って」

舌打ちされて、『だから電話したくなかったのよ』と溜め息が聞こえた。『言い合っても埒があかないし、休戦しましょう』

「じゃあ謝って」わたしは即答する。

『は？』

「いろんな失礼にはこの際目を瞑るけど、人のカバン勝手に持ち去ったことは謝って。休戦はそのあと」

『今、そんな場合じゃないでしょ？』

「そう？　人の持ち物を勝手に持ち帰るのは犯罪だよね。今わたしが電話を切って、警察に相談したらあなた困るんじゃない？」

『……駆け引きのつもり？　胸くそ悪い』

感情を露(あら)わにしてきたけれど、無反応でいたら一〇秒くらいで彼女はぼそりと呟いた。

『悪かったわ。ごめん』

彼女は、わたしがリュックを大事そうに抱えていたのが気になって持ち帰ったらしい。誰にも見せないこと、後日渡しに来ることを約束させ、勿論破ったらすぐ警察に言うことを念押しした。お願いではなく交渉をする――彼女に言われたことを彼女に対して実践したのだ。

こうして晴れて休戦したわたしたちはようやくお互いの情報を共有するに至った。口火を切ったのはわたしで、ずっと気になっていた質問をぶつけた。

「参子さん。あなた、どうしてわたしに近づいたの？　誰に頼まれたわけ？」

『なんでそんなことを聞くのよ』

誘拐事件の真相なんて、これまでの彼女の仕事とは明らかに異なる。それに彼女はツギオとも繋がっていた。

「あとから気づいたことだけど、あなたの狙いはわたしや父じゃなくてロクなんだって思った。しかも、誘拐事件の前から追っていたんじゃないかって。事件後にツギオとあんなに仲良くなるタイミングなんてないでしょう？」

とすると、彼女はロクがいなくなる前からロクを探していた。決め手になったのは今日のことだ。千紗が話していた内容から、わたしは予測を抱いていた。

「わたしの知り合いがあなたのファンで、ラジオの公開収録に行ったことがあるって」

『そりゃどうも』

千紗は言っていた。そのとき、水口参子は老夫婦から人捜しを頼まれた話をしたという。

「あなた、孫捜しをしてるんでしょ？　それがロクだった」

『ええ。まあ、そうよ』

参子はあっさり認めた。彼女が今進めている企画はシニア世代の早期リタイアと東南アジア移住についてだ。年老いた親にアジアン・リゾートに移住してもらえば、飛行機代だけで遊びに行ける――そんな三〇代女性の新たなバカンスプランについて本を出すつもりらしい。そのモデルケースとして取材している夫婦が、娘の再婚でただ一人の孫を遠くの男に連れて行かれたと嘆いていたとのことだった。恐らく、雪奈ちゃんの言っていた「恩田継夫は家に新しい恋人を連れ込んでいる」とは、参子のことなのだろう。きっと、彼女はツギオに話を聞くために以前から家に上がり込んでおり、それをロクが勘違いしたのだ。

『その老夫婦に、取材の条件として、お金を払う代わりに孫を見つけてこいって言われたの。色々調べて恩田継夫のことを摑んで会いに行ったんだけどさ。あのバーで信じられない話を聞かされたわけ。事件発覚の前夜のことよ』

参子曰く、その夜飲み歩いていたツギオが足りなくなった酒代を取りに家に戻るとロクの姿はどこにもなく、もぬけの殻になっていたそうだ。

『あの男は、ただの家出だろうって軽く笑っていたわ。夜中に出歩いて事故に巻き込まれたり、もしかしたら誘拐かもしれないって話しても聞きもしなかった』

息子が行方知れずになったのに気にせずバーに酒を飲みに来ているツギオの異常性に危険を感じたが、そのときは彼が息子を虐待しているとは想像もしていなかった。何より、参子の目的はロクを見つけることだ。ツギオに否定的な言葉をぶつけるのは得策でないと考え、宥めながらロクを探しに行く方向に誘導しようとした。しかしツギオは全然話をやめず、思案の末に参子は息子を探すべきだと協力を申し出た。ツギオはウイスキーを傾けながら「誘拐だったら金になるな」と微笑んだという。

『子供の心配じゃなくて、いかに金をせしめるかって話ばかりだった』

最終的にツギオは「ま、今のは全部冗談だけどな」と笑い、参子はそれで自分がからかわれたのだと思ったという。

『腹が立ってその後は飲み比べして、私が勝ったんだけど』

しかし翌日、本当に息子が誘拐されていた。しかも犯人が死んだというニュースを見た参子は、二日酔いでガンガンする頭を押さえてツギオに連絡して、捜索の同行を申し入れたそうだ。フリーライターとして再起をかけて、ようやく上り調子になってきた参子にとって、ロクを見つけ出すことは何より優先させることだっただろう。

『話を聞いたときにすぐ警察に通報しなかったのは私の落ち度よ。お酒が入っていたから仕方ないけど、つまらない冗談を言われたと思って真に受けなかった。だから挽回(ばんかい)しようと思ってマスコミへの橋渡しをしたわ』

結果ツギオはテレビに大々的に登場した。参子は手がかりを求めて容疑者……わたしの父の素性について調べ始め、その過程でわたしのことも知ったのだという。

『でもこの間のバーで、あの後あいつからあることを聞いて考えをあらためたわ。これ以上関わっちゃ駄目だって』

「何を?」と問うわたしに、珍しくためらいがちに答えた。

『六助くんには生命保険がかけられている』

自分にはあまり馴染みのない言葉が飛び出してきて、一瞬思考が止まる。そこに彼女が補足する。

『学資用という名目で、亡くなった母親が加入していたみたいだけどね。六助くんが死ぬと、継夫さんにお金が入るの』

「それってどういう意味？」

『言っておくけど、私は共犯じゃないからね。あいつに何かアドバイスをしたとか、行動を手助けしたとかはない。あの夜以来あいつとは会ってもいないし、ビラ配りを手伝うのもやめたし』

「そういうのはいいから！　それより教えてよ。ツギオは誘拐されたロクから電話もらったって言ってたよね？　それは本当なの？」

『大声出さないで。知らないわよ、そんなの。わかってるのは、継夫さんにしてみればこの機会に六助くんが死んでくれれば万々歳ってこと』

「……それは、ツギオはロクに死んでいて欲しいと思ってるってこと？」

『あんた、おめでたいわね。それが何よりだろうけど、そうじゃなくても継夫さんは六助くんを事故に見せかけて殺すつもりよ。実際のところ、今までだって彼は六助くんを殺すために育ててきたのかもね。その最大にして最後のチャンスが巡ってきた。だから必死で探しているの』

「さすがにそれは非現実的じゃないの？　だって警察が先にロクを見つける可能性の方がずっと高いでしょ」

『どっちだって結果は同じよ。そのときは、息子は家に戻ったけれどＰＴＳＤを発症して不安定になり、うっかり高いところから落ちて死んだとか言えばいいだけの話だもの』

しばし考え込む。ツギオはロクに生命保険をかけている。ロクが死ねばお金を受け取れる。そのために、ロクの死を期待している。もしかするとロクの父親になったときからそうなのかもしれない。不慮の死が期待できないなら、不慮に見える死の方法を模索していた。

『最初は、あんたのお父さんから賠償金を取れればいいと思っていたのかもね。でも死んじゃったから、目的を切り替えたんだわ』

「だったらツギオは父さんとコンタクトを取ろうとするんじゃないの？　そんな話は聞いてないよ」

『するわけないでしょ。犯人と交渉できたら悲劇の父親像が崩れるもの』

参子が言うには、ツギオにとってみれば誘拐犯である父を自由に泳がせて警察に捕まえてもらった方が手っ取り早いとのことだった。

『継夫さんが元々いずれ六助くんを殺す気だったとして、無事に発見された後ならそれはいつでも良かったわけ。何ならあなたのお父さんが逮捕されて民事で賠償金を手に入れた後でもね』

「でも、ツギオにしてみればロクへの虐待がバレるわけにはいかないでしょ？」

『虐待なんて、結局子供本人がどう言うかでしかない。子供は親を見捨てられないものだし、特に継夫さんは人心掌握に長けた人だもの。小学生の六助くんに、たった一人の家族を告発するなんてできるかな。きっと裏切りだと思って躊躇うか、自分の状況を説明できなくて口をつぐむことになると思う』

恐ろしかった。ツギオは、連れ子とはいえロクのことを、賠償金や保険金など、お金を引き出す駒としか見ていない。わたしの父とは大違いだ。混乱で空転しかける頭を何とか抑えて、わたしは参子に提案する。

「ねえ、参子さん。あなたのその証言と、雪奈ちゃんの……今そこにある日記があれば、ツギオを虐待で告発することができるんじゃない？」

『だから私は関わりたくないんだって』

「もうとっくに関わってるでしょ？」

『冗談はよして。私はスタンスを守っているわ。あの男は危険だから距離を置いているし、あの男の私的な空間には立ち入っていない。継夫さんに私は仲間だとか言われたら、今度こそ業界に居場所がなくなるもの。それに、これは保身のために言うわけじゃないけど、六助くん本人の証言かもっと具体的な証拠がなければ警察なんて動かないって』

保険金の話は単なる事実で、ツギオとロクが出会う前にロクの母親が加入したものだという。だからツギオがロクを殺そうとしていると結びつけるのは短絡的だと判断されるだろうとのことだった。それに、雪奈ちゃんのノートだけでは、単なる彼女の妄想と捉えられかねない。

『私たちが何とかしたくても、もっと裏を取らないと無理』

続けて参子は皮肉のように言った。

『あなたのお父さん、何か摑んでなかったわけ？　虐待の明確な根拠をさ。そうでもないのにあんな事件起こしたのならただの馬鹿よ。残念ね。もっと娘に恥じない親でいて欲しかったんじゃないの？』

「父は馬鹿じゃありません。それにわたしは父を恥じていない」

『だったらあんたが馬鹿なのかもね。最初に会ったときにも聞いたけど、何かないの？　お父さんが残したメッセージとか、隠し事とか。家に何か届いてないの？』

「そんなこと、急に言われても……」

メッセージ。隠し事。思い当たることは何もない。溜め息をつく。父がロクを連れだした理由。ロクを助けるため。では、なぜ実家に連れて行ったのか。わたしたちを巻き込みたくなかったのかもしれないし、ロク自身のプライバシーを守りたかったのかもしれない。それか、父は毎年年賀状を生徒に送っている。住所が割れているから、それよりは居所の摑まれにくい場所を選んだ、とかかもしれない。詳細はわからないが、事実として父はロクを実家に連れて行った。ではそこで何をしていたのか。或いは、何をするつもりだったのか。

……何をするつもりだったのか。

ふいに、胸の中にずっと居座る重苦しい塊の中心が微かに光った気がした。

『……でもまあ、ないか。警察に家宅捜索されて、何も見つかってないんだものね』

何も見つかっていない。その通りだ。けれどももしかして、わたしは勘違いしていたのではないか。

家宅捜索の空振りからわかるのは、警察は何も見つけていない――ただそれだけだ。わたしは父を恥じていない。父だってきっとそう。そんな父がわたしに何も遺していないなんて、どうして思い込んでいたのだろう。

にわかに視界が広がった。父が実家に行って「何かした」なら、それは「何かをする」途中だったのでは？

ハンドクリームも塗ってないのに、心の中が光で潤っていくのが感じられた。

飛び乗ったのは最終バスだった。真っ黒な空の下、乗客の疎らなバスはわたしを乗せて進んでいく。

スマートフォンでニュースを調べると、ロクの新しい顔写真が公表されていた。ツギオは今日も個人的に捜索を続けているらしい。急がなくてはいけない。ツギオはロクを自らの手で見つけ出し、殺そうとしている。そして記者会見でこう言うつもりなのだ。山の中を探し回っているうちに息子の遺体を発見した——。

ロクには子供向けの生命保険がかけられており、現在の受取人は父であるツギオになっている。今しがたスマートフォンで調べた情報によると、こういう保険の場合は解約還付金より死亡による満額支払いの方が割がいいようだ。

ここから先、父にロクを取り戻す機会が回ってくることはない。それと同時に、ツギオにも戻る道は残されていない。いくら何でも金のために我が子を殺すだろうかとも思ったけれど、事ここに及んではそうせざるを得ないのだ。ツギオはロクを最初に見つけて口封じをしないと、父を「誘拐犯」に仕立て上げたことがバレてしまう。保身を考える参子の口は封じることが出来るかも知れないが、ロクが生きていればまず隠し通すのは無理だ。下手をしたら虐待が明るみに出るだろう。ツギオにとってみれば、事件をでっち上げた瞬間からロクは死ななくてはいけない存在となった。詳細を知られる前に見つけて「処分」しなくてはいけない。見つけて殺して翌日にでも遺体を発見したふりして警察に言えば、事故として処理されるだろう。思えば最初から、ツギオが息子を捜索していたその目的は、救出ではなく殺害だったのだ。わたしの父がロクを虐待から救おうとしたのに乗じて、ロクを殺す計画を立てた。

バスを降りると、真っ黒な空に灰色の雲が厚く重なっていた。雨の予報だからとアキさんにビニール傘を持たされたけれど、今のところ気配はない。

梨畑の傍の道を歩いて行く。杖みたいに地面を突きながら進む。

わたし一人でロクを見つけ出すことは困難だ。警察の力を頼るしかない。では、どうすれば警察は動いてくれるか。参子の言ったとおり、ツギオがロクに害為す存在だという証拠を突きつけるしかない。

では証拠は？

わたしは考える。父も必ず同じ地点を通ったはずだ。ロクが虐待されている。救いたい。そのためには、ツギオの虐待の証拠を捉えなければならない。それはロク自身による『証言』が望ましい。

父はロクを実家に連れて行き、文字通り「話を聞いた」のだと思う。正確に言うなら、そもそもロクが虐待されている証拠を揃えるために、父はロクを実家に連れて行った。

そして、鶴木刑事たちによる家宅捜索では、それらしきものは発見されなかった。警察がそこまで重要なものをうっかり見落とすとは考えづらい。

とすると可能性は二つ。わたしの推測がまったくの見当外れか、父が極めて厳重に隠したか、だ。

今のわたしには、後者であると信じることしかできない。信じて動くしか道はない。

ならば隠し場所はどこか。それがロクを救うためのものなら、時期を見て送り届けられるなどといった悠長なものではありえない。そういうものがどこかの教育委員会やマスコミに届いたという話もない。母にも何もわからない。ならば、他の誰にも見つけられていない今、見つけるべき人間はわたししか残っていない。

もう一度父の実家へ行こう。期待通りの証拠が出てくれば、鶴木刑事にもう一度大規模捜索を行ってもらえるはずだ。

勢い込んで夜道を歩く。バス停からは一〇分足らずで実家につく。真っ暗な道を足早に進んでいく。

と、小道に入ったところで後ろから肩を摑まれた。

「あの――」

あまりにも不意打ちだったので、間抜けな悲鳴と共に身体が跳ねた。振り向いて傘を刀みたいに構える。目の前の闇の中に誰かが立っていた。黒髪の華奢な男だった。

「あの、バス降りたよね？」そいつは傘の切っ先を手のひらで遮るようにして言った。

「……誰？」

「キミがイオ？」

だから誰だ。男は数歩後ずさり、両手を上げて攻撃の意思がないことを示して言った。

「バス停で降りたのが見えたんだ。バス停はウチの目の前だから。こんな時間にキミみたいな年齢の人が降りるなんてそうそうないことだから、ひょっとしたらと思った。ネットで見た週刊誌の写真と似ていたし、それでつけてきた」

「誰？　ストーカー？」

傘を構える手に力がこもる。相手は両手を頭の上に載せて非暴力を表明しているけれど、少しでも変な動きしたら容赦なくぶったたいてやる。息を飲むわたしに、男はこう答えた。

「ロクには、ミキヤスって呼ばれてた」

呼吸の乱れに気づかれぬよう、一歩退く。

「……ロクはどこ？」

「昨日まで一緒にいた」

聞けば、事件発生の日に庭に迷い込んできたロクを部屋に招き入れて一緒にゲームしていたのだという。昨日の夜にロクが一人で出て行って、それを探していたとのことだった。嘘か？　罠か？　突然現れた貧相な男。安物のパーカーとジーンズで、怪しいやつ。

「ロクと知り合いだっていう証拠は？」

「ツギオはロクを虐待していた。それを救い出すために、キミの父親はロクを連れだした。ロクから聞いてなきゃ知らないことだろう？」

ロクの通っていた小学校はロクの状況について報告を受けていたけれど、穏便に経過を見るといって、児童相談所に連絡することはなかったという。問題を大きくすると上から懲罰が降りてくるからだそうだ。それは校長の定年後の再雇用にも影響するという。

「太っちょの家庭科の先生が気にかけてくれたけど、誤魔化したって」

その人なら会った。でも。

「そのくらいなら、ネットで調べたら出てくるかも。もっと確固たるものはないの？」

ミキヤスは嘆息し、「じゃあこれ」とポケットから一本の煙草を取り出した。裸で、少しよれている。「これ、ロクから貰った」

「そんなの、ロクのものかどうかなんて……」

「キミの実家にライターがなかった？　赤色の、一〇〇円ライター」

カマをかけられているのかもしれないという疑念が勝り、沈黙する。

「あのライター、キミのお父さんに没収されたんだ。ロクの母親の形見みたいなもんなんだって」

「まだ信用できない。よくできた作り話かも」

「先生は電子レンジのところに置いたはずだって、ロクは言っていたけど」

疑おうと思えばいくらでも疑える。この男が勝手に家に忍び込んだとか、実は警察の話を聞ける立場の人間だとか。黙ってミキヤスを睨んでいると、彼は肩をすくめて言った。

「……僕は、先生の代わりにロクを守りたいって思っているだけなんだ」

信用したわけじゃない。でも、彼の言葉と表情は、もう少し話してみようという気にさせた。ライターならパーカーのポケットに入っている。突き出す傘はそのままで、左手で取り出す。

「ふうん。本当に、ただの一〇〇円ライターじゃん」

ミキヤスは受け取ると、おもむろに煙草をくわえてライターで火をつけた。一口吸い込み、派手に咳き込む。

「……吸い方わかんないんだよね」

どことなく抜けていて、憎めない印象の男だった。つい気を許しそうになった自分に気づき、傘の先を強く振る。

「ふざけてないで、用があるなら言って。わたし、ロクを探さなくちゃいけないんだから」

この男の話を信じるなら、昨日までロクは無事に生きていた。なら時間を無駄にしたくない。

「手伝いに来たんだ。一人でこの山を相手にどうする気だったの？」

ミキヤスは両手を広げる。真っ暗な空に丘陵の森のシルエットが巨大な恐竜のように揺らめいている。人の力など全て呑み込んでしまいそうな禍々しささえ感じる。確かにわたしだけでは無理だ。でも警察の力を借りるための証拠を見つけに来ていることをこの男に知られたくはない。

だからわたしは虚勢を張った。

「子供の足だし、そう遠くへは行けないはず」

「でも車に乗っていたらわからないだろ」

「だとしても、この山からは出られないでしょ。ツギオがロクを殺す気なら、保険金目当てなんだから事故死に偽装しなくちゃ。ならロクが徒歩で行ける場所に限定される」

「殺す？　殺すって？」

ミキヤスが困惑の表情を浮かべた。

うっかり口が滑ったが、よくよく思えば隠す意味はあまりない。わたしは参子に聞かされた保険金の話をする。ミキヤスは青白い顔を更に青ざめさせた。

「そんなことが……」

「だから急いでいるの」

「でも待ってよ。事故に見せかけるとしたって、たとえばどうやって殺すんだ？」

すぐ横に視線を揺らすと、蛍の看板が目に入った。「溺死よ。川とか」

ミキヤスはかぶりを振った。

「この辺の川は浅いし、溺れさせるには無理やり押しつけなくちゃだめだ。ロクは抵抗するだろう」

「なら落下は？　高いところから突き落とす」

「現場にツギオが降りられなければ、死体を確認できない。それに変な場所だったら発見できない。遺体がなければ保険金は下りないでしょ」

「とすると」傘をおろし、腕を組んで考える。自分が死ぬことを想像する。焼死。ロクはライターを持っていない。凍死。まだそこまでの時期じゃない。衰弱死。しばらく何も食べなければ死ぬだろうけど、そうなるまでにロクがどこにも助けを求めないなんてあり得るだろうか。物騒だけれど、人を殺すのはたぶん簡単ではない。いや、方法について考えていても意味がない。重要なのは居場所だ。この山の中、ツギオはロクをどうやって殺す気なのだろうか――。

「……ん？」思わず声が漏れ、同時に全身にざわざわっと冷たい感覚が通り抜けた。

今しがたの会話を反芻する。勘違い？　いや、やっぱりおかしい。

後ずさり、ミキヤスと距離を取る。

「どしたの？」首を傾げるミキヤスが、急に得体の知れない怪物に見えた。

「ねえ、さっきあなた、変なこと言った」

「何が？」彼は自分の言った言葉の意味に気づいていないようだ。

「やっぱりおかしい。どうして車って発想が出るの？　わたしはロクを探しに来たけれど、あの子は一人で隠れているって思ってた」

なのにどうして？

「車って、ロクはツギオに捕まったってこと？　なんでそんなことがわかるの？」

ミキヤスははっとした表情を浮かべた。彼もまた、口を滑らせたのだ。この男は、ロクが既にツギオに捕まったと知っているのだ。わたしはさらに後ずさり、そのまま振り向き走り出した。

危なかった。また騙されるところだった。どういう関係性かは知らないが、ミキヤスはツギオとグルなのだ。でなければ都合良くわたしの前に現れたり、ツギオがロクを捕まえているなんてわかるはずがない。「待って」と背後で叫んでいるけど、待つわけない。幸いなことに奴は足が遅いようだ。逃げ切らなくちゃ。蛍の看板の川を渡り、下りの坂道を駆けていく。が、久しぶりに走ったせいで膝に激痛が走った。

「痛っ！」バランスを崩し、その場に転ける。膝をしこたますりむいて、血が丸く滲む。

何をやっているんだわたしは。はやる気持ちで身体を急かすが、膝はピクリとも動かない。そこにだいぶ遅れてミキヤスが追いついてきた。

「待ってって。説明させて」息を整え、その場に屈み込む。わたしの膝の血にぎょっとした顔を見せたけれど、睨みつけたらそこには触れずに話し出した。

「姉ちゃんに気づかれたんだ」

彼が言うに、ロクの存在に気づいた姉が、ツギオが数日前に持ってきたビラに記されていた番号に電話をかけた。そしてロクを、父の実家に向かうように仕向けた。

「ツギオは姉ちゃんに言ったんだ。ロクを差し出せば警察には言わないって。それで――」

「売ったの？」

「……気づくのが遅かった。昨日の夜、僕がロクを一人にしちゃったから」

姉に宥められたミキヤスだったが、一日経ってもロクが戻ったというニュースがない。それで事態の異常さを察知したのだという。

ミキヤスによると、ロクは自分で警察に連絡して保護してもらう手はずだったという。それが、警察から何の発表もなく、姉から「父親が会いに行った」と聞かされた。

「ということは、ツギオがロクを見つけて保護したんだって思った。でもそのことがテレビで何も報道されないのは異常だ」

ミキヤスは俯く。

「ロクがツギオの元に戻されたとしても、遠くない将来に僕が助けに行ってやると思ってた。でも、まさか父親から命を狙われているなんて」

ミキヤスは屈んだまま肩を落とす。「ロクが死んだら僕のせいだ」

わたしは立ち上がり、血を垂れ流したままの足で思いっきり蹴りを入れた。ごろんと転がりうずくまる男に言い放つ。

「助けられたらあんたのおかげ。手伝って」

玄関にミキヤスを待たせ、わたしはドタドタと足音を立てて家に踏み込んだ。片っ端から灯りをつける。最初に確認するべきは、ミキヤスの言葉が本当かどうかだ。キッチンを抜け、裏口を見ると、床に時計が転がっていた。

電池は抜けて、時間が止まっている。カレンダーは今日の日付で、時刻は〇時二三分。昨日の深夜ということになる。ミキヤスの言葉の裏は取れた。ロクは昨夜ここに来た。ミキヤスの姉に命令され、ツギオと鉢合わせして彼の車に乗ったのだ。

「来ていいよ」玄関に向けて声を投げる。

入ってきたミキヤスは、家宅捜索で散らかされた室内にびっくりしている。「こっち」わたしは手招きしながらリビングに移動する。その隣の部屋に、たしかこの前並べられていたはずだ。

「何これ？」ミキヤスが呆気にとられたように呟く。無理もない。わたしとミキヤスの前には、父が描き残したたくさんの絵が並んでいた。一〇号サイズのキャンバスが、部屋の床一面を覆うだけでは飽き足らず、壁際には警察官たちが並べきれなかったものが無造作に重ねられている。

わたしは、隣に立つ華奢な男に問う。

「これ、何が見える？」

「何って、絵だろ？　油絵」

「それだけ？」

「……ああ。全部、いやほとんど全部、キミが描かれている」

「父さん、わたしを溺愛してたからね」

わたしは絵の群れの中に足を踏み入れ、一枚拾った。ジャムを塗りたくったパンを囓っているところ。いつかの朝の食卓でのわたしだ。

「これは『夏の朝食』、違う。これじゃない」

そのままミキヤスに押しつけた。「そっちの部屋に避けといて」

それから、同じように片っ端から絵を拾い上げ、ミキヤスに押しつけていく。

「これは『電話中』、違う。『秋祭り』『ハンモック』『夕暮れ』――違う」

「ちょっと、何の話？」ミキヤスの腕の中はみるみる油絵のキャンバスでいっぱいになり、リビングの床にそれらを置いた。彼が戻るとすぐにわたしは次の絵を押しつけていく。

『線香花火』『受験シーズン』『冬の日』『反抗期』――どれもこれも違う。でも、きっとここにあるはず。床の絵を拾い終え、壁際に重ねられたものにも手を伸ばす。

「何を探しているのさ？ ていうか、何言ってんのさっきから。僕にもわかるように説明してよ」

「あとで。『ジャンプ』じゃない。『手と手』も違う。それから――あっ、これは……」

わたしは一枚の絵で視線を止めた。

絵の中のわたしはこちらに背を向けていた。奥に描かれた鏡越しにこちらを見ていて、まるで呼びとめられたみたいにわたしと彼女の目が合った。

「これだ。『轍迹』……この絵」ずっと追いかけていた光の尻尾を捕まえた、そんな感覚に包まれる。

「何が？ 何の話？」

「この絵のタイトル」いつ描かれたものかは覚えていない。制服じゃないから中学か高校かもわからない。でも、髪がだいぶ短いから中学の頃だと思う。ならきっと、膝を怪我した頃だ。うっとうしいくらいの絶望が胸に甦る。鏡の向こうの無表情なわたしの目は、これを描いていた父を見ていたに違いない。

ミキヤスが首を傾げて訊ねた。

「タイトルって、この絵の？　なんでそんなのがわかるの？」

「書いてあるじゃん」

「どこに」

「ここ」わたしが指さした絵の隅っこを、ミキヤスは凝視する。でももう一度首を傾げ、気を揉むように言った。

「書いてないよ」

「わたしには見えるの」

絵にはタイトルの他に、後から書き足したような英数字の羅列があった。わたしはスマートフォンのアプリを起動し、それらの英数字を目で追いながら入力していく。新規登録のボタンを押すとすぐにサーチが始まって、そしてどこからともなく電子音が響いた。

「うわっ、何？」

ピピッ、ピピッと小刻みなブザーが響く。

「出所を見つけて」

わたしたちは辺りを探っていく。廊下の方から聞こえる。鳴っているのは別の部屋だ。虫みたいに音を辿っていくと、和室の天袋の隅、わたしの中学の卒業証書の筒の中から簡単なメモ書きと、GPS付きのキーホルダーがくくりつけられたICレコーダーが出てきた。

メモには父の字で「俺が動けないときのためにイオに託す」とあった。

捕まえた光がわたしの身体に溶けていくのを感じた。遂に辿り着いた。

「どういうことだよ？」ミキヤスが嘆息気味に言うので、わたしはブザーを止めて答える。

「子供の頃に、色弱がわかってさ」

ミキヤスは二秒くらいの間で立て続けに困惑と気遣いの表情を浮かべた。迂遠な言い回しを理解するくらいには聡明な人物のようだ。少し照れくささを感じつつ、わたしはこう付け加えた。

「だからわたし、見えている色が他の人と違うの」

女性の色弱は男性に比べて圧倒的に少ない。理由は、それがX染色体の遺伝子情報に由来するからだ。男性はXYを一つずつ持っているから、片方の親から色覚異常をもたらすX染色体を受け継ぐと色弱ないし色盲になる。女性の場合はXXでX染色体が二本だから、両方の親からそういう因子を持ったX染色体を受け継いだ場合のみ発現する。母の祖父は色弱だった。なので母は保因者だ。そして、父の持つX染色体も同じであれば、わたしは両方から色弱のX染色体を受け継ぐことになり、女性の色弱者となる。

母の祖父が色弱で、父もまた色弱である。そう思っていたからこそ、わたしは自分が両親と親子ではないなんて疑ったことがなかった。

父はいつも、スケッチブックを取り出すと唐突にわたしを描き始めた。急に「動くな」と言ったり、かと思えば「こっちを気にして構えるな。普通にしていなさい」なんて言い出したり。強引で、恥ずかしいからやめてと言っても聞かない。父はスケッチブックに描かれたラフを元に油彩用のキャンバスに筆を走らせ、そして完成すると得意げにわたしに見せた。わたしは美化された自分の姿を見るのが嫌で、見せられるたびに口をひん曲げていた。母もまた「空の色が気持ち悪い」と言って、怪訝な顔をしていたから、父は次第に実家で描き始めるようになったけれど。

母の言う「気持ちの悪い空の色」は、わたしや父の見る空の色のことを指しているのだと思っていた。

でも、父の色弱は嘘だった。

ヒントになったのは、篠山の映像だった。あの動画の中で、父はメガネを掛けていなかった。赤い色調を補正しないと車の運転ができないし、しても微妙に見えにくいと聞かされていた。だから父はわたしを自分の運転する車に乗せたがらないのだと思っていた。

色は光だ。光の波長を受容する能力が弱いため、特定の色の識別が困難になる。最近は波長をコントロールして一般的な見え方に矯正（きょうせい）するメガネも存在している。

「赤色を識別する細胞の働きが弱いんだって。矯正用のメガネを買おうとも思ったんだけど、ちょっとレンズに色が入っちゃうからやめたんだよね」

光の波長を制御できるということは、矯正の逆も可能だ。父はわたしと同じ世界を……赤色弱のわたしと同じ世界を見たがった。本当はちゃんと普通に色が見えるのに、赤色の波長を抑制するメガネをかけていたのだ。

父は、わたしと親子であると見せかけるために、色弱のふりをしていた。

母はあの夜、遺伝のことを誤魔化すためだと言ったけれど、わたしは父がそれだけのために色弱のふりをしていたのだとは思わない。父は、わたしと本当の親子になるために、わたしと同じ世界を見ようとしてくれていたのだ。メガネをかけた父は、わたしと同じで一色足りない世界を見ていた。でも、メガネを外せば普通の世界が見えた。どちらの世界も行き来出来る父だからこそ、わたしの世界にだけ届くメッセージを残すことができたのだ。

ＩＣレコーダーの再生ボタンを押す。暫くの雑音のあと、生意気そうな子供の声が流れた。

『——先生、さっき車でかかってた曲って誰の？』

「ロクだ」ミキヤスが即応した。わたしたちは思わず二人顔を見合わせる。

『忌野清志郎(いまわのきよしろう)だよ。まあ、あの曲は別バンド名義で、しかも洋楽のカバーだけど……』

父の声がする。ロクが車で聴いたであろうメロディが頭の中に流れ出した。わたしもよく知っている曲だ。

わたしは遂に、父の背中を捕まえた。

『ホットミルク美味いか？』

『甘い』

『牛乳は熱を加えると甘みが強くなるんだ』

二人の会話は雑談から始まった。

『知らなかった。でもそれより、なんでここに来たの？』

『俺の娘の話をしようと思ってな。見ろ。これ全部そうだ』

テーブルに何かを並べるような、ガタガタとした物音が響く。『先生の娘？　さっき言ってた』どうやら父はわたしの絵をロクに見せたようだ。

『俺はいつか娘に本当のことを言うつもりだが、そのときに娘が俺を受け入れてくれるかがずっと不安なんだ。その不安を埋めるために、彼女との繋がりをなるべく多く作っておきたいと思っている。親になるっていうのはきっとそういうことなんだ』

『ツギオは全然そんなじゃないよ』

『ロクのお父さんは、繋がりの作り方が下手なだけかもしれない。もしかすると、今ならまだやり直せるかもしれない。俺はそれを手伝えるかもしれない』

『ツギオに俺の絵を描かせるの？』ロクは笑ったようだった。

『絵を描きそうな人には見えないな。ま、やり方は何でもいいんだ』父も応じて少し笑った。一度マグカップがテーブルに置かれる音が聞こえて、それから父はこう続けた。

『子供に怪我させること以外ならな。ところでロク、その頬はどうした？』

父の問いに、ロクははっきりした口調で言った。

『ツギオに殴られたんだよね』

聞くに堪えない、おぞましい内容だったけれど、わたしとミキヤスはお互い物音一つも立てず、じっと耳を澄ませた。最後まで聞き終え、わたしは鶴木刑事に電話をかけた。

一二月一二日（ロク　九日目）

「ライター？　そんなもんいくらでもやるよ」

　ドア越しにツギオは言った。先生の実家の勝手口のドアだ。なぜこの家に戻ったのかと問われ、半分誤魔化し、半分事実で俺は「ライターを没収されたから」と答えたのだ。やつの声はいつになく優しくて、話すつもりなんてなかったのに、答えてしまった。心でアラートが鳴っている。逃げなくちゃと思っている。でも、身体の震えも止まったし、耳は次にツギオが何て言うのか聞き漏らすまいとしていた。

　聞こえたのは嗚咽だった。

　鼻をすする音と喉からしゃくり上げる音が合わさった奇妙な音が続き、その合間に途切れ途切れに後悔の言葉が連ねられる。

「ロク……俺が悪かったよぉ。今まで、どれくらい身勝手だったかって気づいてさあ……。俺は、暴力に依存していたんだ。言い換えれば、お前に依存していた。すまなかった」

　予想外すぎて、頭が働かなかった。あのツギオが泣いている。俺のために。その姿を見てみたいとさえ思った。でも、まだ胸の中のアラートは消えていない。だからドアノブに伸びかかった手は宙で馬鹿みたいに佇んでいた。

「俺はお前にとって酷い父親だった。でも、最近よくわかったよ。俺は地に足が付いていなかったんだ。真面目に働いて、毎日のことを考える。そうすれば、全部上手くいく。だからまた、家族としてやっていこう。今度こそ仲良くやろう」

嗚咽混じりの声が続く。

「お前に言ってなかったけど、最近また料理も始めてさ。いつかもう一度店を出して、今度は繁盛させてやるって思ってるんだ。お前にも美味いものたくさん食わせてやる」

「……もう殴らない？」知らぬ間に、問いかけてしまっていた。ドアの向こうで一瞬嗚咽が止まった気がしたが、すぐに今度はもっと大きな安堵の溜め息が聞こえた。

「当たり前じゃないか！　ああ、生きていてくれて嬉しいよ」

心の底から喜んでいるときの声に聞こえた。本当に俺が生きていて嬉しいみたいだ。その調子のまま声は続く。

「心配してたんだぞ。先生に誘拐されて、そのままいなくなっちまって。もう怖いことはない。大丈夫だ。開けてくれ」

「……別に怖い目には遭ってないよ。先生は俺を助けようとしてくれたから」

「ロクにはそう言っていたみたいだな。でも知ってるか？　あの男は俺に身代金を要求してきたんだ。一千万だぞ。そんなもん払える訳がないよな」

「……本当に？　そんなこと、先生は言ってなかった」

「上手く騙されたんだろう。本当に酷い男だよ、あいつは」

先生のことは一度も『酷い』なんて思っていない。アラートが大きくなる。やっぱりツギオの方が、俺を騙そうとしてる気がする。

　そんな俺の内心を察知したのか、ツギオはこう言った。

「ロク。お前は、俺のことを信じていないかもしれない。だが、約束する。お前の味方だ。美奈子さんと俺の間に残されたたった一つの絆だからな。もしかするとお前にとっては先生が味方に見えたかもしれない。でもあの人は死んでしまったし、それで状況は大きく変わったんだ」

「変わった？」

「そうさ。こっちから家の中は見えないが、一つ教えてやろう。そのドアを開けたとき、何かおかしなところがなかったか？」

「……わかんないけど」

「ドアの端っこに、テープかなんかで糸が止めてあったはずだ。よく探してみろ。その辺に切れっ端が落ちているかもしれない」

　急に変なことを言い出すと思ったが、俺は言われるままに屈み込み、靴の置いてある付近を探す。ない。

「下も上もよく見てみろ」

　反射で上を見上げる。と、確かに白い糸が一本、ドアの頭の方から垂れている。俺の頭より上なので気づかなかった。

「……あった」

「それは、奴らの罠だ」

「罠？」俺は眉をひそめた。今度こそ、急に何を言いだしたんだ。

「ロク。よく聞け。先生が死んだことで、先生の家族や親戚が逆恨みしているんだよ。連中はお前が生きていると予想していて、お前がここに戻ることも読んでいた。で、戻ったらそれがわかるように罠を仕掛けたんだ。その糸が切れると、たぶん反対側には何かの装置が設置されていて、このドアが開けられたことが向こうに知れ渡る。そうすると、連中はお前を捕まえにここへ来るって寸法だ」

たしかに、見れば棚の上には不自然に時計が転がっている。そういえば、さっきこのドアを開けたとき、ちょっと引っかかった手応えを感じた。あれは、まさにこの糸と機械の仕掛けが作動したということではないか。

さっきとは別のアラートが急激に胸に鳴り響いた。焦る。心がバランスを取ろうとして、ツギオに問いかける。

「捕まったって、別に殺されたりするわけじゃないだろ」

「わからんぞ」ツギオは急に声を低くした。「考えてもみろ。お前はどこかに雲隠れしていた。どこにいたのかはこの際いい。ただ、生きていることは俺しか知らない。俺と一緒に逃げないでこのままここに隠れていたら、連中に捕まるだろう。連中は、お前を事故に見せかけて殺すことができる。『見つけたときは死んでいた』と言えばいいだけだからな」

新しい方のアラートが次第に大きくなる。ツギオは更に重ねる。

「だから俺と逃げろ。このままここから家にも戻らず、お前のジイサンの所に連れて行ってやる。俺はジイサンの手伝いをして真面目に働く。みんなで楽しく暮らすんだ」

「じいちゃんは、どこにいるかわからないだろ」

「安心しろ。見つけた。マスコミに顔が利く知り合いができてな。探してもらったんだ」

なぜだか俺は、それが嘘だと思わなかった。ツギオだけなら不安だけどじいちゃんがいるなら安心だ、そんなことを思ってしまったのかもしれない。もういいだろうという本能と、抗わなくちゃという理性がぶつかりあっている。

「じゃあ、じいちゃんをここに連れてきてくれよ」

「本当ならそうしたいところだが……そうだ、電話をかけてやる。声を聞かせてやれ。ジイサンも喜ぶぞ」

結局その一言が駄目押しとなり、俺はドアを開けてしまった。

森遠先生の実家の勝手口。その向こうに立っていたツギオは、ヨレヨレの服にあちこち泥がついていて、心なしか髪も普段よりボサボサだった。白髪も増えたように見えた。

「よかったぁ、ロク……。無事だったんだな。俺、ほんと、心配だったよ」

俺の両手を摑んで跪く(ひざまず)。潤んだ目で俺を見上げるツギオの口調は弱々しかった。こんなのツギオらしくない。そう思う自分と、今の姿やテレビのインタビューで見た態度こそが本当のツギオなのだ、と思う自分がいて、何が本当か決められずにいた。新星、若葉……わからない。

ただ、目に涙を浮かべるツギオを見て、俺は信じてしまったんだろう。だって俺は、嘘で泣いたりできないから。

「じいちゃんに電話は？」

「ケータイが車の中だから、取りに戻ろう」

ツギオに背を押され、俺たちは庭から表に出る。家の前に駐まっていた車はさっき俺がペットボトルをぶつけたやつで、うちのじゃない。何でも、俺を探すために小回りのきく車種をレンタルしたらしい。その助手席に座ってシートベルトを締めると、ツギオはペットボトルのお茶をくれた。

「喉渇いているだろ。飲めよ。ロク」

受け取って一口飲む。初めて飲む味だった。口を歪める俺を見て、ツギオは苦笑する。

「うまいか?」

「……あんまり」

「大人の味だからな。ところでお前、背伸びた?」

「……どうだろ。わかんない」

「子供の成長は早いもんだな」

ツギオはダッシュボードのスマートフォンに手を伸ばすことなく、車を発進させた。あれ? とは思ったけれど、しばらく車で走るうちになぜか猛烈に眠くなってきて俺は目を閉じた。

「美奈子が見たら驚くぞ」

しまったと思った。ツギオは何も変わっていない。母さんをまた呼び捨てにした。やっぱり俺は騙されたのだ。でももう手遅れだった。先生の話が思い出される。必殺技を決めるタイミングを逃すな。愚かな俺は、ツギオに必殺技を決められてしまったのだ。まんまと引っかかってしまった。どうしてドアを開けてしまったんだ。こいつはじいちゃんに電話する気なんてさらさらないのだ。さっきの話は全部嘘だ。もう一度居酒屋を始めたいとか、先生の家族が俺を狙っているとか、先生がツギオに身代金を要求したとか。そうだ、こいつはずっと嘘ばっかりだ。誘拐された翌朝に俺が電話を掛けてきたとか、先生が俺を性的にどうこうするために誘拐したとか。
「手間かけさせやがって」幻聴か本物かわからないけど、それが最後に聞こえた言葉だ。

箱の中で身動きが取れずにいる。背中側に扉があるみたいだけれど手が届かなくて押しようがない。動けないし、暗いし臭いし、きっとこのまま終わりだ。ツギオは俺を騙し、気が緩んだところに何か薬の入った茶を飲ませた。たぶん風邪薬だ。風邪薬を飲むと俺は猛烈に眠くなるから。俺はツギオに眠らされ、そこから先は覚えていない。あのときと同じだ。現実が夢で分断されて、繋がっていない。ただ事実として、俺はどこかに閉じ込められている。

押し込められたときには意識は薄々あったけれど、体はまったく反応できなかった。まったく、これじゃもうどうしようもない。溜め息が出たけど、悔しさよりも諦めによるものだった。

ミキヤスのことを思い出す。ちょっと前まで一緒にいたのに、もう遠い昔の知り合いのようだ。ポケットの宝箱を取り出してみるけれどハルクのライトは見つからなかった。焦って家に落としてきたのかもしれない。代わりに先生のくれたお守りが残っていて、理由はないけれどそれを握りしめ、何となく先生のことを考えた。

あれは車に乗っているときだ。

先生は、娘に憎まれることに怯えていた。先生の娘は先生の本当の子じゃないそうだ。
「俺とツギオと同じだな」そう言うと、先生はおかしそうに笑った。

「あいつはそれを知らないが」そこは俺と違う。

「何で知らないの？」

「生まれてすぐに引き取ったからさ」

「じゃあ、何で恨まれるの？」

「そのことを隠しているからさ」

「なんで隠したの？　嘘ついたの？」

「隠し事ってのは、嘘をつくことじゃない。本当のことを言わないってことだ」

先生が言うには、自分たちを親子だと信じている娘が、本当の親子じゃないってことを知ったら、裏切られたと思うかもしれないとのことだった。

「だったらとっとと言えばいいじゃん。すぐに慣れるよ」

「お前はそうか？　父親は好きか？」

「んなわけないじゃん。母さんが生きてれば良かった。母さんさえいれば、家族は壊れなかったんだ」

「今もお母さんが生きていたら、父親のことは好きになれたか？」

「……わかんないよ」正直な気持ちだった。母さんは死んじゃったし、ツギオは母さんの選んだ人間だ。俺がどう思おうと、俺の家族であることに変わりはない。「今からでも、好きになった方がいいのかな？」

「できればな。俺も、血の繋がらない子を自分の子供として育てている。そういう意味ではロクの親父さんと同じだ。俺は娘とは仲良くありたいから、娘のためにできることは全てやる。ロクとロクの父さんもそういうふうに仲良くあって欲しいと思う」

「先生の娘はどんな人？」

「賢くて少しドジだけれど、いい子だよ」

「賢いのは俺と同じだな。かわいい？」

「そうだな。ちょっと男の子っぽいところもあるが、髪を伸ばしたらきっと似合うだろう」

「女ってなんで髪伸ばすの？」

「髪飾りをつけるためさ」

「母さんもつけてた。最初の父さんからもらったやつ」

「それはいいな。俺も娘に買ってやりたいが、俺の趣味じゃ喜ばんだろうな」

「じゃあ俺が選ぼうか？」

先生は運転しながら笑った。

「悪くないな。頼んだ」

俺が言ったのは冗談だったけれど、先生の返事もそうなのかはわからなかった。急に咳払(せきばら)いして、話題を変えたからだ。

「それより、ロクも賢いならやっていいことと悪いことの違いもわかるだろう？」

視線は前の遠くの方に定められている。そのまま片手で、ダッシュボードを開いて中からビニール袋を取りだした。

「創意工夫は結構だが、大人を騙そうとするのは感心しないな」

袋を受け取って開けると、中からアルミホイルの塊が出てきた。正確に言うと、アルミホイルを四角い箱の形に整えたものに煙草の葉を包んである。俺の作った物だ。

「お前の家、裏庭にスクーターがあるよな？　そのシートが破けててさ。スポンジの隙間にそれがねじ込まれていた」

「なんで勝手に裏庭に行ったの？」

「ロクの家は裏庭の植木鉢の下に鍵を隠しているんだろう？　それで行ってみたら見つけた。お前、自分の家に火をつけようとしていたな？」

「火なんて、どうやって？」

「とぼけるなよ。どうせ例のじいちゃんに教わったんだろ」

その通りだった。アルミ箔で火をつける方法は、昔じいちゃんが教えてくれたやり方だ。じいちゃんと、生きていた母さんと、本物の父さんとでキャンプに行ったときに教わった。

今住んでいるツギオの家には燃えるゴミが溜まっているし、火を大きくするために必要なもの——煙草もたくさんある。とはいえ、精一杯の抵抗を試みる。

「アルミで火をつけるには電気が必要だろ。アルミを細く切って、乾電池の両端に導線みたいに繋がないと。電池はあったの？」

「見つからなかったけれど、キッチンタイマーってアラームが鳴るときに通電するよな。植木鉢の裏に隠してあったぞ。長いアルミ線で、今渡したそれに繋がっていた」

バレている。家にあったキッチンタイマーの裏蓋を外した。アラームが鳴るときに通電する箇所に、短冊状に切ったアルミホイルを挟んだ。更に、このアルミホイルで煙草の葉を包んだやつをテープで繋げて、細長い輪っかを作る。アラームが鳴ると通電し、ジュール効果によりアルミホイルは発熱する。煙草の葉には燃焼促進剤が含まれている。発熱はやがて燃焼を引き起こす。スクーターのスポンジを燃やした後、傍にみっしり積んであるゴミ袋に引火するはずだった。そうしたらそのうち家も燃える。そのはずだったのに。

「何で家に来たの？」

「小出から聞いたぞ。お前、自分の怪我の記録を取らせているんだってな」

「あいつが勝手に取り始めたんだ。嘘つきでお喋りなやつだな」話しながら合点がいった。小出雪奈に呼ばれて先生は俺の家に来た。きっと鍵の在処（ありか）も小出から聞いたのだ。

「心配して学校に電話くれたんだぞ。お前が急に漫画をくれたからおかしいって」

「は？　漫画？」

「死ぬまで手放さないって言ってたやつがあるんだろ」

「……死んでも嫌だ、だよ。別に、深い意味はないし。読みたがってたから、どうせならあげてもいいかなって思っただけ」

「それだけじゃないだろう。お前はその漫画にメモを挟んだっていうじゃないか」

小出の奴、余計なことを。

「メモには『もうすぐ終わるから大丈夫だ』とあったと聞いた。小出はそれを見て、慌てて電話してきたんだな。間に合って良かった。間違っても放火なんてしちゃダメだ」

「家がなくなればツギオは困るだろ。あいつの本当に困った顔を見てやりたかったんだ」

「本当に、それだけのつもりだったのか？」車は直線に入り、先生はスピードを上げた。

「ライターは没収だ。人が居住している建物への放火は重罪だぞ。死刑だってあり得る」

「中に人がいればだろ。じいちゃんに習ったから知ってる」

「人なら、お前がいただろう」

「家が燃える頃には俺は煙で中毒死してるから、死刑にはならない」

先生は軽く嘆息した。全て見透かしているようだった。怒られないのがおかしくて、口元が緩むのを必死に堪えた。「小出のはただの早合点だし、先生だって気づかないふりしてくれたら良かったのに」

俺は家に火をつけて、自分ごと焼け死ぬつもりだった。煙草だらけの裏庭のゴミが火元となれば、失火の原因はツギオの火の不始末と思われるだろう。周りからは自殺と気づかれない。キッチンタイマーは明け方四時前に設定した。その頃には俺は本当はぐっすり寝ていて、一酸化炭素中毒でいつの間にか死んでいたはずだ。今は無理やり起こされたから違うけれど、いつもなら風邪薬を飲むとすぐ眠くなる。しかし先生は首を横に振った。

「そういうわけにはいかないだろ」

「俺は別にどうでもいいんだよ。家族が壊れているから。それに、俺が死んで先生に罰が与えられるわけじゃないだろ」

「悲しいこと言うなよ。それに、俺やお前だけの話じゃない。これは他の生徒や、妻や娘や、友人や世界のためでもある」

意味がわからなくて車の窓から外を見る。真っ暗な夜空に、街灯の灯りが連なってるのが蛍の大群みたいに見えた。

「ロク、自殺がどうしていけないことなのか、わかるか？」

「残された人が悲しむから？」くだらない。他人が悲しむ姿なんて、死んだら見ることはない。そもそも俺には母さんがいないから、悲しむ人はいない。母さんだって俺が悲しんだ姿を見ていない。

「違うよ。人は、人が自殺することを認めるわけにはいかないんだ」

首を傾げると、先生はいつもの授業中みたいな口調で続けた。

「考えてもみろ。もしロクが自殺するのを俺が認めたら、他の誰かが自殺することも許容したのと同じことになる。一度でもそんなことをしたら、今後永久に、人が自殺するのを止める権利が失われる。そうでなくては辻褄が合わない」

「そうかな。時と場合、相手によるんじゃないの？」

「相手次第で助けるか助けないか決めていては、本当に助けたい人に信用してもらえないぞ。愛する人を守るためには、全ての人を守る気持ちが必要だ」

「何それ。何かのヒーロー気取り？　大人のくせに、なんかガキっぽいよ。全ての人が平等じゃないなんて、俺たち子供だって知っている。なのにそんなことを言うのは、独りよがりってやつだ」

「人が人を思う気持ちは独りよがりなものだよ。喜ばせたいとか、守りたいとか。一種の信仰とも言える。しかし、信仰を持つというのは誇りを持つのと一緒だ。だから全く恥ずかしくない」

思いのほか真面目に返されたので黙っていると、先生は後ろに貼り付いてきた車に道を譲り、車内に流れる曲に合わせるように呟いた。

「そのうちわかるよ。とにかく死ぬことはない。どこにでも希望は隠れているもんさ」

今にして思えば、夢の中の出来事だったような気もする。だって先生はもういない。同じ話をする機会は二度とない。失ってしまって、記憶の中にだけ存在する。そういう意味では夢と同じだ。そして、今のこの状況もいつか夢みたいに思い出す日が来るのだろうか。それとも、俺が消えたらそのことが誰かの夢になるのか？

あの夜から何日が経って、ここに閉じ込められてから何時間が経ったのだろう。時間なんて全然わからないし、暗いのにも臭いのにも慣れて、ぼうっと壁にもたれかかって、自分はこのまま溶けていくのだ、とか、焼け死ぬよりもマシだったかもな、とか考えていたかもしれない。そんなときに突然、手のひらの中でピッと音がした。聞き間違いか、脳が壊れたのだと思った。でもすぐに、今度はピーピーピーと止めどなく電子音が鳴り響く。お守りが音を出している。何だ？と思う間もなくドアが開き、顔を光で照らされた。懐中電灯みたいだ。同時に短い叫び声がして、目を細めた俺の視線の先には、女の人の顔があった。

「ロク？」その人は俺の名を呼んだ。

「大丈夫？」

え、あ……。喋ろうとするけど声が出ない。疲れてるのと、ビックリしたのと、もう自分は暗くて臭い中の一部だと思い込んでいたから。なんとか顎先だけ動かして頷く。

「助けに来たよ」

女の人は俺の手を引いて、箱の中から引っ張り出した。閉じ込められていたのはどうやら壊れた古い冷蔵庫で、せっかくミキヤスに脱出方法を聞いていたのに全然役に立てられなかったな、なんてことを思っているうちに抱きしめられた。

「無事で良かったぁ……」

先生の家で見た絵と同じ顔。だからこの人が先生の娘なんだとすぐにわかった。彼女はツギオと違って喋っていることに嘘っぽさが少しもなくて、その腕の中はすごく暖かかった。何か言わなきゃと思ったけれど、上手く言葉にできないまま、俺はきっと安心して気を失った。

二月二四日（イオ　一一四日目）

ロクを見つけたときのことは何度も話したから、昨日のことのように思い出せる。わたしの電話を受け、鶴木刑事は近くに待機していた警官たちをすぐによこしてくれた。勝手口の切れた糸を見せ、ロクがこの家に入り込んだ痕跡のことを伝える。それから父の遺したＩＣレコーダーと、参子から聞いたロクの保険金の話をすると、彼らはすぐに無線でどこかに連絡をとり始めた。それから更に大勢の警官が来て、家の外をライトで照らして調べ始めた。

最初に見つかったのは鍵だった。

見つけた警官によると、勝手口の棚の上に放置されていたのだという。

「確認お願いします。これ、ここの鍵ですか？」

「たしかにうちの鍵ですが、キーホルダーがありません。ロクが使っていたのだとしたら、どうして外したんだろう」

わたしは警官の質問に対する返答と疑問を一緒に口にした。勝手口の棚に掛けてあったもののように見えるが、うちの鍵にみんな付いている例のＧＰＳ搭載のキーホルダーが付いていなかった。

ミキヤスが閃（ひらめ）いたように声をあげた。

「そういえばロクは先生からお守りを貰ったって言っていた」

ミキヤスのことは話すと長くなりそうだったので、友人と言って誤魔化している。ともあれ、そのとき全員が同じことを考えただろう。父のお守り。もしかすると、その中にキーホルダーがあるのではないか。

わたしはスマートフォンを取り出して、リストから勝手口のキーホルダーを選択する。しかし変わらず周辺に存在する反応は見当たらない。

「駄目だ。近くにはいない」

最低でも半径二〇メートル以内に入らないといけない。気が急いて無意味に周囲を見回すけれど、手がかりはなにもない。

わたしとミキヤスが警官たちとあれこれ話しているところに、鶴木刑事が到着した。彼はわたしたちの話にすぐさま頷き、「何か思いつくことがあれば何でも言ってほしい」と言ってくれた。

「今度は信じてくれるんですね?」

わたしが皮肉っぽく言うと、彼は茶色い瞳に困惑を浮かべつつ、平淡な口調で返した。

「最初から、疑ったことなどありませんよ。検討に値するかどうか逐一判断しているだけです」

鶴木刑事によれば、ツギオは前日の朝にレンタカーを借りてどこかへ向かったきり、姿が見えないとのことだ。

「捜索に疲れて一度遠方の実家に戻る、というようなことを零していたらしいが……」

「それが嘘で、ロクを連れ去ってどこかへ隠れているんだわ」

わたしの言葉に鶴木刑事は肯定も否定もしなかった。けれど、続く言葉から察するに既に疑いを固めているようだった。

「ここに来る前に、付近の監視カメラの映像を洗い出すように要請したが、比較的大きな道でも走っていなけりゃ見つけるのは難しいでしょうね。もし六助くんの事故死偽装を目論んでいるのなら、その辺りはさすがに考慮に入れているはず。だから、我々としては先回りして現場を押さえるしかないが……既に時間が経ってしまっています。最悪の事態も想定しなくてはならない」

たしかにそうなのだ。わたしたちはさっきから焦っているけれど、その焦りはもしかしたらもう全て手遅れなのかもしれないという恐怖に隣接するものだった。とにかく、できることをやらなくてはいけない。そのことだけで頭はいっぱいだった。

自分に何ができるだろう。何も思い浮かばなかったから、父ならどうするだろうかと考えた。

父はどうしてロクにお守りを持たせたのか。その中身がキーホルダーなら、ロクがどこかへ逃げ出すことを想定していたということになる。でも、所詮オモチャに毛が生えたようなGPSだ。ロクが遠くまで出て行くことは想定していなかった。ならば、父は実家を出た後にそう遅くならず戻るつもりだった。あの事故現場付近で、きっと誰かを待っていた。きっと何かを話すつもりだった。

そこまで思って、わたしはあることに……全部が繋がることに気づいたのだ。

「何に気づいたの？」

知恵子さんが紅茶のカップを揺らしながら聞いた。父の墓参りの帰りに、わたしと母は久しぶりに知恵子さんの家を訪ねていた。わたしは自分で買ってきたチーズケーキにフォークで切れ込みを入れつつ答えた。
「篠山さんです」
彼は言っていた。この辺りの道路は迷いやすい。だから父は焦っていたのだろう。また、こうも言っていた。事故の日、代理でゴミ処理場に向かった。だから父は間違えたのだろう。篠山は誰かの代理で車を運転していた。誰の代理だったのか。ゴミ処理の運転手は経験者のバイトに任せるはずだったと言っていた。わたしはそこにある人物を当てはめると全て繋がることに気づいた。

ツギオだ。

本当は、篠山と父が事故を起こした日、あの場所であの車に乗っていたのは篠山ではなくツギオのはずだった。でもツギオは、前日にお酒を飲み過ぎたせいで運転できなかった。「あの辺は慣れている」とうそぶくも、アキさんに諭され止められた。結果、代わりに車を運転した篠山が、父と事故を起こした。

それならば、父が運転席の篠山に向けて呼びかけていたことの説明もつく。父は篠山をツギオだと思ったのだ。ツギオと父はあの近辺で待ち合わせていたのだ。目印のために、ツギオは車のナンバーを教えたのだろう。ところが父が路肩に車を駐めて地図を確認していると、通り過ぎた車はまさにそのナンバーだった。父は、ツギオと行き違いになるかもしれないと焦り、慌ててクラクションを鳴らし、追いかけた。止まらない車を強引に止めるため、前に割り込もうとして、事故を起こした。

なぜそう言えるのか。それは、なぜそうまでして父は焦って車を追ったのかについて考えると説明が付く。篠山のリュックだ。普段使いしているという派手な蛍光イエローのリュックは、職場からの支給品とのことだった。彼は事故の時、それを助手席の窓側のフックに引っ掛けていた。わたしは同じリュックを別の場所で目にしたことがある。家宅捜索の時だ。あのとき、父の物ではない黄色いリュックが押収されていた。あれはロクの物だ。つまり、ツギオもまた、あのリュックを支給されていたのだ。

しかしそんなことなど父は知らない。ツギオの乗っているはずの車の助手席にロクのもののはずのリュック。この二つの組み合わせは、父の想像をある地点へと誘導するに充分だった。

父は、ツギオにロクを奪還されたと勘違いしたのだ。

それで焦って車を追い、無茶をしてでも止めようとして、事故を起こしてしまった。

思えば、今回の一連の出来事は父とツギオによるロクの争奪戦だった。

最初に動いたのは父だった。雪奈ちゃんから電話を受け、ツギオの虐待から救うためにロクを自宅から車で連れだした。そして朝になってから、ツギオに電話を入れた。ツギオが受けたという非通知からの着信は、ロクではなく父だったのだ。ツギオはその段階でロクが父に連れ去られたと知ったが、警察には父のことを伏せてロクが誘拐されたことだけを告げた。

あの日、父はロクを実家に隠し、話し合いにツギオを呼び出したのだ。父が一人で出かけたのは、ツギオと会うためだ。

しかしツギオは現れず、不幸な勘違いによって事故が起こり、父は命を落とした。

状況を把握したツギオはすぐに、森遠謙介による誘拐事件の被害者役を演じた。実際にロクは教師に連れ去られているのだから、ツギオが「誘拐された」と騒げば「教師が教え子を誘拐した」という既成事実が成立する。ツギオは、父が死んでも学校に責任を問えば賠償金を得ることができると考えていたかもしれない。しかし、学校は事件との無関係を強調した。校長が開いた会見も見たが、児童の無事を祈ることと在職中の教師の不祥事に関する謝罪はあったものの、学校の責任については「調査中」の一点張りだった。ヒデローくんはテレビでこの件を見たとき、「胸くそ悪い」と非難した。実際、この学校の「静観」は、テレビでも問題視され、しばらくの間叩かれていた。そのうち教育現場の人間から「そうは言ってもモンスターペアレントも多く、簡単には対応できない」や「昨今の教育システム自体に欠陥がある」、ひいては「児相の人手不足」から昨今の労働環境についての議論が始まり、論点がぼやけて曖昧なまま霧散した。

話を戻そう。ツギオの行動だ。そういうわけでツギオは、狙いをロクにかけられた生命保険に絞ったのだ。

ここまで繋がれば、あの真っ暗な山の中でどこを探すべきかも見えてくる。

ツギオがとっとと保険金を受け取るためには、ロクが不幸な事故により命を落とし、なるべく早く遺体が発見されなくてはならない。言い換えればその条件は、定期的に人が来て、子供が迷い込みやすく、発見もされやすい場所となる。その条件の当てはまる場所は決して多くないはずだ。あの夜、わたしたちはそう考えた。

「小学生の子供の事故なら、滑落して動けなくなっての衰弱死が多いが……あるいは不慮の場所に閉じ込められて、窒息死(ちっそくし)や餓死(がし)のケースもある」

鶴木刑事の言葉に、緊張で胸が締め付けられた。全て、ロクが今そうなりつつある可能性を秘めている。

警官が地図を広げ、わたしはそこを覗き込んだ。ツギオがこの付近に明るいと言っても、バイトで何度か来たことがある程度のはずだ。ならば、自分の知る範囲の中で最適な場所を見つけるに違いない。そう考えて、父と篠山が事故を起こした場所のその先をまっすぐ追って行く。すると父の車の進行方向と篠山の目的地がおおよそ近いということに気づいた。さらに、篠山の目指していた場所は完全に条件に合致する。鶴木刑事が言った。

「ゴミの処理場があるな」

地図の縮尺を見ても、父の実家から五キロと離れていない。多少山道であることを鑑みても、子供の足でも到達できる場所だと考えられる。何よりも、ここは子供一人がうっかり閉じ込められても仕方のないようなものが数多くある場所だ。訪れたことのあるツギオなら、人に見つからない裏口を把握していることは充分考えられる。ツギオはここでロクを殺すことに決めたのではないか。

鶴木刑事が自分の車に乗り込んだ。どさくさに紛れてわたしたちも乗り込もうとしたけど、分厚い手のひらで思いっきり制された。

「君たちはここで待っていなさい。結果はすぐに知らせる」

そんな、ここまで来て、わたしたちだって役に立つ、とすぐにいろんな言葉が頭を駆け巡ったけれど、どれが適切かわからなくて何も声にならなかった。続々と発車していくパトカーに右往左往している間に取り残され、わたしとミキヤスは夜闇の道ばたにぽつねんと取り残される。

「……なんで蚊帳の外にするの！　ここまで来たのに！」

悔しくて地団駄を踏んでいると、隣でミキヤスが何やら目を細めたのに気づいた。直後、わたしも眩しさに目を細める。

警官の走り去った反対側から、猛烈なスピードで車のライトが近づいてきたのだ。車はけたたましい急ブレーキ音を響かせ、わたしたちの前に前のめり気味に止まった。

「おい、状況は？」

出てきたのはヒデローくんだった。「早美さんから電話が来てよ。お前が家を出たっきり連絡付かないから探してくれって。自分が言っても聞かないからって、憔悴しきっていたぜ」

いるとしたらここだと考え、心配して車を飛ばしてきてくれたらしい。スマホを見ると、たしかに着信があった。鶴木刑事たちと話していて気づかなかったようだ。ともあれ、説明する間も惜しんでわたしはミキヤスを後部座席に押し込み、自分は助手席に乗り込んで叫んだ。

「パトカーを追って！」

夜の農道は空に遮るものが何もなくて、いつもなら星が満開だろう。でもあいにくの曇り空で、しかも雨が降ってきた。ヒデローくんの車は泥濘を踏みしめる音をじゃりじゃりと鳴らしながら速度を上げ、やがて曲がりくねった県道に出る。片方が山の絶壁で、もう片方が断崖斜面になっている県道を、両方の景色とも目で追えないくらいのスピードを出して、車はどんどん進んでいく。ものの数分もしないうちに前を走る数台のパトカーを捉えた。

「あいつらだ！」指さした後、別に彼らは敵ではないことを思いだして恥ずかしくなった。ヒデローくんは唇を尖らせ、「俺たちを除け者にする奴は敵だ。追い抜くぞ」と更にスピードを上げようとする。わたしはそれを慌てて止める。

「ダメだってば！　わたしたちまで事故を起こしたらどうするの」

こんなところで父を真似する必要はない。ヒデローくんは我に返ったのか「悪い」と漏らした後、それでも目一杯の対抗心で最後尾のパトカーにピッタリ貼り付いて目的地を目指した。

ゴミの処理場は門が開かれていた。警察から既に連絡が行っていたのだろう。夜勤の警備員のおじいさんが一人、待ち構えていた。彼の案内で警官たちがぞろぞろと進んでいく。わたしたち三人もこっそり紛れて付いていく。どう考えても気づいていただろうけど、鶴木刑事は何も言わなかった。

処理場に集積所が併設されていて、粗大ゴミを集積するエリアは、だだっ広い『外』だった。細かい砂利の敷き詰められた通用路の先には見渡す限り大小様々な金属の箱が転がり、その隙間を土砂が埋めている。雨のせいで湿った臭いが漂っていて、それがわたしを不快にさせた。周囲には真っ暗な山のシルエットが浮かんでいて、木々の揺らめきがまるで黒い炎のように見えた。

ヒデローくんが車から懐中電灯を持ってきてわたしとミキヤスに一本ずつ差し出した。鶴木刑事が携帯電話でどこかに連絡を取っている。警官たちが雨合羽（あまがっぱ）に身を包み、手慣れた様子で散り散りになっていく。わたしたちも遅れまいと、ゴミの山の中に光を向けて、足を踏み入れた。何かの排気用のファンがずっと低い駆動音で唸っていて、鼓膜をぴりぴりと振動させる。これじゃロクが何か叫んでも、わたしの耳に届かないかもしれない。不安が首をもたげるが、ここまで来たら、ただ見つけられると信じるしかない。

このどこかにロクがいる。

空き缶や廃材や粗大ゴミが山のように積もっていて、ちょっと油断するとすぐに足をくじきそうになる。足元を懐中電灯で照らすとゴキブリがカサカサと視界を横切り、ミキヤスが悲鳴をあげる。雨が強くて鬱陶しいと思ったり、いつの間にか止んでいて首を傾げながら空を見上げたりしながら、わたしたちはべらぼうに広い粗大ゴミの集積場をひたすらに彷徨っていた。

やがて雀の群れが落ち葉みたいに降ってきて、夜明けが近いのだと気づく。さすがに疲れて、近くにあった手頃な箱にもたれようと歩み寄る。

そのとき、一瞬ピッとどこかで鳴った。

最初はそれが音と認識できなくて、疲労による耳鳴りだと感じていた。でも近くにいたミキヤスがわたしをじっと見ていて、それで音が自分の尻ポケットから鳴っていることに気づいた。

「——鳴ってる？」

わたしはスマートフォンの画面を凝視する。たしかに、傍にキーホルダーの存在を告げる赤い点が近くにある。

「どこだ？　この辺？」

懐中電灯で辺りを探すと、三メートルほど先に両開きの扉を持つ大ぶりな冷蔵庫を照らしあげた。駆け寄るとさらに速いペースでピーピー鳴り出し、それにつられて心臓が飛び出るほど高鳴って、吐きそうなほどの震えを感じながら扉を開けた。そこに、男の子の疲れ切った横顔があった。思わず悲鳴をあげたけれど、見間違えるはずがない。ロクだった。

気づいたらなんだか知らないけれど抱きしめていた。

胸の中で微かな声がした。

「……必殺技？」

「え、何が？」

詳しく聞きたかったけど、ロクはそこで気を失った。

「あいつも少しは役に立ったようね」

知恵子さんがおかしそうに笑った。わたしは彼の名誉のために言う。

「少しなんてもんじゃありませんよ。ヒデローくんがいなかったら、わたしは何もできませんでした。感謝してもしきれません」

わたしは小学校に入る方法すら思いつかなかったのだから。そして、ヒデローくんだけじゃない。ミキヤスや篠山さん、鶴木刑事やアキさん、雪奈ちゃんや、千紗とついでに水口参子も入れてやろう。そして何より父がいたからこそ、ロクの発見とツギオの逮捕に至ったのだ。

父の遺したICレコーダー、および雪奈ちゃんのノートはツギオがロクを虐待していた証拠として認められた。ロクは母の死後、義父のツギオに虐待されていた。学校へもろくに通わせてもらえず、食事も菓子パンばかりで、日々軟禁状態だった。ネグレクト、暴力、暴言の数々。ロクのメンタルには虐待回避と解離の症状が出ていると判断され、また栄養の偏り（かたよ）が多く、口内炎が酷いとのことだった。民事で親権が剝奪される見通しだ。

事件の全貌もおおむね明らかになった。雪奈ちゃんからロクの行動が気になると連絡を受けた父はすぐさまロクの家に向かい、暴行を受けて動けなくなっているロクを見つけた。これ以上放置できないと考えた父は校長に電話して児相へ連絡すべきと提案するが、校長は親の言い分も聞いて長期的に判断すべきと言って渋った。結果、父は業を煮やし、ロクを連れだして自分の実家へ避難させた。ロクの虐待の証言を録音し、教育委員会に提出するためだ。

飲み屋からお金を取りに一時帰宅したツギオはロクの不在に気づいたが、特に意に介さず再び飲みに出かけた。そして翌朝、父から連絡を受けたツギオは呼び出しに応じた。待ち合わせ場所はツギオが午後にバイトで行く予定だったゴミ処理場付近の駐車スペースということにした。警察には父から電話を受けたことは伏せ、息子が自ら助けを求めたことにした。

その後、ツギオが現場に行かなかった理由……つまり篠山が車に乗った理由は、酒が抜けないまま運転しようとしたのを聞いたアキさんに止められたという理由は、ツギオは父に連絡せず一方的に約束を反故にした。ツギオは、先に警察に言うことで状況が「誘拐」であることを確定させたのだ。そもそも彼は父との待ち合わせに向かう意志などなかった。大きな理由は二つ。一つは、わたしの父が彼の息子を連れ出したことが事実である以上、彼にはもう何もせずとも自分の勝ちだという確信があったこと。もう一つは、ツギオはロクの精神を完全に支配下に置いており、ロクがツギオからの虐待を告白することはあり得ないと考えていたこと。事実、ロクは父に実家に連れて行かれなければ、そこで父とわたしの話を聞かされなければ、自分の状況を人に話してどうにかなるなんて想像すらしていなかった。父が事故を起こしていなければ、ツギオはロクを奪還した直後に自殺に見せかけて殺害していたこともあり得た、という話だった。今回の件でツギオは強引と言えるほどのやり方で先へ先へと動いていた。参子の予想通り、ツギオはロクを殺す機会をずっと窺っていたらしい。鶴木刑事によれば、ツギオの計画が一見綿密でなかったからこそ、そこに意図的な嘘があると気づかれにくかったのではないか、とのことだった。当事者の少ない状況では、嘘の裏取りが困難なケースも多いそうだ。

結果、車には篠山が乗った。

それらのすれ違いの果てに、篠山と父は事故を起こした。警察にはツギオの作り話が認められ、父は性的目的の誘拐犯として世間に認知されることとなった。だいぶ時間が経ってから校長は記者会見を開いたが、学校の対応が後手に回ったということ、適切な対応をしなかったことで世間から激しく責められ、最終的にひっそりと辞職した。

ロクの発見後もツギオは自分の無実を主張した。ロクは日頃から風邪薬を持ち歩き、少しでも体調が悪いと服用していたと言い張った。誘拐されて脱出した後にも風邪薬を飲み、雨風を凌ぐために冷蔵庫に潜り込んだまま眠りこけ、そのまま出られなくなった。ミキヤスの姉から連絡を受けて森遠の実家に行ったが会えなかった。ということを散々言い張ったが、ツギオの車からミキヤスのライトが出て来て嘘はあっさり崩れた。父とロクのICレコーダーの中にはロクが家に火をつけて死ぬつもりだったことも録音されており、警察によってそのことが発表されると世間の風潮はロクへの同情とツギオへのバッシング一色となった。そんなことまで公開すべきなのかわたしは疑問だったけど、鶴木刑事には何かしらの判断があったのだろう。

他に、ツギオは一度森遠家の実家に密かに忍び込んでいたことも発覚した。勝手口の鍵を植木鉢の下から発見し、それを使って侵入したということだ。恩田家は普段から裏庭の植木鉢の下に鍵を隠しているらしく、ロクは一人で外出したときにいつもの習慣で手近な植木鉢の下に鍵を隠した。ツギオはロクの行動を推測し、見事それを見つけたというわけだ。ヒデローくんの仕掛けた時計は、自分が出る際に再度仕掛け直したらしい。

以上、恩田継夫の犯罪は看破され、主張は全て退けられた。

ツギオは息子が奪われたと大騒ぎして世間から同情を買っていたのが一転して、我が子の命を金に換えようとした極悪人として世間の耳目を集めることとなった。彼の半生も派手に取りざたされ、高校卒業後に料理学校に通いながらバンド活動をしていたがどちらも上手くいかず、不遇の青春を送ったことで暴力に頼るしかなくなった――など、つまらない分析とともに消費されていったが、同情の念は湧かなかった。

水口参子はロク発見の立役者としてテレビに引っ張りだこだった。ツギオと関係していたことは出ていない。どのような取り引きがあったのかは不明だが、あまり関わりたくない相手なのでどうでもいい。

父の扱いは、一部では悲劇のヒーローと呼ぶ人もいたけれど、大筋では覆らなかった。結局、他のやり方があったのだろうというのが世間一般の見方だ。でも他のやり方なんて、神様にしかわからない視点だろう。

佐藤幹泰は未成年者略取で書類送検されたが、不起訴になった。少年を虐待から守るための緊急避難であったという主張が認められたためだ。家族に相談しなかったのは、そうしたらロクが無理にツギオの元へ戻されるだろうと想像したから――これは、姉の実際の行動が裏付けとなった。知恵子さんの旦那さんはミキヤスの弁護を買って出てくれて、不起訴という結果はその手腕によるところも大きいかもしれない。

ロクは、参子経由で祖父母と連絡が取れ、後見人を引き受けてもらえることになった。成人するまで祖父母の元で暮らす。鶴木刑事によると二人とも健康で気さくな人で、彼らになら安心して任せられるとのことだった。また、祖父母との面会時には仲介役として水口参子が同席していたそうだが、ロクは最後まで彼女を胡散臭いものを見る目で見ていたらしい。子供ながら、何か感じるところがあったのだろう。

　祖父母と会う少し前、入院中のロクはわたしに「先生は、娘が髪を伸ばしたら絶対かわいいと言っていた」と教えてくれた。褒めてもらいたかった。髪伸びたね。似合ってるよって言わせたかった。わたしが零すと、ロクが代わりに何か言おうとしたので制止した。まだ髪は短いし、そういうのは家族に褒めてもらわないと意味がない。

　事件のことをニュースで見ない日はなかったけれど、次第にだんだん忘れ去られていった。世間にとって、今度こそ傷穴は塞がれるだろう。

　そして最後に、わたしたちは？


　わたしはずっと高校を休んでいる。出席日数は足りているので、このまま行かずに卒業することになるだろう。補習に出たら単位も無事足りる見通しが付いた。次の一年は父が遺してくれた学資で浪人しながら大学を目指すことになる。卒業と同時に県外に引っ越すことも決まり、家を売る算段もついている。祖母を残すのは不安だけれど、ヒデローくんと知恵子さんが定期的に様子を確認してくれるそうだ。

　母とは、化粧を習っているうちに少しずつ会話が増えていった。

「あんた、化粧下手ね。得意な友達に教わりなさいよ」

「そういう子は顔が派手だから、同じメイクしたら化け物になるわ」

「ならとりあえず保湿液でひたひたにしておきなさい。若いうちはそれで何とかなるから」

　母は変わった気がする。というよりも、わたしが勝手に心のどこかで「母は変わらない人間だ」と決めつけていたのだろうと思う。あの日、ヒデローくんに電話してくれたことの礼を言うと「私はできることしかしてないんだから礼を言われる筋合いはない」と苦笑した。前だったら絶対に、娘が周囲を振り回して大変だから親が動く羽目になるとか、そういう嫌なことを言っただろう。母は最近でも悪口めいたことを言うけれど、それはどちらかというと軽口で、わたしをからかって楽しんでいるようだ。

だからわたしも軽口で返す。

「水もしたたるいい女ってわけね」

「まあ烏滸(おこ)がましい」

「父さんならそう言ってくれるもん」

「言って『くれる』ね。心から思ってるかは別として」

二人して吹き出す。母はあーおかしい、と呟いたあとについでのように言った。

「お父さんは臆病で、昔は自分からは何も動かない人だったのよ」

「本当に？　あんなにマイペースだったのに？」

「昔は私の方がマイペースで、お父さんを振り回していた。あの人はいつもニコニコして付いてきてくれたの。でも、いつの間にかあの人の方が私を引っ張っていってくれるようになったわ」

全然想像がつかない。

「一度覚悟を決めると強い人だったのかもね。あんた、昔お父さんの職場の人たちとバーベキューに行ったの覚えてる？　中学に入るより前」

「どっかの川原のやつ？」

おそらく、あの太った女の先生と会ったときのものだろう。

「あのとき、あんたの目の前で小さい子が溺れてさ」

「うそ。そんなの全然覚えてない」覚えているのは、その日が抜けるような青空の小春日和(びより)で、やけに澄んだ川がすぐ傍に流れていたというくらいだ。

母曰く、それは父の学校の職員懇親会だったそうだ。ひとしきり肉や野菜やソーセージを平らげて、他の同年代の子供たちは釣り堀で釣りを楽しんでいる。わたしと父はたくさん並ぶテーブルの端の方で、先週から考えている物語の続きについて口論していたという。

「ほら。あの時期、あんたが考える話はすぐ人が死ぬから、お父さんは呆れ果ててたのよ」

「教育に悪いって？　どんなに子供の時だって、空想と現実の区別くらいついてたよ」

「違う。ワンパターンで、このまま想像力の貧困な人間に育ったらどうしようって」

「教育者の台詞とは思えないわ」

わたしは呆れかえる。でも、今のやりとりで記憶が少しだけ掘り起こされた気がする。確かに父に言われた。「もう小五なんだから、安易な展開からは脱却すべきだ」とか、そういうことを。

小五の頃のわたしと父の会話が記憶の中に蘇る。

「脱却って何？」わたしは口を尖らせた。難しい言葉を使うときの父は、たいていわたしを誤魔化そうとしているからだ。抜け出すってことだと父は答えたので、わたしはさらに口を尖らす。

「たとえば？」

「たとえばそうだな。今考えている浦島太郎。今のところ、浦島が乙姫に囚われていて逃げ出せない。それをお前は、浦島が乙姫を殺してしまえば解決だと言った」

「そうだよ。どうしようもないのなら相手をぶっ倒してでも逃げ出すべきじゃん」

わたしは得意げに胸を張る。すると父はこう答えた。

「浦島が乙姫を殺したところで、竜宮城は海の中だ。どのみち浦島は地上へ帰れない」

「そんなのは殺してから考えればいいでしょ」

「それがワンパターンなんだ。伊緒、お前はすぐ自力でなんとかしようとするが、誰かが助けに来てくれることだってあるだろう」

「誰かって？　イカ？　タコ？」

「普通は亀を想像すると思うが」父は肩をすくめる。「誰でもいいが、浦島を助けに動く。すると、これまで浦島の脱出劇だった物語は、囚われた浦島を助け出す勇者の話になる。どうだ？　今までの伊緒には思いつかなかった展開だろう」

「わたし、そういうの嫌いなのよね。だって勇者なんてのは選ばれた人物よ。そんなのが都合良く身の回りにいるだなんて」

「果たしてそうかな。どこにいる誰だって突然誰かの勇者になり得るよ。『選ばれた』とかいちいち考えるから、ややこしくなるんだ」

そこに、太っちょの女の先生がやって来て紙皿を置いた。「ほら、良かったら食べちゃって」

余り物の肉と野菜で焼きそばを作ったようだ。こんがり焼けたいいにおいが鼻孔をくすぐるが、それよりも父に言われっぱなしが悔しくてわたしは地面を蹴って言う。

「でも勇者が助けに行く前に浦島は乙姫を殺しちゃうかもよ？　そしたら勇者がせっかく助けに

来ても、浦島と一緒に竜宮城でお尋ね者になっちゃうかも」

「その前に助け出すんだ。ほら、そうすれば時間との戦いになる。これも新しいパターンだろう」

「ふうん……そこまで言うからには、父さんも、誰かが囚われたら勇者になるわけ？」

「もちろん」

「本当に？　わたしとか母さんじゃなくても？」

「当たり前だ。でないと母さんやイオに信用してもらえないだろ」

「わたしたちに信用されたいから、他の人も守るの？」

「鋭い所をつくな。まあ、正直言ってそうだ。そして、俺がダメだったらそのときはお前に後を任せようかな」

「ハードル高いって」

でも「後を任せる」と言われたことについては悪い気はしなくて、わたしはちょっと悩んだ。誰でも助ける。格好いいけれど、でもやっぱり誰だって勇者になれるだなんて、図々しい話じゃないの？

わたしは焼きそばを平らげると、不満な気持ちから逃げ出すようにその場を離れた。他の子たちが水切をして遊んでいる川辺に合流しようとしたのだ。

そのとき、わたしのすぐ目の前を一人の男の子が通り抜けた。小二くらいだろうか。カッコつけたいと思ったのか、その子は他に人のいない上流の岩肌によじ登り、そこから他の子の立つ場所へジャンプして飛び降りようとした。でもうっかり足を滑らせ、川の中程に落ちてしまった。

水飛沫（みずしぶき）は最初の一回だけだった。本当はそんなに深くない川のはずなのに、彼は自分の状況が全くわからなくなってしまったらしい。その場で身動き一つしなかったのだ。自分が水の中に沈んでいて、呼吸をしていないことにも意識が向いていなかったのかもしれない。

あとで知ったところによると、幼い子供は水中に沈むと死ぬという事実を上手く認識できないのだという。日常でも風呂場で幼子が水死するケースがまれにあるが、あれは母が目を離している隙に水に頭まで浸かった子供が、自分はこのまま死ぬと気づかないままぼんやりしていて、そのまま酸欠になるのだ。このときの男の子はまさにそれで、わたしも同様に、目の前の出来事に理解が追いついていなかった。

その目の前を一人の大人が走り抜けて、川に飛び込んだ。水の弾ける大きな音が聞こえたかと思うと、十数秒後、髪を振り乱して現れたわたしの父に抱きかかえられ、男の子が水面に顔を出した。相変わらず何が起きているのかわかっていない様子だった。父は必死の形相で「大丈夫か？」とか、声をかけながらその子を川辺に押し上げた。その子の両親は慌てふためいていて、父はわたしを呼んでその子を指すと「手を握っていてくれ」と言った。言われた通りにすると、その子の手の表面は冷たかったけれど、その奥からじわりと体温がわたしに伝わってきて、奇妙な感覚だった。

わたしはずっとぼんやりしていて、目の前で生死の境目の行き来があったことにも気づかないで、ただ、いやに辺りがキラキラ光っているような錯覚を覚えていた。そしてこう思ったのだ。

自分もいつか、こんなふうに誰かを助けられるのだろうか。

母は懐かしそうに遠くを見て言った。

「あのとき、一瞬だったわ。いつも迷ってばっかりで、私が決めないと何もしないあの人が、真っ先にまっすぐに川に飛び込んだの。服を着たままで、ビックリするくらいの速さで走っていって。それで私は思ったわ。この人は、自分がいつ死んでもいいと思ってるんだって。伊緒とか、きっと私でもそう。誰かを助けるためならね。だからこんなにあっさり」

母はそこまで言って俯いた。代わりにわたしが続きを言う。

「幸せだったのね」

「……かもね。あんたは死なないでよ。どんなに幸せになってもさ」

「死ぬほど幸せになったら考えるわ」

母は呆れて笑った。わたしたちは、お互いいくらか素直になったと思う。


それから。

ヒデローくんの職場へお詫びに行ったとき、一通の封筒を渡された。

「謙介さんに頼まれてたんだ」ヒデローくんは言った。わたしの本当の親の居場所だという。家庭の事情で育てられないという話だったけれど、単にわたしは生まれてすぐに捨てられたというのが真実だったらしい。父がヒデローくんに渡していたのは生活費の援助などではなく、この調査費用だったのだ。

「開けるかどうかはお前の判断に任せる」

調べてくれたヒデローくんには悪いけど机の抽斗かどこかにしまったまま、たぶん一生開けないだろう。

ヒデローくんの背後を、頭を下げて若い男が通り過ぎた。

「そんじゃ次の現場、行ってきます」

佐藤幹泰は、ヒデローくんの職場で働き始めていた。武田さんが笑う。

「なよなよしてるから不安だったけど、真面目だから重宝してるわ」

会社の二階に住み込みで働いているらしい。「武田さんのお気に入りだからな。あいつは安泰だぜ」ヒデローくんがこっそり教えてくれた。

こうして、父のいない日常は埋まっていく。

埋まらないようにずっと穴を掘り続けていくのもいいけれど、たぶん父はそんなことは望まない。「不思議なことに、生きていると時間が流れるんだ。その間にいろんなビックリすることが起こるから、古い方から順に慣れていって思い出になる」なんて、昔言われたことがある。わたし自身、それが正しくて、それでいいのだと思えるようになってきた。穴が埋まろうと埋まるまいと、わたしはわたしで変わらない。自分は両親の子ではない、よくわからない曖昧な存在だと思ったこともあったけれど、そんなものはわたしを壊す何かではない。変化する日常をひたすら歩いて行けば、それが結果的にわたしなのだ。


ケーキも紅茶もなくなった頃、知恵子さんはわたしたちに頭を下げた。

「ごめんね。伊緒ちゃん。邪険に扱うようなことをして。早美さんも、ごめんなさい」

わたしも母も顔を見合わせて、二人声を揃えて言う。

「いいんです。過ぎたことなんだから」

彩月ちゃんは塾でいない。詩乃ちゃんは、わたしたちを尻目にソファでテレビを見ていた。何かのアニメにハマっているらしい。詩乃ちゃんは前ほどわたしに寄ってこなくなった。たぶんわたしの髪が伸びて大人っぽくなったから、魔法が効かなくなったのだ。彼女は自分の分のショートケーキに勢いよくフォークを突き刺し、生クリームと苺を一緒に口に放ると満面の笑みを浮かべた。その様子を眺めるわたしに、知恵子さんは「伊緒ちゃんは古文が苦手だから知らないかもだけど」と前置きして言った。

「伊緒っていう言葉には、『道を受け継ぐもの』って意味があるのよ。前の人から次の人へ繋がる、そういう存在」

「え、聞いてたのと全然違う……」父の照れ隠しにも困ったものだ。

「あはは、変なの。父さんってば。せっかく考えたなら教えてよ！」おかしくて呆れ返っていると、苺を飲み込んだ詩乃ちゃんがこっちを見て不思議そうに訊ねた。

「イオちゃん、どうしてわらってるのにないてるの？」

エピローグ　一一月三日（ロク　七三〇日目）

普段住んでいる家のあたりはインターネットの環境があまり良くないので、街中に出るとじいちゃんに必ず喫茶店に連れて行ってもらう。喫茶店にはだいたいフリーのＷｉ－Ｆｉがあるからだ。石畳の急な坂道を登っていくと見える赤い煉瓦(れんが)でできた建物の一階、海辺の絵がこれでもかというくらい飾られた喫茶店の窓際の、籐(ラタン)の椅子が俺の特等席だ。じいちゃんが近所のスーパーで買い物をしている間、俺は練乳を入れたコーヒーをすすりながら、タブレットＰＣでＳＮＳを眺める。

「おお、また『いいね！』が増えてるじゃん」

この国にはあんまり漫画や娯楽はないけれど、ネットなら日本の漫画が簡単に読める。違法な海賊版じゃなくて、どこかの誰かが個人的に描いて個人的にアップロードしているやつだ。

ミキヤスのアカウントは毎日一枚漫画を公開していて、今じゃ新しいのがアップされるやいなや、お気に入りを示すカウントが一瞬で四桁に達する。どうってことないシンプルな絵柄の、日常のちょっとシュールでくだらない四コマ漫画だ。検索すれば、書籍化も間近じゃないかって噂もちらほら出てくる。

日本を離れて過ごすと聞いたとき、小出雪奈に会えなくなるのはちょっと悪い気がしたけれど、それ以上にじいちゃんやばあちゃんと暮らせる喜びが勝った。この国は一年中だいたい暑くて、一日の中で猛烈な雨が降ったり止んだりする。雨が全然降らない時期もあるけれど、そういうときもひたすら蒸し暑い。土の匂いがすごくて、道は細くて、車がかなり強引な走り方をするけど、全体的にのんびりしていてすぐに居心地の良さを覚えた。星と太陽が近くて、海が温かい。でも未だに間違って水道水を飲んで腹を壊したりする。

二年経っても、まだ自分が夢の中にいるような気がしていた。どこかで時間が一度途切れて、急に別のシーンから始まったのではないか。そんなことを思うくらい、俺の生活は一変した。

ただ一つ確信しているのは、日に日に実感するこの思い。俺は救われたということだ。

「イオちゃんって呼んでくれていいよ」と言われたけど、ちゃん付けなんて恥ずかしいから呼び捨てにしたら「ほんとに生意気だった」と呆れられた。「ほんとに」ってことは、誰かが俺を生意気だと言っていたということだ。先生だろうか。ミキヤスだろうか。

イオに発見され、病院で点滴を受けて、警察の人とかにたくさん話を聞かれ、窓の外からはマスコミのカメラがびっしりとこっちを狙っていた。テレビをつけても俺のことがたくさんニュースで流れていた。ICレコーダーに録音されていたという俺と先生の会話を、知らない声優が読み上げている。無性に恥ずかしくて屈辱的だった。嫌気が差した俺は、カーテンを閉めて布団に潜り、ふて寝した。まるでツギオの家にいたときと変わらないじゃないかと思った。そんなときに、イオが一人で俺の病室にやって来たのだ。

寝ている俺の布団をめくって、顔を覗き込んで言った。

「起きてる？」

そんなことされたら起きてなくても起きるだろう。イオは俺に、じいちゃんと連絡が付いたから近々会えると教えてくれた。それで本格的に目を覚まし、ベッドの上で飛び上がる勢いで喜んだ。気分がよくて、俺はイオにじいちゃんの話をたくさん聞かせてやった。ばあちゃんの話も、それから、先生の話も。先生が学校でやった変なこととか、先生の実家や車の中で話したこと。イオは丸椅子に腰かけて俺の話を楽しそうに聞いていたけれど、車での話の途中で急にベッドのそばに屈み込み、パジャマ越しに俺の腕に触れた。

「ねえロク。誰にも言わないから聞かせて欲しいんだけど」

「何？」別に隠し事なんて何もないつもりだったし、イオは俺を助けてくれた人だから何だって答えるつもりだった。先生が娘をどう思っていたのかとか、ミキヤスと隠れていたときのこととか、そんなことを聞かれるのかと思った。でも、イオはこう聞いた。

「雪奈ちゃんには、何も言わなくていいの？」

俺たちの視線の高さは同じくらいで、バッチリ目が合っていたから、逸らすことはできなかった。そんな質問をされるなんて想像していなかったから、咄嗟にしらばっくれることもできなかった。黙っている俺に、イオは続けた。

「自殺しようだなんて、それを褒めたり正当化するつもりはないけれど、それでもみんなに誤解されっぱなしで本当にいいのかって思ったりはしているの」

視線はずっと俺に定められている。

「父さんと話した内容には、本当はちょっと嘘が入っているんでしょ」

「……何の話？」

「ヒデローくん——一緒にロクを探してくれた人が、ロクの家の裏庭は煙草の吸い殻だらけだって言ってたの。そのときはあまり気にしてなかったけど、ロクが『家に放火して自殺する気だった』って話を聞いたときに思い出して、そしたら考えずにはいられなかったの」

「俺、放火してないよ」

「父さんが止めたからね」

どうやら、俺が発火装置を作ったことは警察から知らされたようだった。イオはリモコンを取り上げ、テレビをつけた。ニュースでは相変わらず俺のことが流れている。知らない大人が俺のことを、逃げ場をなくして絶望した可哀相な子だとか、適当なことばかり言っている。

「ロクに同情するよ。わたしの父さんも、こんなふうにいい加減なことばかり言われたから。この人たち、ほんとしょうもないよね。全然想像力がない。自分たちが話している対象の人間がどんな人物なのかなんて、一ミリだって心から考えてない」

イオの目は、テレビよりどこか遠くを見ているようだった。

「ロクはこの人たちが思っているよりずっと生意気で、ずっと賢くて、ずっと勇敢なのに」

テレビを消す。無音の中、イオは更なる質問をぶつけてきた。

「ツギオの新しい恋人って、雪奈ちゃんのお母さんなんだよね？」

誤魔化さなくちゃと思ったけれど全然言葉が出なくて、俺の喉が無意味に上下する。イオは小出を知っている。そのうえ、俺しか知らないと思っていた小出が落ち込んでいる理由にも気づいている。答える訳にはいかない。だって、そしたらせっかく頑張った色々が無駄になる。

「雪奈ちゃんに知られたくないことだってのはわかる。誰だって自分の母親がよその、しかもクラスメイトの父親と恋人になっているだなんて、知りたくないもの」

イオの指摘は事実だった。小出雪奈の母親は、暴力を振るうツギオをただぼんやりと眺めていた。止める気がないのも、何かの拍子に俺がいなくなってしまえばいいと思っているのも明らかだった。理由は単純で、ツギオが言ったらしい。うちにはロクがいるから、あんたとは一緒になれない、と。

あの人は、自分にも夫と子供がいることを忘れているみたいだった。ツギオは人の心に入り込むのが上手いから、きっと知らぬ間に自分がツギオの唯一の理解者だと勘違いしたのだ。催眠術みたいなものだ。

このままでは、小出雪奈の母親は夫と離婚して、ツギオのところに押しかけてくるのではないか。そんな勢いだったし、実際に何度もそういう話が交わされているのを耳にした。ツギオは話を有耶無耶にしようとするたびに俺の名前を出した。するとあの人は俺をゴミを見るような目で見て、そしてツギオは自分があの人の味方であることをアピールするために、率先して俺を殴った。

俺はもう誰の家族も俺みたいになってほしくなかった。ツギオと結婚した女はきっと俺の母さんみたいにストレスを溜め込んで心の病気になる。そしてあの日みたいに、睡眠薬を大量に飲んで死んでしまうだろう。それは悲しいことだし、特に俺を心配してくれる小出雪奈の母親ともあれば、何が何でも防ぎたいと思った。でも、誰かに助けを求める訳にはいかなかった。人に知られたら、その時点で小出雪奈の家族は壊れてしまうだろうから。

家族は壊れちゃいけないのに。

そのときに思ったのだ。俺には家族がいない。じいちゃんとばあちゃんは生きてるはずだけど、きっともう会えない。そんな寂しい人生なんて生きている意味はないし、小出雪奈の家を守るために命を使うのは良いことに違いないと考えた。

「ツギオを町にいられなくすれば、雪奈ちゃんの家も元に戻ると思ったのね？」

ツギオはこの町から出たことがない。生まれたときからずっと同じ家に住んでいる。そこが燃えれば居場所はなくなる。

「保険の話もおじいちゃんに教わったのかな？　家主の過失で火事が起きたら、火災保険はほとんど支払われないっていうし。その上、ツギオが煙草の不始末で火事を起こして息子を殺してしまったとなれば、物理的にも精神的にも同じ場所に住み続けるなんて無理だわ。身寄りはよその県の母親くらいっていうし、そこへ行くしかない。だからロクは自分ごと家に火をつけることで、雪奈ちゃんの家族……お母さんからツギオを遠くに引き離したかった。目的はただの自殺じゃなくて、死の原因がツギオにあると見せかけること」

イオの口調は柔らかいけど、淡々としたものだった。全て見透かされ、そのくせこっちからは全然感情が読めない。俺はおそるおそる訊ねる。

「みんなに言うの？」

「考え中。だって火事は父さんが防いだし、ロクの計画は失敗だもの」

そしてベッドの縁から顔を上げた。

「わたしは最初、雪奈ちゃんの言っていた『ツギオの新しい恋人』って、水口参子のことだと思ってたの。おじいさんから頼まれてロクを探してたし、きっと家にも上がり込んでいただろうって。でも彼女は一度もツギオの私的な空間には入っていないと否定していた。それに彼女は煙草を吸わない。なら裏庭の煙草の口紅は、別の女性のものなんだって気づいた。だから、わかったの。ロクは逃げようとしたんじゃなくて、守ろうとしたんだって」

俺は、ただじっとイオの目を見たまま黙っていた。

イオはあることが気になって、俺の家の裏庭に行ったそうだ。案の定、そこで見覚えのあるミニサボテンの鉢植えが並んでいるのを見つけた。その鉢植えはイオの家にもあるもので、快眠セラピーだかで配られたのだという。

「母さんは、会合には父さんのクラスの父兄がいると言っていた。念のため名前を聞いて、それで繋がったの」

そう言うと、イオは微笑みを作りながら嘆息した。

「このことはまだ明るみに出ていないから、ロクが日常に絶望して自殺を企てたっていう話がニュースで流れてる。そのせいで……おかげで、マスコミの論点はネグレクトに絞られて、ツギオの私生活を嗅ぎ回る風潮にはなっていない。酷い話だよね。ロクが犠牲になって雪奈ちゃんのお母さんを守るだなんて」

鶴木というあのデコの広い刑事は状況を把握しているとのことだった。既にツギオの交友関係を洗って突き止めており、秘密裏に小出雪奈の母親にも事情を聞いていたそうだ。彼女はツギオと不倫関係にあることを認めたという。

「でも俺は、もうすぐ町を出るし……」ようやくの思いで声を絞り出す。「何でそんなことを聞きに来たの？」

「そりゃ、知りたかったからだよ」イオの目から、微かにあった温かみが消えた。

「わたしの父さんが死んだ理由。ロクは本当にただ嫌気が差して自殺したかっただけで、もし、助けられて迷惑だなんて思ってたら嫌だった。父さんは、この世の不幸は全て止めなくちゃいけないと思っている節があったけど、わたしにしてみたらそれで家族を不幸にするのは論外なわけよ。だから、そうじゃなかったらいいなって期待してここに来た。ロクを救ったことに価値があって欲しいと思った。ロクが雪奈ちゃんの家族を守るために命を賭けた。そして父さんは、ロクを守るために命を賭けた。だったらまだ、救われるから」

聞くところによると、イオの目は俺とは違う世界が見える目らしい。でもその目は今、俺の心の奥底をがっちりと捉えている。

「俺は……」答えられない。答えることは、同時に小出雪奈の家族を壊すことになる。だからこう言った。

「人の家族を壊したくない」

「うちの家族を壊したくせに」

しばらく見つめ合った後、イオは悲しそうに笑った。

「ごめんね。これだけは言わないと、先に進めないと思ったから」

「……ごめん」

「謝らないで」イオは俺の手を握った。汗ばんでいて、あたたかいというか、熱いくらいだった。

「わたし、思うの。家族って血のつながりも勿論あるけどそれだけじゃなくて、助けたいと思う人とか、助けて欲しいって言える人とか、そういう人たちの集まりなんだって。一人一人みんな違っていて、みんなかけらみたいなもので、かけらのよせ集めが家族。ロクは父さんが助けたいと思った相手で、わたしもそう。だからあんたはわたしの家族。家族はそんなことではいちいち謝る必要はないの」

家族。先生とイオと俺は家族。だとするなら、俺が助けたかった小出雪奈もまた俺の家族だ。それは俺にとっては、心地よい考え方だった。

「助けたい以外にも、喜ばせたいとか、安心させたいとか、全部。これから一生、ロクの心の中にはわたしがいて、わたしの心の中にもロクがいる。何かあったら絶対に助けに行くし、次に死のうとしたらぶっ殺してでも止める。家族だからね」

その目は俺をどこまでも覗き込むようだった。

「家族なら、何かくれよ」

枕の下から宝箱を取り出して開く。

「ここに入れるような何か」

「……いいよ。次会ったときにね」

イオはそう言って立ち上がり、振り向かずに病室を出て行った。それきり会っていない。

どうして今頃そのことを思い出したのかというと、ミキヤスの新しい漫画でイオが登場したからだ。髪の長い、気の強くてくそ真面目な女の子が、二十歳になったのでビニール傘を返すために生まれ育った町に帰ってきたとか何とか。そしてミキヤスに言ったらしい。遠くに住んでいる生意気なガキのところに、宝物を届けに行く計画を立てているのだと。何をくれるつもりかは分からないけれど、イオはきっと俺の背があれから一五センチ近くも伸びたことにビックリするだろう。俺はもう一つビックリさせてやるつもりでいる。椅子から身を起こし、喫茶店のレジに行く。カウンターのお姉さんに片言の言葉で話しかける。

これいのヤツ、ちょうだい。

お姉さんは後ろの棚から小さな包みを差しだした。喫茶店には小物も売っていて、俺は最初にそれを見たときすぐに気に入り、取り置いてもらっていた。近くの浜辺で採れた珊瑚（さんご）のかけらで作られた髪飾りだ。女にプレゼントなんて気恥ずかしいけれど、先生の頼みだから仕方ない。

これを渡してつけてもらって、そしてイオに言ってやるのだ。イオは俺を生意気だと思っているから、想像もしていないだろう。絶対にビックリするに決まっている。口の中で、何度も練習した一言をもう一度呟いてみる。

髪伸びたね。似合ってるよ。

照れて怒るかも知れないけど、文句は言わせない。だって俺たちは家族なんだろ？

装幀　坂野公一＋吉田友美（welle design）
写真　Vaisakh Shabu / EyeEm / Getty Images

本書は書き下ろし作品です。

高木敦史（たかぎ・あつし）
1979年福島県生まれ。早稲田大学第二文学部卒。「なしのすべて」で第13回角川学園小説大賞優秀賞を受賞。2010年に受賞作を改題した『〝菜々子さん〟の戯曲　Nの悲劇と縛られた僕』でデビュー。他の著作に、『演奏しない軽音部と４枚のCD』『お口直しには、甘い謎を』『鉢町あかねは壁がある　カメラ小僧と暗室探偵』『のど自慢殺人事件』『僕と彼女の嘘つきなアルバム』などがある。

さよならが言えるその日まで

第一刷発行　二〇二〇年二月二十五日

著者　高木敦史
発行者　渡瀬昌彦
発行所　株式会社　講談社
東京都文京区音羽二—十二—二一　〒一一二—八〇〇一
電話　出版　〇三—五三九五—三五〇五
　　　販売　〇三—五三九五—五八一七
　　　業務　〇三—五三九五—三六一五

本文データ制作　講談社デジタル製作
印刷所　豊国印刷株式会社
製本所　株式会社国宝社

定価はカバーに表示してあります。

落丁本・乱丁本は購入書店名を明記のうえ、小社業務宛にお送りください。送料小社負担にてお取り替えいたします。なお、この本についてのお問い合わせは、文芸第二出版部宛にお願いいたします。

Printed in Japan　ISBN978-4-06-518657-2
N. D. C. 913　318p　19cm